Andreas Weinek

Nacht des Ketzers

Ein Roman um Giordano Bruno

dotbooks.

Wenn Ihnen dieser Roman gefallen hat, empfehlen wir Ihnen gerne weiteren Lesestoff aus unserem Programm. Schicken Sie einfach eine eMail mit dem Stichwort *Nacht des Ketzers* an: lesetipp@dotbooks.de

Druckausgabe der eBook-Originalausgabe 2013

Redaktion: Oliver Hoffmann
Umschlaggestaltung: Nicola Bernhart Feines Grafikdesign, München
Umschlagabbildung: © Sergiy Tryapitsyn – iStockfoto.com
Typografie: gesetzt aus der Minion Pro
Realisierung der Print-Ausgabe durch TALOS Media Services, Hamburg, www.talos-media.de

Printed in Europe

ISBN 978-3-943835-59-5

Kapitel 1

Flieh, Giordano, flieh!

Unruhig warf sich Giordano Bruno auf seinem harten Strohsack hin und her. Es war eine schwüle Nacht, und Schweißperlen standen ihm auf der Stirn.

Giordano, Giordano, flieh!

Waren es die Stimmen seiner Mitbrüder? Träumte er? Filippo Bruno, der sich seit seinem Eintritt ins Dominikanerkloster San Domenico Maggiore Giordano nannte, erwachte aus einem unruhigen Schlaf. Ein paar Insekten kitzelten ihn im Gesicht, und das Schnarchen seiner Mitbrüder im Dormitorium ließ den Gedanken an ein Weiterschlafen nicht mehr zu. Wie spät mochte es sein? Giordano ahnte, ja wusste, dass man in Rom seinen Reden nicht mehr lange tatenlos zusehen würde. Zwischen den schweren Holzbalken vor den Fenstern bahnte sich das Licht des Mondes mühsam seinen Weg. Er lauschte: Die anderen Mönche schliefen ruhig. Sollen sie doch, diese Narren, dumme Schafe, die nur glaubten, was Rom ihnen vorkaute. Dummes Geschwätz. Heilige, die Jungfrau Maria, alles Hirngespinste, Narreteien. Er, Giordano, wusste es besser. Keine Ahnung hatten sie. Leise richtete er sich auf. Seine Habseligkeiten lagen in einem Stoffbeutel neben seiner Bettstatt. Die Kutte aus weißem Leinen und das Skapulier packte er dazu.

Flieh, Giordano, flieh!

Immer noch hallte der Warnruf in seinen Ohren. Auf leisen Sohlen schlich er über den knarzenden Holzboden des Dormitoriums, wohl ahnend, dass ihm mehrere Augenpaare heimlich folgten. Was waren sie doch für jämmerliche Wichte.

Keine Ahnung hatten sie und keine Gedanken machten sie sich wie er, der nun bereit war, sein Wissen in die Welt hinauszutragen. Allesamt waren sie arme Schlucker, stammten aus den ländlichen Regionen rund um Neapel. Giordanos Vater, ein Soldat, hatte es immerhin zu einem bescheidenen, kleinen Bauernhof vor den Toren der Stadt Nola gebracht, wo er Wein anbaute. Aber auch das hätte letztlich nicht gereicht, um dem Sohn ein Studium zu ermöglichen, und nichts Geringeres war sein Ziel, zu nichts weniger fühlte sich sein Geist berufen. Universelle Studien aller Wissenschaften. Besonders die Naturwissenschaften und ganz speziell Astronomie und Astrologie hatten es ihm angetan. Schon früh hatte er die mystischen Deutungen mancher Gelehrter als Firlefanz abgetan. Nur das Reale, das Erfassbare, das Beweisbare waren für ihn ernsthaft Gegenstand seiner Überlegungen. Nur damit wollte er sich auseinandersetzen. Alles andere: Humbug, Vergeudung seines hellen Verstandes. Nicht wert, eine Sekunde darüber nachzudenken. Ja, schlaft nur, ihr Nichtsnutze, schlaft und träumt von all den Heiligen, die ihr in wenigen Stunden, noch vor Anbruch des Tages, wieder inbrünstig anbeten werdet, und dankt den Dominikanern, dass sie euch aufgenommen haben. Nur so bekommt ihr die Möglichkeit, eurem dumpfen Bauerndasein zu entfliehen. Nur so erhaltet ihr überhaupt die Chance, euren hohlen Köpfen Wissen zuzuführen, von dem ihr bis vor kurzem noch nicht mal ahntet, dass es überhaupt existiert – und dennoch werdet ihr es nicht nutzen, dieses Wissen, weil die Kirche es euch untersagt. Ihr werdet den Geist der griechischen Philosophen nicht spüren, weil Rom ihn zum Ungeist erklärt hat. Ihr werdet euer bescheidenes Wissen nicht vermehren können, ergänzen durch wunderbare Gedanken großer Menschen, und schon gar nicht werdet ihr eure eigenen Gedanken formen und entwickeln.

Giordano wusste, dass er sich nicht zu beeilen brauchte, sie würden ihm nicht folgen, ihn gar gefangen halten, bis ihn Soldaten aus Rom holen und der heiligen Inquisition übergeben würden. Froh würden sie sein, wenn er fort war, wieder ruhiger und gemächlicher Trott Einzug hielt und keine ketzerischen Reden ihr besinnliches Dasein störten. In seinem Beutel hatte er neben seinem Ordensgewand etwas Brot, getrocknete Früchte, ein paar Nüsse und ein Stück Käse und in seinem Kopf den Gedanken, bald ein freier Mann zu sein, der die Welt durch sein Wissen und seinen Verstand bereichern würde.

Als Erstes würde er nach Nola gehen, zum Haus seiner Eltern, und sich dort so lange aufhalten, bis sich die Aufregung um ihn wieder gelegt hatte. Er selbst war es ja gewesen, der die Kirchenoberen so lange provoziert hatte, bis sie ernsthaft in Erwägung gezogen hatten, ein Inquisitionsverfahren gegen ihn einzuleiten. Es begann damit, dass er sich geweigert hatte, der im Kloster zelebrierten Marienverehrung beizuwohnen, hatte sich über seine Mitbrüder lustig gemacht, wenn sie von ihren persönlichen Begegnungen mit Gott berichteten. Er hielt die Dreieinigkeit Gottes für dummes Geschwätz, hatte laut Missstände, Verlogenheit und Heuchelei hinter Klostermauern angeprangert. Seine Mitbrüder beruhigten ihn und versuchten ihn vor sich selbst in Schutz zu nehmen, aber das stachelte Giordano nur noch mehr an. Im hinteren, nicht einsehbaren Teil des Klosters versammelte er die wenigen Wissbegierigen unter den Mönchen und berichtete ihnen von Aristoteles und Platon, von Averroes, Ovid und Lukrez und erzählte ihnen von den wunderbaren Entdeckungen des Nikolaus Kopernikus. Immer lauter schrie er, wild gestikulierend, wenn sie ihn verständnislos ansahen. Danach hatte er sich jedes Mal vor dem Prior zu rechtfertigen, zu schwören, seine Mitbrüder nicht aufzuhetzen und das Lesen frevlerischer Schriften zu unterlassen. Doch die Saat der Wissbegierde keimte in ihm. Nicht lassen konnte er von den alten Schriften, nicht einsehen wollte er, dass das ganze Weltall nur geschaffen wäre, um sich rund um die Erde zu drehen, die als Mittelpunkt aller Schöpfung galt. Was, wenn das Weltall unendlich wäre? Gäbe es dann keinen Anfang und kein Ende? Was aber, wenn nicht, was käme nach dem Ende? Wozu sollte ein allmächtiger Gott etwas Unendliches schaffen, um es rund um die Erde zu schichten? Wo war der Sinn? Wenn es aber nicht unendlich war, war er dann allmächtig? In seiner Überheblichkeit trieb es ihn persönlich nach Rom, um dort direkt mit dem Papst über seine Erkenntnisse zu disputieren. Doch schon nach kurzer Zeit merkte er, dass man ihn für einen Ketzer hielt und nicht für einen Weisen. Den Papst bekam er nie zu Gesicht, und so entschloss er sich, nachdem er mehrmals schwören musste, der Ketzerei zu entsagen, ins Kloster San Domenico Maggiore zurückzukehren.

Die zwei Bände mit Schriften von Hieronymus und Johannes Chrysostomos mit den verbotenen Fußnoten des berüchtigten Kirchenkritikers Erasmus von Rotterdam, die er im Abtritt des Klosters versteckt gehalten hatte, waren in einer kleinen Kammer neben dem Scriptorium verschlossen, nachdem sie von zwei Mönchen zufällig entdeckt worden waren. Erasmus galt als einer der Wegbereiter der Reformation, der nur allzu gern die Kritik der beiden Kirchenväter aufgenom-

Museum

Eintritt Museum ermäßigt / 2,50 €

09.05.14 / 15:05:06

25-BOCA-RADJ-VS-SF

1790890

047397

museum
fürstenfeldbruck

men hatte, um gegen Missstände in der verweltlichten Kirche anzukämpfen. Zwar hätte Giordano leugnen können, dass er es gewesen war, der die Bücher versteckt hatte, doch dazu war er zu stolz. Erhobenen Hauptes hatte er dem Prior empfohlen, die Bücher doch selbst einmal zu lesen, falls er es nicht ohnedies bereits getan hatte. Giordano kannte den Trick, mit dem man das Schloss der kleinen Kammer mühelos öffnen konnte. Gespannt horchte er in die stille Nacht, ob jemand erwacht war, tastete blind an dem Regal entlang, das sich rechts der Eingangstür befand, und schon nach wenigen Augenblicken erfühlten seine suchenden Finger den Stoff, in den die beiden Bücher eingeschlagen waren. Oft genug hatte er heimlich einen Blick in die Kammer geworfen, um zu erspähen, welche verbotenen Schätze dort lagerten, und so wusste er sich in der Dunkelheit genau zurechtzufinden. Obwohl er kaum zu widerstehen vermochte, mehr als die beiden Bände konnte er beim besten Willen nicht auf seiner Flucht mitnehmen.

Am späten Abend würde er in Nola ankommen. Seine Mutter würde die Hände über den Kopf zusammenschlagen und sich dann über das plötzliche Auftauchen des Sohnes freuen, ihm ein kräftiges Mahl bereiten, während er sich im Zuber hinter dem Haus waschen und danach mit einer von seiner Mutter bereitgestellten Tinktur die wund gelaufenen Füße behandeln würde.

Giordano verließ das Kloster durch einen kleinen Seitenausgang und trat seinen Weg an, ohne sich noch einmal umzudrehen. Er sah die Sterne über sich, sah in der Ferne den vom Vollmond beschienenen Vesuv, und zwischen den engen Gassen konnte er unscharf das Meer erkennen. Was er nicht sah, war der Schatten, der ihm heimlich folgte.

Kapitel 2

1. Dezember 1595

„Leugnest du, Bruder Giordano, die Unwahrheit über die Heilige Dreifaltigkeit im Lande verbreitet zu haben?"

Giordano spürte, dass seine Beine ihm gleich wieder den Dienst versagen würden. Drei Tage hatte er keine Nahrung mehr bekommen. Das Wasser, das sie ihm einmal am Tag in einem Napf in seine dunkle Zelle schoben, schmeckte abscheulich, und er wusste, dass sich auch seine Zellenmitbewohner, die Ratten, daran gütlich taten, sobald er schlief oder eine Ohnmacht ihn übermannte. Nein, er wollte nicht aufgeben, sich nicht beugen vor der Inquisition. Über sechs Jahre waren nun vergangen, seit sie ihn aus den Bleikammern des Dogenpalastes in Venedig hierher in die Engelsburg nach Rom gebracht hatten. Bis zur letzten Minute hätte sich ihm die Möglichkeit der Flucht geboten, doch das wäre nicht nur eine Flucht vor der Inquisition gewesen, sondern auch eine Flucht vor der Wahrheit, und um der Wahrheit willen hätte Giordano noch ganz andere Opfer auf sich genommen. Vielleicht gelang es ihm ja auch, den einen oder anderen hier in diesem stickigen Gewölbe, in dem er nun schon seit Monaten einer Gruppe von Inquisitoren zum Verhör vorgeführt wurde, mit seinen Reden zum Nachdenken zu bewegen, zu überzeugen, in sich zu gehen, umzukehren vom falschen Weg … Giordano wollte etwas sagen, doch Kardinal Bellarmin, der Vorsitzende des Heiligen Offiziums, fiel ihm scharf ins Wort.

„Du leugnest also weiterhin die Dreieinigkeit von Vater, Sohn und Heiligem Geist?"

Giordano spürte, dass er den hohen Geistlichen zum Äußersten trieb. Es war ihm egal. Was bedeutete das schon? Ein mittelmäßiger Diskurs brachte sie nicht voran. Wenn es irgendeinen Funken Hoffnung gab, Bellarmin von seinen Ansichten zu überzeugen, dann mussten beide ihre Grenzen überschreiten. Giordano hielt Bellarmins festem Blick stand. Versuchte zu ergründen, was der Kardinal in dieser Sekunde dachte. Das Schweigen im Saal wurde immer unerträglicher. Nur das Schnaufen einiger Inquisitoren, hervorgerufen durch die rauchgeschwängerte, stickige Luft, durchbrach die Stille.

***

Dieser verbohrte Narr, wenn er doch nur widerrufen würde. Bellarmin war außer sich. Dieser Mann würde lieber sterben, als seiner Überzeugung abzuschwören. Je länger der Prozess dauerte, desto klarer wurde dies dem Offizium. Die Gesichtszüge des Kardinals hatten sich verdunkelt. Die graublauen Augen, die außerhalb der Kerkermauern meist milde dreinblickten, waren nun eng zusammengekniffen. Ein Beben ging durch die ebenmäßige Nase, wie bei einem Hengst, der kurz davor war loszulaufen.

„Du weigerst dich, die Jungfrau Maria als Mutter Gottes anzuerkennen?" Es klang mehr wie eine Feststellung denn wie eine Frage. Die Männer sahen einander reihum an, als der Angeklagte darauf nichts erwiderte. Der Rauch der Kerzen verdünnte den Sauerstoff. Giordano fühlte Übelkeit in sich aufsteigen. Er war zu schwach, um zu antworten. Warum wollten sie nicht begreifen, dass die Erde nicht der Mittelpunkt des Universums war, ja, nicht sein konnte.

Kopernikus hatte es doch bewiesen. Landauf, landab war er auf seinen Reisen auf verständige Personen getroffen. Hatte auf Fürstenhöfen mit Gelehrten diskutiert, und man war sich einig, dass Ptolemäus, an dessen Theorien die Kirche immer noch festhielt, mit seinen Ansichten irrte. Giordano drohte in Ohnmacht zu fallen. Zwei Wachen eilten herbei und stützten ihn. Seine ohnedies hagere Gestalt war von der nun ohne Unterbrechung fast acht Jahre andauernden Kerkerhaft ausgezehrt.

„Ich glaube an ein unendliches Universum." Schwach kamen die Worte über Giordanos Lippen. „Ich halte es der göttlichen Güte und Macht für unwürdig, wenn sie unzählige Welten erschaffen kann, aber nur eine endlich begrenzte Welt erschafft."

Bellarmin hob erstaunt und interessiert zugleich die buschigen Augenbrauen.

„Daher habe ich stets behauptet, es existierten unzählige Welten ähnlich dieser Erde, welch Letztere ich mit Pythagoras nur für einen Stern halte, wie die zahllosen Planeten und Gestirne." Er hielt erschöpft kurz inne und holte tief Luft. „Alle diese unzähligen Welten machen eine unendliche Gesamtheit aus im unendlichen Raum, und dieser heißt das unendliche All, so dass doppelte Unendlichkeit anzunehmen ist, nach Größe des Universums und nach Zahl der Weltkörper." Seine Stimme wurde mit jedem Satz fester. „In diesem unendlichen All sehe ich eine universelle Vorsehung, kraft derer jegliches Ding lebt und sich bewegt und in seiner Vollkommenheit existiert." Gebetsmühlenartig hatte er diese Sätze wiederholt. Schon damals in Venedig und erst recht hier in Rom. Während er die ob seiner Dreistigkeit zum Teil ungläubig glotzenden Mitglieder des Offiziums der Reihe nach ansah, machten sich seine Gedanken auf in die Unendlichkeit. Unendlichkeit, das war für ihn zum einen der Sternenhimmel. Unendlichkeit bedeutete aber auch, auf das ruhig daliegende, tiefblaue Meer hinauszublicken und am Horizont keine Unterscheidung mehr zwischen den Elementen Wasser und Luft zu erkennen. Unendlich konnte ein im Spätsommerwind wogendes Kornfeld sein, das mit seiner gelben Farbe zu dieser Jahreszeit die Landschaft seiner Heimat prägte, oder der Monte Cicala und sein ferner Bruder, der Vesuv. Beide riefen in ihm die Sehnsucht nach dem Wissen, was wohl hinter diesen Bergen sein mochte, hervor. Giordano hatte etwas Zeit gewonnen.

„Gott …"

„Du wagst es, den Namen des Allmächtigen in den Mund zu nehmen?", wurde Giordano jäh erneut unterbrochen.

„Gott ist mächtig und groß und kann viele Welten schaffen." Nun ließ er sich nicht mehr beirren. Noch einmal nahm er einen Anlauf. „Ihr gottverdammten, scheinheiligen, dummen Esel!" Seine Wut war wieder erstarkt, hielt die körperliche Schwäche in Bann. Ein lautes Murren ging durch das Offizium. Die Wachen, die ihn zum Verhör gebracht hatten, machten sich bereit, ihn auf ein Zeichen des Kardinals Bellarmin wieder in seine Kerkerzelle zu bringen.

„Gott ist zu groß, als dass er sich mit dieser einen, kleinen Welt zufriedengeben würde." Giordano redete sich langsam in Rage. „Seht ihr Narren denn nicht, dass sich die Gestirne bewegen, dass sie nicht, wie ihr den Menschen glauben macht, am Firmament festgenagelt sind? Nein, ihr wisst es nur zu gut. Ihr seid die wahren Ketzer!" Seine Stimme überschlug sich förmlich. „Ihr macht Gott klein, um euch zu erhöhen." Das Murren in den Reihen der Inquisitoren schwoll zu einem Donnern. Die Stimmung im Offizium näherte sich dem Siedepunkt.

„Euch geht es nur darum, dass ihr den Mittelpunkt der Welt darstellt. Oh, ihr kleingeistigen, egoistischen, biblischen Buchhalter, merkt ihr denn nicht, wie ihr den Großen, den Allmächtigen dadurch verhöhnt?"

Die Inquisitoren starrten gebannt auf den Vorsitzenden. Was würde er tun? Tatsächlich war nun auch Bellarmin der ganzen Situation überdrüssig. Er gab ein Zeichen, und sofort ergriffen die beiden Wachen den Angeklagten, um ihn wieder abzuführen.

„Ihr seid es, die ihr endlich zugeben müsst, was ihr doch längst schon wisst. Ihr seid die wahren Ketzer." Das Geschrei des Gefangenen hallte noch durch die steinernen Mauern, als er schon längst die unbehauenen Steinstufen, die zu den Kerkern der Engelsburg führten, hinuntergeschleift wurde. In seiner Zelle angekommen, fiel Giordano sofort in eine tiefe Ohnmacht. Er hörte nicht mehr die unflätigen Witze, die die Wachen über ihn machten, und er hörte nicht das Flehen und Wimmern der Mitgefangenen, die zur Folter abgeholt wurden.

Mitten in der Nacht erwachte er. Es war stockfinster, nur das Rascheln neben ihm im Stroh verriet, dass er seine zwei mal zwei Meter große Zelle diese Nacht wieder mit ein paar Ratten teilte. Die Wachen hatten die Fackeln im Gang vor der Zelle gelöscht. Von weitem war ihr Schnarchen durch die rostigen Gitterstäbe zu hören. Die absolute Finsternis ließ die Gedanken an die Unendlichkeit wieder in ihm wach werden. Doch wohin hatte sie ihn gebracht, die Unendlichkeit? Giordano fühlte Tränen in sich aufsteigen. Er wollte das Gefühl unterdrücken, aber es gelang ihm nicht. Das Salz der Tränen brannte auf seinen rauhen Lippen, doch diesen Schmerz spürte er nicht. Es war ein anderer Schmerz, der in ihm nagte. Er kaute auf seiner Unterlippe, doch die Tränen ließen sich nun nicht mehr aufhalten. Ab und zu war das Rasseln einer Kette zu hören, wenn sich ein Gefangener im Schlaf bewegte. Meist waren es die Neuankömmlinge, die ihr Schicksal nicht akzeptieren wollten, die man fesseln musste. Was hatte er falsch gemacht? Was hatte ihn hierhergebracht? Er wollte doch nichts Böses, wollte der Welt nur die Augen öffnen, wollte ihr die Allmacht Gottes verdeutlichen. Das war seine Frohbotschaft. Nicht das Drohen der Kirche. Nein, frei und glücklich sollten die Menschen sich an den Wundern Gottes in der Natur erfreuen können. Ach, hätte er doch auf den guten Guiseppe gehört. Er hatte ihn vor den Fanatikern gewarnt. Was wohl aus ihm geworden war? Aber er, Giordano, war selbst ein Verbohrter. Einer, der nur noch sich und seinen Drang zu höherer Weisheit und Erkenntnis kannte. Ein eitler Narr war er gewesen. Nicht genug hatte er bekommen können von den Auseinandersetzungen mit den Gelehrten an den Universitäten und an den Fürstenhöfen. Hochmut und Eitelkeit – sie hatten ihn in diesen Kerker gebracht, und nun war alles vorbei. Giordano schluchzte auf. Wem sollte er nun seine Gedanken weitergeben? Wem sein Wissen übermitteln, auf dass es weiter blühe und gedeihe und in die Welt hinausgetragen werde? Vielleicht hätte er doch einen ganz anderen Weg wählen sollen. Seinem Begehren nachgeben, wenn er eine Frau getroffen hatte, die seine Sinne verwirren und sein

Herz vor Freude springen lassen konnte. Aber nein. Kein Platz für Gefühle, wo die Wissenschaft regiert. Stolz konnte er nun auf sich sein, dass er so selbstbeherrscht war. Stolz, dass ihn seine hart erlernte Disziplin nun in dieses dreckige Loch gebracht hatte anstatt in ein schönes Haus, wo er seine vielen Kinder die Gedächtniskunst oder das Wissen über das Weltall hätte lehren können. Die Tränen waren versiegt, die Wut über sich selbst war geblieben. Er hatte die Wahl gehabt. Nun hatte er sie nicht mehr.

Kapitel 3

Giordano wählte den Weg an der Küste entlang, westlich am Vesuv vorbei. Es war schwül, und er begann, schon wenige Schritte nachdem er die kühlenden Klostermauern verlassen hatte, stark zu schwitzen.

Kopernikus … an ihn musste Giordano nun denken, als er den Himmel über sich betrachtete. Kopernikus. Bald schon, war er sich sicher, würde er wieder in den Genuss der Lektüre dieses großartigen Geistes gelangen.

Die schmale Landstraße nahe am Meer versprach Linderung durch einen leichten Seewind. Rasch versuchte er die engen Gassen Neapels zu verlassen, wo es nach Unrat stank und die Katzen mit den Ratten um Fressbares wetteiferten. Der sternenklare Himmel würde ihm den Weg weisen. Eine angenehme Leichtigkeit, die er nicht mehr gespürt hatte, seit er zum Priester geweiht worden war, erfasste ihn. Die Bücher drückten durch den Stoffbeutel gegen seinen Rücken, doch gemahnten sie ihn ständig an die Worte der altehrwürdigen Kirchenväter, die Askese und Abwendung von allem Luxus gepredigt hatten. Der Weg war steinig. Giordano konnte zwischen Eselsdung und Ziegen den Duft wilden Majorans ausmachen. Einzig der kleine Guiseppe würde ihm fehlen. Der Einzige, der seinen Gedanken hatte folgen können, der lange Nächte mit ihm diskutiert hatte. Über die Unendlichkeit, das Universum und Gott. Darum drehte sich doch alles.

Giordano spürte die Unebenheit der Straße. Er war nie länger vor den Klostermauern gewesen, außer um ab und an einer Vorlesung in den Akademien des Telesio oder des della Porta zu lauschen. Das Leben draußen hatte ihn nicht sonderlich interessiert. Eine gute Wegstunde südlich von Neapel kamen ihm aus der Dunkelheit die ersten Menschen entgegen. Bauern auf dem Weg zu den Märkten der Stadt. Ochsengespanne. Schwer bepackte Esel brachten Oliven, Datteln und Öl. Allerlei Federvieh in Holzkäfigen, luftgetrockneter Speck und Wassermelonen, um die Einwohner Neapels zu versorgen. Kleine Kinder schliefen auf den Ochsenkarren, während die schon etwas älteren die Tiere mit Stockhieben antrieben. Die meisten von ihnen liefen barfuß und trugen wadenlange, an vielen Stellen geflickte Hosen, die nur durch ein Stück Seil am Bund festgehalten wurden. In der Dunkelheit konnte Giordano die endlosen Reihen der Olivenbäume, die hin und wieder von kleineren Weingärten unterbrochen waren, nicht sehen. Die Bauern hatten ihre Grundstücke mit niedrigen Steinmauern eingesäumt, wohl auch um der Erde Schutz vor den einmal von der Bergseite, einmal von der Meeresseite kommenden Winden zu bieten.

Giordano versuchte, sich mit einigen Denkübungen die Zeit zu vertreiben. Die letzten Monate hatte er sich intensiv mit den Schriften des katalanischen Philosophen Raimundus Lullus beschäftigt und dabei viel über Logik und Gedächtniskunst, aber auch über Alchemie und Metaphysik gehört, Disziplinen, die ihn magisch anzogen, wohl wissend, dass sie im Kloster nicht wohlgelitten waren. Einige seiner Mitbrüder kamen öfter heimlich zu ihm, und er erzählte ihnen von wundersamen Dingen, über die er in Büchern gelesen hatte, die sie selbst nicht einmal aufzuschlagen wagten. Lullus hatte eine Maschine erfunden, mit der man Wörter kombinieren konnte, um daraus logische Schlüsse ziehen zu können. Die Wörter waren auf Scheiben geschrieben, die durch Drehen der Scheiben neue Kombinationen und logische Zusammenhänge ergaben.

Mühelos gelang es ihm, ein Buch, das er schon vor einiger Zeit gelesen hatte, zu memorieren. Natürlich hatten Aristarch von Samos und der große Kopernikus recht. Nicht das Weltall drehte sich um die Erde, war gleichsam wie eine Zwiebel von Schalen aus Feuer, Licht, Wasser und Äther, in dem sich die Leiber der Verstorbenen aufhielten, umgeben, sondern alle Planeten, also auch die Erde, drehten sich in Bahnen um die Sonne. Er, Giordano Bruno, würde Ptolemäus und Aristoteles für ihren Irrtum von ihren Sockeln stoßen. Er war überzeugt, dass man ihm anderswo, fernab von der Stadt Rom, der Hüterin der Irrlehren, zuhören und ihn verstehen würde. Giordano beobachtete die Sterne. Innerhalb kürzester Zeit konnte er die Wanderbewegung naher Planeten erkennen, sah Sternschnuppen. Wie konnte man nur so verbohrt sein und das so Offensichtliche nicht begreifen? Wie viel wunderbarer war der Gedanke, dass Gott der Allmächtige etwas viel Größeres, Unbegreifliches, für unser Auge nicht Sichtbares erschaffen hatte? Alles andere kam für Giordano nicht mehr in Betracht. Mehr noch. Es war doch auch denkbar, dass wir nicht allein in diesem unendlichen Weltall lebten. Wozu hätte sich Gott die Mühe machen sollen, das All, den Kosmos zu schaffen, wenn es dann nur auf einem, noch dazu verhältnismäßig kleinen Planeten Leben gab? Nein, nein. Giordano war überzeugt, dass es da draußen noch mehr gab. Mehr geben musste. Er schmunzelte. Was, wenn gerade jetzt in dieser Sekunde auf einem fernen Planeten ebenfalls ein Wanderer sich dieselben Gedanken machte, und beide konnten einander nur erahnen, aber niemals sehen?

Übers Meer kamen nun leichte Böen. Bald schon würden die ersten Fischerboote zum Fang hinausfahren. Eine kleine Herde Ziegen, von Giordano durch eine Mauer lose aufeinandergestapelter Steine getrennt, folgte ihm eine Weile. Akazien säumten den Weg. Die Umrisse des Vesuvs hoben sich klar gegen den Nachthimmel ab. Vor vielen Jahren musste es einen gewaltigen Ausbruch gegeben haben. Links und rechts des Weges hatte nun üppige Vegetation die grauschwarzen Vulkanfelsen überdeckt. Was würde die Mutter sagen, wenn er plötzlich in der Tür stand? Der Vater? Würde er überhaupt da sein? Als Soldat hatte er sich bei unterschiedlichen Kriegsherren verdingt, war oft zur See gefahren, so dass Giordano ihn als Knabe kaum zu Gesicht bekommen hatte. Er hatte es geliebt, seine Mutter so lange für sich allein zu haben, hatte sich aber auch immer über die Rückkehr des Vaters gefreut, da dieser meist irgendein kleines Geschenk für ihn im Seesack gehabt hatte. Es war noch ein gutes Stück Wegs nach Nola, und Giordano würde in der ärgsten Hitze immer wieder kleine Pausen einlegen müssen. Er pflückte ein paar Feigen von den Bäumen am Wegesrand. Die ersten Insekten kündigten die Morgendämmerung an.

Kapitel 4

Leise hatte sich Guiseppe von seinem Lager erhoben, um Giordano zu folgen. Der Auftrag des Priors war eindeutig. Zum Seelenheil des Abtrünnigen und um Gefahr, die von seinen Irrlehren für andere ausging, abzuwehren, war ihm aufgetragen worden, dem Mitbruder heimlich zu folgen und ihn wenn nötig bei der Inquisition anzuzeigen. Guiseppe verehrte den Älteren, bewunderte seinen Intellekt. Aber es war ihm klar, dass er zum Wohle der heiligen römisch-katholischen Kirche nicht zulassen konnte, dass reine Seelen durch ketzerische Ideen verdorben würden. Er hatte keine Sekunde gezögert, als man ihm die Absichten des Klostervorstands mitgeteilt hatte. Die letzten Monate hatte er so viel Zeit wie nur irgend möglich in der Nähe Giordanos verbracht, aber seine Zuneigung wurde nicht erwidert. Sie konnten zwar leidenschaftlich miteinander diskutieren, aber der um etliche Jahre Ältere ließ die Nähe nicht zu, die Guiseppe sich so sehr wünschte. Im Gegenteil, oftmals hatte er sich zum Gespött aller gemacht, wenn der Bewunderte seine Einfältigkeit wieder einmal mit Hilfe von Gedächtniskunststücken für alle sichtbar machte. Verschämt hatte Guiseppe sich dann jedes Mal davongeschlichen, aber immer wieder suchte er den Kontakt zu ihm, spürte, dass etwas Großes, etwas Erhabenes von ihm ausging. Doch Giordano, schien es, wollte nichts von ihm wissen. Er verhöhnte und verspottete ihn, wo er nur konnte. Hieß ihn in den hitzigen Debatten über Heilige und die Marienverehrung einen ignoranten Tölpel und Hohlkopf. Einen, der mit Blindheit geschlagen war, wie alle anderen Mitbrüder auch, der willenlos wiederkäute, was man ihm als Gedankenfutter zum Fraß vorwarf. Oft war ihm das Gesicht mit der markanten Nase, ebenmäßig wie bei einer griechischen Statue, den hellen, klaren mit einem Stich ins Bläuliche gehenden Augen und dem stets spöttischen Zug um die Mundwinkel im Traum erschienen, hatte ihn einfach nur ausgelacht oder aber forsch zu mehr Mut zum selbständigen Denken aufgefordert.

Guiseppe hegte schon seit einiger Zeit den Verdacht, dass der Tag nicht mehr fern war, da Giordano aus dem Kloster fliehen würde. Auch hatte er die Gespräche des Klostervorstandes belauscht, in denen es darum ging, ob man Rom von dem ketzerischen Treiben Giordano Brunos informieren sollte. Als er merkte, dass der Tag, an dem Giordano den Orden verlassen würde, nahte, offenbarte er sich dem Prior. Der lobte ihn und versicherte ihm, dass der Auftrag, ihm zu folgen, nur zum Besten des verirrten Schafes sei. Man wolle den Mitbruder ziehen lassen, aber sollte er nicht zur Besinnung kommen, war er unverzüglich der Kirchenobrigkeit auszuliefern, und diese Aufgabe war nun Guiseppe zuteilgeworden. Noch wenige Monate zuvor hatte er sich auf die Seite Giordanos gestellt, hatte ihn vor den Anfeindungen offenbar neidischer Mitbrüder in Schutz genommen. Er war auf der Hut und allzeit bereit gewesen, den Mitbruder zu warnen. Leider war er zu spät gekommen, als er bemerkt hatte, dass man das Buchversteck im Abtritt entdeckt hatte. In letzter Sekunde hatte er versucht, die Bücher an sich zu nehmen und vor den neugierigen Blicken der Mönche in Sicherheit zu bringen. Mehrmals hatte er dem Prior des Klosters berichten müssen, worüber der Hitzkopf sich wieder einmal in Rage geredet hatte, und jedes Mal musste er nach so einem

Gespräch zur Beichte, um sich von der Sünde der Lüge zu reinigen. Der Prior und sein Stellvertreter hatten ihn in langen nächtlichen Gesprächen davon überzeugt, dass der von ihm Bewunderte irrte und dass eine Gefahr für die Gläubigen von ihm ausging. Ab diesem Zeitpunkt war er bereit gewesen, alles zum Schutze ihrer ehrwürdigen Gemeinschaft zu tun, und doch nagte etwas in seiner Brust, das er sich nicht erklären konnte und das er auch durch noch so häufiges Beten und Selbstkasteiung nicht loswurde.

Auch Guiseppe hatte unter seiner Bettstatt seinen Wanderranzen bereit, gefüllt mit Lebensmitteln, einer Kniebundhose und einem weiten Leinenhemd, die er anstelle der weißen Leinenkutte der Dominikanermönche überziehen würde, sobald es sein Auftrag verlangte. Der Prior hatte ihm auch einen Beutel mit Gulden gegeben, damit, sollte seine Reise von längerer Dauer sein, für das Nötigste gesorgt sei. Er war von zierlicher Gestalt, wog kaum so viel wie ein kleines Schaf, wie seine Mitbrüder immer wieder lästernd feststellten, wenn sie beim gemeinsamen Bade waren. Dennoch folgte er Giordano barfuß, damit das Knarren der Holzdielen ihn nicht verriet. Egal, wo die Reise hinging, Guiseppe würde von nun an in seiner Nähe sein, und er wollte dafür sorgen, dass er so bald als möglich reumütig in den Schoss des Klosters zurückkehrte.

Kapitel 5

Giordanos Mutter schlug die Hände vors Gesicht. „Mein Junge, mein Junge!“ Weinend, lachend küsste und herzte sie ihren Sohn. „Mein Junge, mein Junge“, stammelte sie, mehr konnte sie nicht sagen. Giordano lächelte matt. Er freute sich sehr, sie zu sehen, sie, zu der er immer ein herzliches Verhältnis gehabt hatte. Die kleine, gedrungene Frau tastete nun mit ihren von der harten Feldarbeit rauh und schwielig gewordenen Fingern das knochige Gesicht ihres Sohnes ab, als müsse sie erst mit den Händen fühlen, begreifen, dass ihr Giordano leibhaftig vor ihr stand. Über sechs Jahre war es nun her, dass sie ihn zum letzten Mal gesehen hatte. Es schien ihm, als trüge sie immer noch dasselbe dunkelbraune, an manchen Stellen bereits brüchig gewordene Kleid mit der speckig glänzenden, weißen Schürze darüber. Ihr Haarreif, da war er sich sicher, war jedenfalls der aus Schildpatt, den ihr sein Vater von einem seiner Feldzüge mitgebracht hatte. Giordano war unrasiert, und seine Bartstoppeln stachen seine Mutter in die Handflächen. Er versuchte seinerseits, so gut es ging, ihre Freudentränen zu trocknen. Erst jetzt hatte er Gelegenheit, sich in der kleinen Kammer, die Wohn- und Essbereich zugleich war und in der früher auch seine Bettstatt gestanden hatte, umzusehen. Das Haus selbst war ebenfalls unverändert. Der einstöckige Ziegelbau umschloss wie eine kleine Festung einen gepflasterten Innenhof. Im hinteren Teil des Hauses, der direkt an die Weingärten grenzte, befanden sich die Weinpresse und der Zugang zu einem in den felsigen Boden gehauenen Weinkeller, in dem ein gutes Dutzend Fässer lagerte. Es war Giordano immer verboten gewesen, alleine in das feuchte Gewölbe zu gehen.

Seine Mutter hatte gerade bei Kerzenschein einen beschädigten Korb geflickt. Es hatte sich kaum etwas verändert, seit er von hier fortgegangen war. Die beiden gefleckten Katzen, die ihm als Junge zugelaufen waren, waren immer noch da und strichen nun um seine Beine. Die Schwänze steil nach oben gereckt, wollten sie gestreichelt werden. Auch sein Bett stand noch dort, wo er es einst verlassen hatte. Nur das Kruzifix darüber, das er irgendwann einmal abgehängt und auf den Schrank mit den Lebensmitteln gelegt hatte, war wieder an seinem alten Platz. Es roch nach Schmalz und Äpfeln. Durch die offenen Fenster wehte ein leichter Nachtwind.

Die letzten Kilometer Richtung Nola waren Giordano wie eine Ewigkeit vorgekommen. Er hatte unterwegs kaum haltgemacht. Ab und zu ein Schluck Wasser aus einer Zisterne in den kleinen Ortschaften, durch die er gekommen war, eine kurze Rast im Schatten eines Feigenbaums, dann war er wieder zurückgekehrt in seine Gedankenwelt, die ihn den langen, beschwerlichen Weg für geraume Zeit vergessen ließ. Nun spürte er aber seine wundgelaufenen Füße. Das alte Holzbett ächzte wie früher, als er sich darauf niederließ.

„Hast du Hunger, Durst? Was kann ich dir bringen?“ Seine Mutter hatte endlich ihre Fassung wiedergefunden. In der Ferne heulten ein paar streunende Hunde den prachtvoll leuchtenden Mond an. Zu gern hätte sie ihn jetzt gleich gefragt, was in aller Welt er spätabends hier wolle. Die Freude, ihn wiederzusehen, wich der Sorge und Angst, im Kloster könne etwas vorgefallen sein. Es war eine sehr schwere Entscheidung für sie und ihren Mann gewesen, den damals erst Vierzehnjährigen zum Studium nach Neapel zu schicken. Nur allzu gut hätten sie eine helfende Hand für ihre kleine

Landwirtschaft brauchen können. Der Vater war wieder kurz davor gewesen, in einen Krieg zu ziehen, von dem man nie genau sagen konnte, wie lange er dauern würde. Es war gegen die Türken gegangen, und es konnten Jahre vergehen, bis er wieder nach Nola zurückkehren würde. Die Nachbarn, die dann in der Landwirtschaft aushalfen, hatten ihnen zugeredet, den Sohn nicht ziehen zu lassen, doch Giordanos Mutter war sich nicht sicher, ob sie alleine für sich und den Jungen würde sorgen können, zumal sich eine längere Dürreperiode ankündigte. Der Eigenbrötler solle lieber arbeiten, wie ihre Kinder auch, hatten die Nachbarn sich eingemischt. Studieren wollte er. Grammatik, Rhetorik, Poetik – wer sollte davon einmal eine Familie ernähren können? Ein Augustinerpater auf der Durchreise hatte sie schließlich überredet, den auffallend begabten Jungen nach Neapel zu schicken. Er hatte sich angeboten, ihn mitzunehmen und dafür zu sorgen, dass er im Kloster untergebracht würde. Auf die Frage, wer denn für die Kosten aufkäme, hatte er nur gelächelt. Der Orden freute sich über begabten Nachwuchs und konnte ein so schlaues Bürschchen, wie ihr Junge es war, gut brauchen. Er konnte es formen und dafür sorgen, dass ein guter, kirchentreuer Geistlicher aus ihm würde. Mit siebzehn war er dann in den Dominikanerorden eingetreten, der ebenfalls für seinen Unterhalt aufkam. Dort war er das erste Mal mit der Philosophie des Aristoteles in Berührung gekommen. Gierig verschlang er die Werke Averroes'. Magisch zogen ihn die theologischen und philosophischen Schriften, die er im Kloster fand, an. Besonders die Naturphilosophien hatten es ihm angetan. Lukrez, Platon, aber auch die Werke Ovids, Horaz' und Vergils lernte er rasch zu lieben. Giordano besuchte auch öffentliche Vorlesungen außerhalb der Klostermauern. Die freie, wortgewaltige Rede mancher Professoren ließ in ihm den Wunsch wachsen, irgendwann einmal ebenso vor den Studierenden zu stehen und sie an seinem Wissen teilhaben zu lassen.

Die Hunde hatten ihr Geheul aufgegeben, und eine der Katzen hatte sich auf dem Schoß Giordanos niedergelassen, ließ sich den Rücken kraulen und gab dabei sanft schnurrende Laute von sich. Ohne eine Antwort abzuwarten, hatte seine Mutter Brot, Käse und einen Krug mit frischem Wasser, das sie rasch aus dem hauseigenen Brunnen in dem kleinen Gemüsegarten hinter dem Haus geholt hatte, auf den Tisch gestellt. Immer noch hatte er kein Wort gesprochen. „Wo mag denn der Vater sein?", dachte er.

„Dein Vater ist draußen bei den Ziegen auf der Weide." Es war, als hätte sie seine Gedanken erraten. „ Schon zwei Mal ist uns in letzter Zeit ein Jungtier abhandengekommen, und dein Vater wird wohl die ganze Nacht wachen und sehen, wer der freche Dieb ist." Giordano schmunzelte. Er kannte seinen Vater nur zu gut. Er würde so lange bei den Tieren bleiben, ja selbst draußen übernachten, bis er herausgefunden hatte, wer es wagte, sich an seinem Eigentum zu vergreifen. Sicher war der alte Soldat gut bewaffnet. Geübt im Kampf Mann gegen Mann, brauchte man sich keine Sorgen um ihn zu machen, auch wenn er es mit einer größeren Diebesbande oder einem wilden Tier zu tun bekäme. Wortlos ließ er sich das Essen schmecken, leerte den Krug in einem Zug. Der klobige, unebene Holztisch ließ Kindheitserinnerungen in ihm wach werden. Immer noch gab es eine große, dicke, weiße Kerze in der Mitte des Tisches wie die, mit deren Wachs er als Junge so gern gespielt hatte, ließen sich daraus doch herrliche Kügelchen und andere Gebilde formen. Sein Vater hatte ihm einmal kleine Holztiere und Figuren von Kriegern von einem seiner Feldzüge mitgebracht. Mit diesen hatte der kleine Junge dann stundenlang im Schein der Kerze gespielt, während draußen der scharfe Wind von den nahen Bergen pfiff.

Giordano nickte nur, als seine Mutter ihn fragte, ob er länger bleiben wolle. Immer noch traute sie sich nicht, ihn zu fragen, warum er denn nun hier sei. Sie wusste nur zu gut, dass er darauf lediglich antworten würde, wenn er wirklich wollte. Also ließ sie ihm Zeit. Drängte ihn nicht.

Sie musterte ihn. Wie dünn er geworden war … das dunkle Haar hing strähnig in sein Gesicht. Die Haut war gebräunt von der langen Wanderung in der Sonne, an manchen Stellen begann sie sich bereits zu lösen. Nach dem Mahl legte er sich in sein altes Bett und merkte gar nicht mehr, wie ihm seine Mutter die wunden Füße mit einer kühlenden Salbe einrieb.

Kapitel 6

1. Februar 1596

Kardinal Bellarmin hatte schlecht geschlafen. Der Ketzer war ihm im Traum erschienen, hatte ihn verhöhnt und einen dummen Pfaffen genannt, der nur weltliche Genüsse im Sinn hatte. Er rieb sich die Augen und richtete sich schwer ächzend im Bett auf. Langsam kam Leben in seine kräftige Statur. Er goss Wasser aus einem Tonkrug in die Waschschüssel neben seinem Bett. An diesem Tag würde die Entscheidung über das Schicksal Giordano Brunos fallen. Aber eigentlich, so schien es, war sie wohl schon gefallen. Niemals würde der Häretiker abschwören, das war Bellarmin absolut klar, und keinesfalls durfte das Offizium zulassen, dass Bruno seine Irrlehren weiter verbreiten konnte. „Valerio!" Der Kardinal spürte, dass er seine Blase entleeren musste. „Valerio!" Hörte der Tölpel sein Läuten und Rufen nicht? „Valerio!" Ungeduldig rief er erneut nach seinem Diener, damit dieser ihm beim Ankleiden behilflich sei.

Die Menschen waren so dumm und leichtgläubig. Schnell fielen sie auf einen, der schöne Reden halten konnte, herein, und reden konnte dieser Sturkopf. So gut, dass selbst er, Bellarmin, sich dabei ertappte, wie er minutenlang den gut fundierten Verteidigungsreden des Angeklagten lauschte und dabei so etwas wie Bewunderung verspürte. Aber schnell schob er diese Gedanken wieder beiseite. Hier ging es um mehr: um das Heil und die Zukunft der heiligen römisch-katholischen Kirche, und diese Zukunft durfte nicht wegen eines kleinen unbedeutenden Ketzers aufs Spiel gesetzt werden. Niemals.

„Valerio, endlich, wo bleibst du denn so lange?“

„Verzeiht, Exzellenz, verzeiht!“ Der um fast einen Kopf kleinere Diener machte eine tiefe Verbeugung, ehe er die purpurne Robe des Kardinals mit einem geübten Schwung über die stattliche Erscheinung warf. „Ich habe Euer Läuten wohl überhört.“

„Schon gut“, murmelte Bellarmin unter der Robe hervor. Er konnte dem Alten nicht böse sein. Zu lange kannten sie einander schon, waren eigentlich bestens aufeinander eingestellt, aber immer häufiger spürte er, dass Valerio mit seinen über siebzig Jahren den Anforderungen, die er an ihn stellte, nicht mehr gewachsen war. Der Geistliche wusste, dass es der größte Sieg für ihn wäre, wenn Bruno widerrufen würde. Dann könnte er aller Welt sagen: „Seht her, er hat eingestanden, dass er irrte. Der gütige, allmächtige Gott hat ihm die Einsicht geschenkt und ihn zur Umkehr von seinem Irrweg bewogen. Seht her: Gottes Barmherzigkeit kennt keine Grenzen. Selbst ein so schweres Verbrechen wie das der Ketzerei verzeiht er in seiner unendlichen Güte. Unser Bruder Giordano Bruno war geistig verwirrt, jetzt können und werden wir ihn wieder in unsere Gemeinschaft aufnehmen.“ Ja, so sollte es sein. Bellarmin war aufgewühlt. Das zu erreichen war nun sein Ziel.

Mühsam ächzend richtete Valerio sich auf, nachdem er dem Kardinal die Schuhe gebunden hatte.

Der Papst wäre überglücklich, und Ruhe und Frieden würden wieder in ihre Kirche einziehen.

Nachdem er fertig angekleidet war, kniete Bellarmin auf seinem Gebetsschemel und begann mit den Morgenexerzitien. Er konnte sich nicht so recht konzentrieren. Geistesabwesend flüsterte er wie jeden Morgen seine Gebete. Wenig später würde er mit dem Ordensgeneral der Dominikaner, Hippolytus Maria Beccaria, und dem Procurator Paul Isario della Mirandola in einem kleinen, den Mitgliedern des Heiligen Offiziums vorbehaltenen Speisesaal im oberen Teil der Engelsburg das Frühstück einnehmen. Er würde mit ihnen die Strategie besprechen, wie man Bruno am besten in die Zange nehmen konnte, um ihn doch noch zur Umkehr zu bewegen. Am meisten waren die Menschen zu beeindrucken, wenn es der Kirche gelang, einen armen Sünder zur Umkehr zu bewegen, und wenn sie dann Gnade walten und ihn hinter Klostermauern seine Sünden bereuen ließ. Wenn es aber gar nicht anders ging, dann musste man den Menschen zeigen, dass die irdischen Qualen der Folter und der Tod auf dem Scheiterhaufen erst ein Vorgeschmack auf das waren, was den Sünder im ewigen Fegefeuer erwartete. Nur so blieben sie gottesfürchtig und gehorchten den Gesetzen der heiligen römisch-katholischen Kirche.

Bellarmin lief aufgeregt die Treppen hinunter, die direkt von seinen Schlafgemächern ins Vestibül führten, und rief dabei laut nach den Dienern, die ihn auf seiner Sänfte Richtung Vatikan bringen sollten. Obwohl es noch früh am Morgen war, herrschte in den Straßen und Gassen Roms schon geschäftiges Treiben. Nachdem Papst Clemens VIII. die Schweizergarden seines Vorgängers zu seinem persönlichen Schutz übernommen hatte, gewährte er auch hochstehenden Persönlichkeiten wie dem Kardinal einen Wachmann zu dessen Sicherheit. Der blässliche junge Mann lief nun in knappem Abstand hinter der Sänfte her. Bewaffnet mit einem Schwert und einer Hellebarde, auf dem Kopf einen Helm, rannen dem Armen die Schweißtropfen nur so über das Gesicht. Der Kardinal mochte die morgendliche Strecke über die Marktplätze, den Duft frisch geschnittener Blumen, das Geschrei der Bauern, die schon die halbe Nacht unterwegs waren, um ihre Waren hier in Rom unters Volk zu bringen: Melonen, Orangen, frisch gefangene Brassen und Garnelen aus Ostia. Geräucherte Wildschweinsalami von den Bauern um Gaiole. Köstlichkeiten aus dem ganzen Umland wurden auf den Märkten feilgeboten. Versperrte ein Ochsenkarren oder eine Gruppe streitender Marktfrauen den Weg, reichte es meist, den Wachmann vorzuschicken, und binnen kürzester Zeit war das Problem bereinigt. Die Diener des Kardinals kannten alle möglichen Abkürzungen, um so schnell wie möglich zur Engelsburg zu gelangen. Sie ächzten unter ihrer Last und wollten sie so schnell wie möglich wieder loswerden. Bellarmin wurde von Minute zu Minute euphorischer. Sein Plan war fertig. Heute würde er ihn besiegen, den Ketzer.

Kapitel 7

Unauffällig war Guiseppe dem Flüchtenden vor die Mauern Neapels gefolgt. Erst dort, auf offenem Feld, hatte er den Abstand zwischen ihnen größer werden lassen. Giordano hatte einen zügigen Schritt, und er musste sich ziemlich Mühe geben, ihn nicht aus den Augen zu verlieren. Neben Kleidung und Proviant hatte er noch einige Heiligenbilder in seinem Ranzen. Er hatte sich fest vorgenommen, bei nächster Gelegenheit die Diskussion über die Heiligenverehrung mit Giordano wieder aufzunehmen. Der schmächtige Mönch spürte, dass sein Mitbruder im Grunde seines Herzens ein frommer, gottesfürchtiger Mann war, der sich einfach nur durch falsche Propheten in die Irre hatte leiten lassen. Vielleicht würde es ihm ja gelingen, ihn wieder auf den rechten Weg und in die Klostergemeinschaft zurückzubringen, für die er in seinen Augen durch seine überragende Klugheit einen großen Gewinn darstellte. Guiseppe selbst war bei den Mönchen im Kloster aufgewachsen. Seine Mutter sei eine arme Bettlerin gewesen und habe ihn als kleines Kind in Stofffetzen gewickelt vor die Klostertür gelegt, hatte man ihm gesagt. Immer wenn er später die Mauern des Klosters verlassen hatte, sei es, um irgendwo einem Gottesdienst beizuwohnen oder um Botengänge für die Mönche zu erledigen, hatte er Ausschau gehalten nach Frauen, die bettelnd am Straßenrand saßen und dem Alter nach seine Mutter hätten sein können. Geekelt hatte es ihn manchmal vor den schmutzigen Weibern, die da im Dreck lagen, manche davon betrunken, nach Urin und Kot stinkend. Aber dennoch waren die Neugierde und die Sehnsucht, vielleicht doch noch irgendwo seine Mutter zu finden, größer als der Abscheu. Auch durch die engen Gassen, in denen die Huren ihre Körper feilboten, trieb es ihn manchmal. Das Gejohle war jedes Mal groß, und jede versuchte mit aufreizenden Posen die Aufmerksamkeit des jungen Mönches auf sich zu ziehen. „Monachello, Monachello“, riefen sie und kicherten dabei wie kleine Mädchen. Die kecksten entblößten ihre Brüste, was Guiseppe nur aus dem Augenwinkel wahrnahm. Die Kutte geschürzt, mit hochrotem Kopf, versuchte er, auf glatten Ledersohlen über das abschüssige Steinpflaster laufend nicht auszurutschen. Er musste sich eingestehen, dass ihm das alles auch ein wenig gefiel. Aber er verfiel danach meist in eine tiefe Depression ob seiner unkeuschen Gedanken, die ihm regelmäßig eine ihn irritierende Erektion bescherten, und er erlegte sich daraufhin oft wochenlange strenge Bußexerzitien auf, um sich von seinen Sünden zu reinigen.

Nach etwa zwei Stunden Wanderung, als Giordano den Weg westlich des Vesuvs einschlug, wurde Guiseppe plötzlich klar, wohin dieser wollte. Oft und gern hatte er von seinem Elternhaus erzählt, und er war stolz darauf, dass seine Mutter als Einzige in der Umgebung lesen und schreiben konnte und es ihm, dem kleinen wissbegierigen Jungen, schon früh beigebracht hatte. Guiseppe wusste natürlich auch von dem kleine Örtchen Nola, und wohin sonst sollte Giordano unterwegs sein? Er hatte in all den Jahren nie über ein Ziel südlich Neapels gesprochen. Nach Norden, ja. Florenz, Venedig, Mailand, Turin, alles Orte, wo er auf verständige Brüder im Geiste zu treffen gehofft hatte. Aber im Süden? Nein. Ganz bestimmt war sein Ziel Nola. Oft hatte er davon erzählt, dass reiche Bürgerfamilien aus Neapel und Florenz oder gar aus

Rom die Stadt zu ihrem Landsitz erkoren hatten. Als kleiner Junge durfte er mit den Kindern einer Kaufmannsfamilie, die sein Vater mit Zitronen und Wein belieferte, spielen. Die Familie hatte sich schon um seine Mutter gekümmert, als diese noch ein kleines Mädchen war. Ausnahmsweise und als einziges Kind in der Umgebung hatte sie dem Unterricht, den die Kinder der Familie von einem Hauslehrer erhielten, still in eine Ecke gekauert, lauschen dürfen, und dorthin, nach Nola, würde er, Guiseppe, ihm folgen und auf eine günstige Gelegenheit warten, ihn umzustimmen, um dann mit ihm nach Neapel zurückzukehren. Bestimmt würde ihn die Begegnung mit der geliebten Mutter milde stimmen, und vielleicht gelang es den beiden ja gemeinsam, den Verirrten zur Umkehr zu bewegen. Wenn nicht, würde er keine Sekunde zögern, die von ihm erwarteten Maßnahmen zu ergreifen, dessen war sich Guiseppe sicher.

Kapitel 8

1. Februar 1596

„Nun, Monsignore, welche List habt Ihr Euch diesmal für unseren hartnäckigen Burschen ausgedacht?“ Beccaria kam dem Kardinal fröhlich gelaunt entgegen. Seine Augen leuchteten und schienen wie bei einer Unke die Höhlen verlassen zu wollen. Sein Doppelkinn schwabbelte bei jeder Bewegung. Hinter ihm im Speisesaal hatten Bedienstete bereits allerlei Köstlichkeiten aufgetan. Konfitüren aus Umbrien, Butter von den Bauern aus den umliegenden Bergen – und es roch nach Kaffee. Ein eigentümliches, stimulierendes Getränk, das erst vor kurzem seinen Weg nach Italien gefunden hatte und bei Adel und Klerus gleichermaßen beliebt war. Bellarmin mochte den Geistlichen nicht. Immer hatte er das Gefühl, er führe etwas gegen ihn im Schilde. Der Leibesumfang des Ordensgenerals war noch beträchtlicher als sein eigener, und man sah ihm deutlich an, dass er den weltlichen Genüssen nicht eben enthaltsam gegenüberstand. Er überlegte kurz, ob er Beccaria, der gut eineinhalb Köpfe kleiner war als er, an seinem Vorhaben teilhaben lassen sollte, Bruno nochmals dazu zu bringen, seine Theorie über die Unendlichkeit des Kosmos darzulegen. Denn nur diese Unendlichkeit würde der Allmacht Gottes gerecht, hatte Bruno immer wieder verkündet. Bellarmin aber würde mit der Bibel kontern, die sehr wohl von einem Schöpfungsakt, also von einem Anfang und auch von einem Ende, sprach. Er wollte eben etwas sagen, als nun auch della Mirandola keuchend die Treppe zum Speisesaal heraufkam. Der Procurator schien sich zu beeilen, als hätte er Angst, etwas zu verpassen. Trotz seiner über sechzig Jahre nahm er meist zwei Stufen auf einmal, seine beiden Kammerdiener hechelten hinterher. Oben angekommen, sah er beide erwartungsvoll an.

„Nun, verehrter della Mirandola, Ihr kommt gerade recht", begrüßte Beccaria den Procurator mit einem breiten Grinsen. „Seine Exzellenz, der Kardinal, wollte eben ausführen, wie er diesen gottlosen Ketzer endlich seiner gerechten Strafe zuführen wird. Sei der Bursche auch noch so hartnäckig, wir werden uns doch von so einem nicht an der Nase herumführen lassen, nicht wahr, Exzellenz?"

„Ganz recht, verehrter Beccaria, ganz recht." Bellarmin hatte sich entschlossen, die beiden doch an seinen Plänen teilhaben zu lassen. „Zuerst werde ich …"

„Vielleicht könnt Ihr Euch ja das alles sparen, verehrter Kardinal", unterbrach ihn Beccaria jäh. Triumphierend wedelte er mit einem Brief vor den erstaunten Gesichtern Bellarmins und della Mirandolas. Seine Zähne hatte er auf die Unterlippe gesetzt, was ihm das Aussehen eines Nagetieres verlieh.

„Ich denke, dieses Schreiben hier wird alles ändern."

Kapitel 9

Giordano wachte von einem Stimmengewirr auf. Wie lange hatte er geschlafen, und was war das für ein Lärm vor dem Haus? Mit einem Ruck setzte er sich auf. Seine Beine schmerzten, und er hatte großen Durst. Die Sonne stand schon sehr hoch. Es konnte gut schon auf Mittag zugehen. Sehr ungewöhnlich für ihn, der sich sonst bereits um vier Uhr früh mit den anderen Mönchen zum Gebet in der Klosterkapelle versammelte. Vorsichtig sah er aus einem Fenster. Das grelle Sonnenlicht blendete ihn, so dass er schützend eine Hand über die Augen halten musste. Seine Mutter stand wild gestikulierend mit zwei anderen Frauen im Schatten eines Kastanienbaums. Ab und zu deutete sie zu ihm herüber, und die Blicke der Frauen folgten ihrer Bewegung. Giordano zuckte kurz zurück, dachte, man habe ihn gesehen, schmunzelte dann aber. Dummer Esel, schalt er sich selbst. Was konnten ein paar alte Weiber schon von ihm wollen? Ihn der Inquisition ausliefern? Vermutlich waren es Nachbarinnen, die bereits von seiner Ankunft erfahren hatten und nun neugierig seine Mutter belagerten, um herauszufinden, was ihr Sohn denn fernab von Neapel hier wolle.

„Filip… Giordano, komm doch“, seine Mutter, die ihn nun bemerkt hatte und sich rasch verbesserte, nachdem er ihr als eine der wenigen Informationen am Abend zuvor mitgeteilt hatte, dass er von nun an nur noch Giordano genannt werden wolle. Neben seinem Bett stand wie früher ein Krug Wasser. Er benetzte sich kurz seine Augen und trat dann zögerlich ins Freie.

„Sieht er nicht prachtvoll aus? Mein Junge!“ Die Frauen warteten respektvoll in der Nähe, bis seine über das ganze

Gesicht strahlende Mutter, die nun sichtlich stolz ihren Sohn präsentieren konnte, das Eis brach. Gleich darauf ergoss sich ein Schwall von Fragen über ihn, die er geduldig ertrug. „Genug, genug!“ Giordanos Mutter musste ihren Sohn nun in Schutz nehmen. „Ihr seht doch, dass der Junge von der langen Reise noch geschwächt ist.“

Er lächelte. „Schon gut, Mutter, lass nur. Ich werde ein paar Wochen, vielleicht sogar Monate hier in meinem Elternhaus bleiben und dann Gelehrte in ganz Europa besuchen, um mit ihnen über Theologie, Philosophie und Naturwissenschaften zu diskutieren.“ Giordano wusste um die Wirkung seiner Worte und auch, dass damit fürs Erste alle weiteren Fragen ein Ende hatten. Seine Mutter genoss stolz den Eindruck, den ihr Sohn auf die beiden Nachbarsfrauen, biedere Bäuerinnen wie sie selbst, machte. „Du hast sicher Hunger.“

Giordano setzte sich auf eine Bank an der Hausmauer, spürte die Wärme, die von dem alten Gemäuer ausging. Unweit des Hauses sah er zwei kleine Jungen sichtlich vergnügt auf ihren Eseln über die steinigen Felder reiten. Erst jetzt nahm er die Stille wahr. Die Nachbarinnen, aber auch seine Mutter waren verschwunden. Ein paar Sperlinge auf der Suche nach Essensresten hüpften zögernd heran. Eine Fliege versuchte immer wieder, auf seinen Armen zu landen. Welch herrlicher Duft. Ligusterhecken säumten den schmalen Weg, der von der Hauptstraße herauf zum Haus der Brunos führte. Feigen und Kastanienbäume spendeten reichlich Schatten. Das Meer in der Ferne wirkte beruhigend auf ihn – das hatte es damals, als er als kleiner Junge oftmals auf der Hausbank saß, bereits getan. Das nächste Haus war etwa dreihundert Meter entfernt. Barfuß war er früher über spitze Steine und

Grashalme gelaufen, um zu den Nachbarkindern zum Spielen zu gelangen …

Wenig später legte eine der Nachbarinnen frisch gebackenes Fladenbrot, wie es in der Gegend üblich war, und ein paar tiefrote Tomaten vor ihm auf den Tisch. Durch zwei Zahnlücken grinsend, nickte sie ihm wohlmeinend zu. Die Hände vor dem Bauch verschränkt, stand sie nun da und wartete, dass er tüchtig zulangen würde. Auch die zweite Nachbarin kehrte bald darauf mit ein paar Feigen und Orangen zurück und gesellte sich nun zur ersten. Seine Mutter hatte frisches Wasser aus dem Brunnen geholt, und nun beobachteten sie ihn zu dritt, wie er das Fladenbrot erst mit Olivenöl bestrich und danach abwechselnd vom Brot und von den Tomaten abbiss. Nach jedem Bissen nickten sie ihm aufmunternd zu. Giordano beschloss, gleich nach dem Essen seinen Vater auf dem Feld aufzusuchen.

Kapitel 10

1. Februar 1596

„Ein Schreiben von Bruno an den Papst." Der Kardinal erbleichte, ihm stockte der Atem. Wie war Beccaria an das Schreiben gelangt – und warum hatte der Papst es ihm überlassen? „Habt Ihr ihn wieder foltern lassen", wollte er bereits sagen, doch er zwang sich, sich seine Erregung nicht anmerken zu lassen. Della Mirandola war der Erste, der die Fassung wiederfand. „Was hat der Ketzer zu sagen?" Der Ordensgeneral sah die beiden süffisant grinsend an und ließ mit der Antwort auf sich warten. Unaufhörlich wischte er sich mit einem bestickten Tuch den Schweiß von der Stirn.

„Nun kommt schon, was hat er geschrieben?", setzte der Procurator nochmals nach.

„Er hat widerrufen und will sich der Kirche unterwerfen."

Bellarmin stöhnte auf, rang nach Luft und ließ sich auf einen nahen Stuhl fallen. Aus. Vorbei. Er hatte diesen Sieg doch erringen wollen. Den verlorenen Bruder heimholen in den Schoß der Mutter Kirche. Er hatte doch beim Papst seine Stellung festigen und sich gegenüber seinen Mitbrüdern hervortun wollen, und nun, schien es, hatte Beccaria ihn seines Triumphes beraubt.

Wie auf ein Stichwort sagte dieser: „Ich persönlich habe dem Papst dieses Schreiben, das mir der Ketzer gab, überbringen dürfen." Weidlich kostete er die Enttäuschung, die den beiden im Gesicht stand, aus, denn auch della Mirandola hatte sich ausgerechnet, bei der Bekehrung Brunos eine wichtigere Rolle spielen zu können. Fassungslos las der

Kardinal nun die wenigen Zeilen, die Giordano Bruno in zittriger Schrift zu Papier gebracht hatte. Tatsächlich, der Ketzer lenkte ein. Nervös kaute er auf der Unterlippe. Aber halt, ein Hoffnungsschimmer keimte in ihm auf. Hatte er das nicht schon in Venedig getan und danach noch einige Male in Rom? Was wäre, wenn er den Ketzer heute dazu bringen konnte, vom Widerruf abzurücken? Würde dann nicht Beccaria schlecht dastehen? Hätte dieser dann nicht den Papst kompromittiert? Ein teuflischer Plan kam Bellarmin in den Sinn. So konnte es gehen. So musste es funktionieren.

Er verhörte Giordano Bruno nun schon seit fast drei Jahren, wusste um seine Unbeherrschtheit, sein aufbrausendes Gemüt. Die Arroganz, mit der er die Wahrheit, seine Wahrheit, aller Welt entgegenschleudern wollte. Bruno liebte den Streit, die verbale Auseinandersetzung. Er war ein genialer Rhetoriker, dem es mit Hilfe der von ihm zur Perfektion vorangetriebenen Gedächtniskunst mühelos gelang, seine Gegner in die Enge zu treiben. Mehr als einmal musste Bellarmin Sitzungen unterbrechen und für mehrere Tage aussetzen, wenn er erkannte, dass der Häretiker drauf und dran war, die Mitglieder des Heiligen Offiziums argumentativ auszuhebeln. Allzu oft geschah es, dass er ihnen die Worte im Mund umdrehte und sie Gefahr liefen, kapitulieren zu müssen. Giordano Bruno nahm dann zumeist eine drohende Körperhaltung ein, fuchtelte wild mit den Armen. Seine Stimme wurde immer lauter, überschlug sich fast, und in seinen Augen strahlte der Glanz eines durch und durch überzeugten Menschen. Der Vorsitzende des Offiziums nickte ein paarmal stumm und gab dann das Schreiben an della Mirandola weiter. Beccaria war enttäuscht, er hatte gehofft, dass sich Bellarmin in irgendeiner Form bewundernd über seinen Erfolg äußern würde.

„Ah, was haben wir denn da?" Der Kardinal rieb sich die Hände und sah auf den reich gedeckten Tisch. Er legte seine purpurne Mütze neben sich auf einem Beistelltischchen ab und winkte einem Bediensteten, um sich Kaffee eingießen zu lassen. Genüsslich sog er den Duft ein. Er liebte dieses neuartige bittere Getränk. Nun hatte er wieder die Oberhand gewonnen. „Sagt, werter Beccaria, wo treibt Ihr nur immer diese feinen Sachen auf? Und der Kaffee? Könnt Ihr mir nicht ein paar Säcke schicken?"

„In Trestevere, verehrter Kardinal, gibt es einen Händler, der Kaffee importiert. Eure Bediensteten werden sicherlich rasch herausfinden, wo er zu finden ist", erwiderte dieser sichtlich pikiert.

„Mir sagt dann bitte auch Bescheid", rief della Mirandola dazwischen. Der baumlange, hagere Mann fühlte sich übergangen. Er kannte Bellarmin zu gut, als dass er in seinem Gesichtsausdruck und der Art, wie er nun das Gespräch auf andere, scheinbar belanglose Dinge lenkte, nicht erkannt hätte, dass dieser etwas im Schilde führte. Bewundernd hatte er in den letzten Jahren miterlebt, wie geschickt er bei Verhören Ketzer überführt und sie allesamt einer gerechten Strafe zugeführt hatte. Nur bei Bruno schien auch er an seine Grenzen gekommen zu sein.

Beccaria gab klein bei. Fürs Erste. Denn so leicht wollte er sich seinen Triumph nicht streitig machen lassen.

Kapitel 11

Drei Monate weilte Giordano nun bereits in seinem Elternhaus. Die Begegnung mit seinem Vater hatte ihn zutiefst beunruhigt. Von weitem schon hatte er die gebückte Gestalt des Alten unter Olivenbäumen ausmachen können. Sein Herz hatte schneller zu schlagen begonnen. Was würde er sagen? Der Hund seines Vaters war ihm laut bellend entgegengelaufen. Beruhigend hatte er auf ihn eingeredet. Beim Näherkommen hatte er das von tiefen Falten durchzogene, von dünnem, grauem Haar umwehte Gesicht des alten Mannes erkennen können. Die markante Nase und die großen Ohren. Oft hatte er sich das Gesicht seines Vaters vorgestellt, wenn er wieder einmal nicht hatte einschlafen können. Er war es gewesen, der ihn nachts auf Wanderungen mitgenommen und ihm die Sternbilder am Himmel gezeigt hatte. Er hatte ihn Demut gelehrt vor den Weiten des Alls. In ihm das Staunen, aber auch das Schaudern vor der Unendlichkeit geweckt. Gegerbtes Leder war seine Haut geworden, ständig der Sonne ausgesetzt. Das Leben als Soldat, Verwundungen, Entbehrungen hatten ihn geprägt. Stumm hatte sein Vater nur die Hand gehoben, und dann hatten sie lange schweigend nebeneinandergesessen und die Ziegen beobachtet. Anders als seine Mutter wollte sein Vater gar nicht wissen, was ihn nach Nola geführt hatte. Als er ihn nach einigen Stunden wieder verließ, hatten sie nur wenige Worte gewechselt.

In den ganzen drei Monaten danach hatte sich sein Vater so gut wie nie im Haus blicken lassen, und auch an diesem Tag, als Giordano gegen Norden aufbrechen wollte, war er nicht erschienen. Sein Sohn hatte mittlerweile die Mönchskutte gegen Kniebundhose und Leinenhemd getauscht. Die letzten Wochen hatte er damit zugebracht, den Kindern aus der Nachbarschaft Lesen und Schreiben und den begabteren unter ihnen den Lauf der Gestirne und leichte Übungen der Mnemotechnik beizubringen. Oftmals übersah er dabei, dass sich immer mehr Kinder um ihn scharten, so sehr war er in seine astronomischen Ausführungen versunken. Er hieb mal hier gegen die Narren in Rom, mal dort gegen den Unverstand der Menschen, die unkritisch die Aussagen des Klerus akzeptierten. Seine Mutter hatte die argwöhnischen Blicke mancher Bauern wohl bemerkt. Dennoch erhielt er im Gegenzug für seinen Unterricht von ihnen neues Schuhwerk und einen Lederranzen, der die lange Reise besser überstehen sollte als der alte Stoffbeutel, und einen Wanderstab. Auf seine Anregung hin hatte seine Mutter das Fladenbrot, schon bevor sie es in den Backofen schob, mit Olivenöl bestrichen und mit Tomatenstücken belegt. So war es länger haltbar, und er nahm sich nun etliche Stücke mit auf die Reise. Auch eine neue Trinkflasche hatte ihm der Vater eines Schülers angefertigt. Die Dominikanerkutte mit dem Skapulier packte er ebenfalls in den neuen Ranzen und wickelte darin seine Bücher und ein paar Aufzeichnungen über Sternenbewegungen, die er in den letzten Wochen gemacht hatte, ein.

Es war noch sehr früh am Morgen. Vom Meer stiegen leichte Dunstwolken auf. Ein Hahn krähte. Seine Mutter spürte Tränen aufsteigen, als Giordano, nun bereit, seine Reise anzutreten, auf sie zuging. Derselbe Schmerz, den sie verspürte, wenn ihr Mann wieder einmal zu einem Feldzug aufbrach, machte sich in ihrer Brust breit. Wann würde sie ihn wiedersehen? Ihr Sohn nahm sie tröstend in den Arm. Tapfer kämpfte sie gegen die Tränen an, um ihm den Abschied zu erleichtern. Schweren Herzens marschierte Giordano los, aber schon bald obsiegten die Neugierde und die Vorfreude auf das Unbekannte, das ihm noch bevorstand. Vielleicht würde es ihm gelingen, irgendwo eine Professur zu bekommen. Jedenfalls wusste er, dass er Menschen treffen würde, die seine Ansichten zumindest verstehen würden. Mit denen er sich aufs trefflichste über Theologie und Philosophie würde streiten können. Denn nur der Streit, der offene, ehrliche Disput, das wusste er, brachte ihn in seinen Überlegungen weiter. Argument, Gegenargument, These, Antithese.

Seine Mutter sah ihm noch lange nach, bis sie ihn endlich zwischen den Ruinen am Fuß des Monte Cicala aus den Augen verlor. Auch Guiseppe sah sie, der Giordano in angemessenem Abstand folgte.

Der kleine Mönch hatte sich in den letzten Wochen äußerlich stark verändert. Die Sonne hatte die blässliche Hautfarbe des Jungen dunkel gefärbt. Er hatte etwas zugenommen, sich die Haare und einen Bart wachsen lassen. Bei Bauern in der umliegenden Gegend hatte er sich als Feldarbeiter verdingt, um das Geld, das er vom Prior erhalten hatte, nicht unnötig auszugeben. Er hatte sich bewusst entschieden, kein Kloster aufzusuchen. So war er unabhängig und konnte den Mitbruder zu jeder Tages- und Nachtzeit überwachen. Auch hatte er die Mönchskleidung vorübergehend abgelegt, um so wenig wie möglich aufzufallen. Wie Giordano hatte auch er versucht, dem einen oder anderen Bauernsohn Lesen und Schreiben beizubringen. Die Knaben waren es auch gewesen, die ihn über dessen Pläne informiert hatten, wenn er wieder einmal, so wie er es im Kloster getan hatte, eine

Schar staunender Menschen um sich versammelte, um ihnen Vorträge über den Kosmos zu halten. Nie hatte sich allerdings eine Gelegenheit ergeben, sich Giordano zu nähern und zu erkennen zu geben. Oder scheute er einfach nur die Auseinandersetzung mit dem Älteren, Klügeren? Wie würde dieser reagieren? Würde er ihn, wie so oft schon, vor allen anderen zum Gespött machen? Würde er ihn verjagen? Nein, noch war der Zeitpunkt nicht gekommen, an dem er sich Giordano nähern konnte, um ihn zur Vernunft zu bringen und zur Rückkehr ins Kloster zu bewegen. Noch fühlte er sich nicht stark genug und sicher, dass ihm das auch gelingen würde. Auch hatte er bemerkt, dass sein Mitbruder die Gebetszeiten, wie sie im Kloster vorgegeben waren, nicht mehr einhielt. Lieber blieb er nächtelang wach, um den Sternenhimmel zu beobachten und sich Notizen zu machen. Auch Guiseppe verschlief dann regelmäßig und wurde meist von seinem Dienstherrn oder einem der anderen Knechte unsanft geweckt. Während er dann tagsüber auf den Feldern schuften musste, konnte es sich Giordano im Schatten der Bäume gemütlich machen und sich stundenlang seinen geliebten Büchern widmen oder einfach den Schlaf der vergangenen Nacht nachholen. Auch jetzt, nach einigen Kilometern Fußmarsch, musste er feststellen, dass der andere gut ausgeruht und frohen Herzens mit schnellem Schritt Richtung Norden unterwegs war. Einmal wäre ihm Giordano fast entkommen, als ein Ochsenkarren anhielt, um den Wanderer aufsteigen zu lassen. Aber zum Glück hatte er ihn wenige Stunden später friedlich schlummernd unter einer Pinie wiedergefunden. Zwei Wochen waren sie so unterwegs, bis sie endlich Venedig erreichten, wo sie beide in billigen Herbergen in Mestre Unterkunft nahmen. Die Hafenstadt hatte früher als Befestigungsanlage zum Schutze Venedigs gedient. Jetzt tummelten sich dort Seefahrer, Soldaten und Menschen, die glaubten, dort ihr Glück zu finden.

Kapitel 12

20. April 1596

Gemächlich schritten die Mitglieder des Heiligen Offiziums die engen Treppen zu den Kerkern der Engelsburg hinab, der Kardinal voran. Papst Clemens hatte sein Erscheinen angekündigt, aber in letzter Minute durch einen Boten ausrichten lassen, dass er verhindert sei. Bellarmin war darüber höchst erfreut, konnte er doch nun in Abwesenheit Seiner Heiligkeit nach Belieben schalten und walten. Den intriganten Beccaria würde er in Schach zu halten wissen. Von della Mirandola drohte ebenfalls keine Gefahr, und die übrigen Mitglieder waren allesamt willige Befehlsempfänger Seiner Heiligkeit. Unselbständige Speichellecker. Am liebsten hätten sie Giordano Bruno gleich nach dem Beginn des Prozesses auf den Scheiterhaufen geschleppt, nur um wieder in Ruhe ihrem langweiligen Alltag nachgehen zu können. Einige unter den Mitbrüdern verachtete Bellarmin besonders, und im Grunde hatte er sogar eine gewisse Schadenfreude empfunden, als Giordano ihnen zu Beginn des Prozesses wortgewaltig vorgeworfen hatte, sich mit Huren und Lustknaben zu umgeben und sich die Bäuche mit den feinsten Köstlichkeiten aus Roms Speisekammern vollzuschlagen, während sie dem einfachen Volk Fastenexerzitien verordneten. Nicht alle waren so. Natürlich. Manche konnte man durchaus als Gelehrte, als Theologen von höchstem Range bezeichnen, wie ihn selbst auch. Manche wiederum hatte man einfach aus bedeutenden Adelsgeschlechtern abgeschoben, damit sie in ihren Ornaten keine größeren Dummheiten anstellen konnten. Er selbst musste immer wieder Giordanos Reden Einhalt gebieten, obwohl er sich innerlich köstlich über die entsetzten Gesichter der anderen amüsierte.

„Nun, Kardinal, werdet Ihr den Widerruf Brunos annehmen?“ Beccaria hatte sich nahe an den Vorsitzenden herangeschlichen. Fast flüsternd hatte er die letzten Worte gesprochen.

„Wir werden sehen, verehrter Ordensgeneral, wir werden sehen.“ Die Mitglieder des Offiziums setzten sich im Verhörsaal halbkreisförmig auf Stühle, deren Lehnen über ihre Köpfe ragten, was ihren Gestalten etwas Erhabenes gab. Hinter ihnen befestigte Fackeln erhellten den Raum, warfen ihre vielfach vergrößerten Schatten an die Wand. Das Rasseln von Ketten kündigte Giordano Brunos Erscheinen vor dem Gericht an. Schwächer noch als beim letzten Verhör, musste er von zwei Wachen gestützt werden. Das Haar hing ihm in wirren Strähnen ins Gesicht. Seine Haut war von Krätze übersät, seine Augen und Lippen waren stark geschwollen. Aber immer noch war ein Funkeln in seinen Augen, das so manchen im Offizium schaudern ließ, wenn ihn der Angeklagte für einen kurzen Augenblick direkt anstarrte. Ja, es schien, als wäre das Funkeln das Einzige, was an Giordano immer stärker wurde, je länger er den Qualen des Kerkers ausgesetzt war. Der Gefangene musste etwa zehn, fünfzehn Minuten warten, ehe die ewig gleiche Prozedur von neuem begann. Eines der Offiziumsmitglieder war aufgestanden: „Name?“

„Giordano Bruno, geboren 1548 in Nola“, Giordano hörte gar nicht mehr auf die Fragen, sondern leierte lustlos die Antworten herunter, „als Sohn des Soldaten Giovanni Bruno und der Fraulissa Savolina. Eintritt in den dominikanerorden zu Neapel 1565, geweiht zum Priester 1573." Der Gefangene fixierte einen Punkt in der Mauer direkt hinter dem Vorsitzenden. Er vermied es, das Kreuz, das man direkt vor ihm aufgestellt hatte, anzuschauen. „Das Kloster San Domenico Maggiore verlassen 1577." Wie oft hatte er diese Worte schon gesprochen? Wie oft würden sie sie ihn wiederholen lassen? Der Protokollschreiber nickte zum Zeichen, dass das Verhör beginnen konnte. Nun kam der Auftritt Beccarias. Triumphierend trug er auf Geheiß des Vorsitzenden den Inhalt des Widerrufschreibens Giordano Brunos vor. Noch während der Ordensgeneral las, begann Giordano den Kopf zu schütteln, erst leicht, dann immer heftiger. Interessiert beobachtete Bellarmin den Gefangenen. Was ging in ihm vor? Wollte er allein, aus freien Stücken, vom Widerruf zurücktreten? Das Herz des Kardinals begann wie wild zu pochen. Ruhig, bleib ruhig, befahl er sich selbst.

„Nein", stammelte Giordano erst kaum vernehmbar, „nein, nein!" Immer lauter wurde er, als Beccaria seinen Kollegen verkündete, der Ketzer habe wohl eingesehen, dass er sich geirrt hatte und dass die Gebete seiner Brüder aus dem Dominikanerorden wohl erhört worden seien.

„Nun, Kardinal Bellarmin, unter diesen Umständen und da es Papst Clemens' dringlichster Wunsch ist", schloss er seine Ausführungen, „schlage ich vor, Bruder Giordano noch heute zu entlassen und der Obhut seiner Mitbrüder im Kloster San Domenico Maggiore zu übergeben." Ein hämisches Grinsen umspielte seine Mundwinkel, als er den Vorsitzenden des Offiziums fest in die Augen schaute.

„Nein!" Der gellende Schrei Giordano Brunos hallte bis in die hintersten Winkel der Kerkeranlage.

Es war, als schwänden ihm die Sinne. Er bemühte sich, an etwas gänzlich anderes zu denken. An etwas Schönes, Liebliches. Doch es war keine Freude mehr in ihm. Der Kerker hatte alles zunichtegemacht. Eine tiefe Trauer hatte sich seiner bemächtigt. Nie mehr würde er Liebe spüren können. Tiefe ungeteilte Zuneigung, uneigennützig, selbstlos. Nie mehr – und nie würde er mehr erfahren, was sinnliche Liebe bedeutete.

Nächtelang hatte er in Paris mit Michel de Montaigne, einem Freund, über die Liebe und die Lust philosophiert, bis dieser eines Tages nach einigen Bechern Wein zu ihm sagte: „Mein lieber Giordano, über die Leidenschaft kann man nicht philosophieren, man muss sie spüren oder wie ein vertrockneter Rebstock zugrunde gehen." Giordano wusste, dass ihm das als Mönch, als Priester untersagt war, aber der war er ja schon längst nicht mehr. Schon seit geraumer Zeit war er exkommuniziert. An kein Gelübde mehr gebunden. Frei zu tun und zu lassen, was er wollte. Dann hatte er geträumt, von sinnlichen Lippen, die seine berührten, Händen, die ihn liebkosten. Nackte Haut, keuchender Atem, alles hatte sich wunderbar angefühlt, alles war ihm klar und schön erschienen. Am nächsten Morgen hatte er einige Gedichte über die sinnliche Liebe verfasst … das Papier zerknüllt, als er gelesen hatte, was seine Gedanken ihm in die Feder diktiert hatten … noch einmal begonnen, wieder zerknüllt … sich geschämt. Geschämt über die Scham. Sich einen dummen Esel gescholten und dabei doch so etwas wie Glück empfunden. Er spürte, dass er lebte und dass da noch mehr war als nur die Erforschung des unendlichen Kosmos. Als Gelehrte in ihren Talaren, die es zu widerlegen galt. Dispute, Thesen, das konnte doch nicht alles sein.

Kapitel 13

Die Schlafkammern in Guiseppes Herberge waren wie die in Giordanos mit je zehn Betten ausgestattet. Es roch nach Schweiß, Zoten und derbe Flüche schwirrten durch die Luft. Die meisten Herbergsgäste waren junge Burschen aus den nördlichen Regionen, die Abenteuerlust dazu bewog, auf irgendeinem Schiff als Matrose dem kärglichen Leben als Bauer zu entfliehen. Falsche Hoffnungen und Sehnsüchte nährten sich aus den Geschichten über das aufregende Leben der Seefahrer. Tresterbrand im Tonkrug machte die Runde. Mit Flaum auf den Oberlippen und roten Ohren lauschten die Jungen den immer wilder werdenden Erzählungen derer, die vorgaben, die Erfahreneren und Abgebrühteren zu sein. Auch Guiseppe hörte gespannt zu, und als der Tonkrug einmal bei ihm haltmachte, trank er geistesabwesend, bekam aber gleich darauf einen furchtbaren Hustenanfall, was die anderen zu schadenfrohem Gelächter veranlasste. Die Luft war stickig in den kleinen Räumen, so als sollten die angehenden Matrosen hier bereits auf ihre zukünftigen Lebensumstände vorbereitet werden. „Was ist mit dir, Freund, willst du auch auf ein Schiff?" Ein schon etwas älterer Kerl mit knorrigem Gesicht unter dichtem Barthaar hatte sich zu dem Mönch gesellt. „Unermessliche Reichtümer, schöne Frauen, alles, was du willst", schwärmte er, vom Schnaps offensichtlich schon benebelt.

Guiseppe beschloss, erst einmal auf Erkundung zu gehen. Auch durfte er Giordano nicht aus den Augen verlieren. Die Straße, in der sie sich befanden, war voll von billigen Absteigen und Kneipen, in denen Trinker mit Schnaps und Huren ihr letztes Geld und ihre Würde durchbrachten. Matrosen, Soldaten, Kaufleute, Handwerker auf der Suche nach dem Glück. Der Hafen, das Ende des Festlandes, ein neuer Beginn, ein Neuanfang, das Alte hinter sich lassend, eine neue Chance. Die Hafenstadt Mestre, obwohl ein Vielfaches an Einwohnern zählend, hatte immer schon im Schatten des übermächtigen Venedig gestanden, ein Wartesaal der Hoffnungen und Sehnsüchte. Manchen gelang die Abreise, manche spülte das Meer wieder zurück. Nur wenige versuchten es ein zweites, ein drittes Mal. Strandgut, dessen kläglicher Versuch, Fuß zu fassen, die stete Brandung unterspülte und letztlich zunichtemachte. Die engen Straßen Mestres waren schmutzig, und nach jeder Kutsche und jedem Eselskarren bekam Guiseppe Staub in Mund und Nase. Auch hatte die Pest die Gegend noch nicht ganz verlassen, und man sah immer wieder Kreuze auf Haustüren, die bedeuteten, dass ein Toter abzuholen war. Die meist nur einstöckigen Häuser waren von billiger Bauart und hatten nichts von den mondänen Palazzi der großen Schwester gegenüber.

„Willst du ein Bett?“ Giordanos Herberge war etwas größer als die Guiseppes. Der Herbergswirt war ein feister Kerl, dessen weites Leinenhemd speckig glänzte. Im runden, teigigen Gesicht hatte er kleine rote Pickel. Er erhob sich nicht aus seinem wackelig aussehenden Stuhl, sondern schloss einfach die Augen, als der Fremde abwinkte und erklärte, er sei nur auf der Suche nach einem Freund. Aber der Freund war nicht da. Guiseppe hatte alle Zimmer durchsucht, vorsichtig durch die Türen spähend, immer auf der Hut, falls Giordano plötzlich vor ihm stehen und ihn erkennen sollte. Zurück auf der Straße, wurde er sofort von Wanderhändlern bedrängt, so als hätten die Menschen hier Geld für den Tand, den sie anboten. Er ging die Straße auf und ab und hatte die Hoffnung schon aufgegeben, den Mitbruder doch noch zu finden, da sah er ihn durch das offene Fenster im hinteren Winkel einer Spelunke tief gebeugt über einem Papier, den Federkiel in der Rechten, ein Tintenfass vor sich. Wenn er jetzt nur seine Gedanken lesen könnte. Er hätte alles dafür gegeben zu erfahren, was Giordano umtrieb und was er zu Papier brachte. Das Wirtshaus war kärglich eingerichtet, aber dunkel genug, dass er es wagen konnte, es zu betreten, ohne sogleich erkannt zu werden. Er setzte sich mit dem Rücken zu dem Schreibenden, und der Wirt stellte ihm, ohne zu fragen, ein seltsames, abscheulich schmeckendes, sehr säuerliches rot-trübes Gebräu auf den Tisch. „Unser Hauswein", zischte er verächtlich grinsend zwischen den Zahnlücken hervor. Sein Atem roch nach Alkohol. Der Wein war nicht wie üblich gesüßt, mit Gewürzen versehen und mit Wasser verdünnt. Ein weiterer Gast an seinem Tisch war eingeschlafen und hatte den Kopf auf dem Arm abgestützt. Die anderen Gäste unterhielten sich lautstark, würfelten oder spielten Karten, so dass Guiseppes Hoffnungen schwanden, er könnte Giordano bei Selbstgesprächen belauschen, wie er sie früher oft und gern geführt hatte, wenn er angestrengt über einer Niederschrift saß. Kein Wort drang an sein Ohr, sosehr er sich auch anstrengte.

Diese Prozedur wiederholte sich einige Wochen lang. Bald schon fand Guiseppe heraus, dass Giordano sich am Morgen ins Wirtshaus begab, zu Mittag seine Schreibarbeiten unterbrach und Richtung Hafen ging, wo man auf offenem Feuer gebratene Sardinen auf Fladenbrot feilbot. Nach einer kurzen

Mahlzeit legte sich Giordano meist an einem schattigen Platz an der Mole, die Richtung Venedig zeigte, zur Ruhe, um danach seine Arbeit im selben Wirtshaus wieder aufzunehmen. Schon nach wenigen Tagen verfiel der kleine Mönch in fast denselben Rhythmus, nur dass er die Morgenstunden dazu nutzte, nach Gebeten in einer nahen kleinen Kapelle Schreibarbeiten für die Händler und Handwerker zu übernehmen, um sich so seinen Aufenthalt zu finanzieren. Gerne wäre er einmal mit dem Boot nach Venedig gefahren, um sich endlich die Stadt anzusehen, über die er so viel schon gehört hatte. Aber die Gefahr war zu groß, dass Giordano seine Arbeit abbrach und sich ein neues Reiseziel suchte. Guiseppe hatte mehrmals die Herberge gewechselt, da er den Gestank und die Derbheit der Gäste nicht mehr ertrug. Aber bald musste er erkennen, dass das Verhalten der Menschen hier überall gleich war. Schwache wurden verspottet, Starke bewundert und verehrt, und der Alkohol machte sie alle zu Brüdern, bis wieder zwei über irgendeine Nichtigkeit in Streit gerieten. Dann flogen die Fäuste, und nicht selten endete ein Zwist in einer Messerstecherei, bis Blut floss. Guiseppe war geschickt und flink genug, solchen Auseinandersetzungen auszuweichen, und Giordano war dermaßen in seine Arbeit vertieft, dass er gar nicht mitbekam, wenn es draußen auf der Straße wieder einmal wegen nichts um Leben und Tod ging.

Nach einigen Wochen änderte sich alles schlagartig. Giordano ging nicht wie jeden Morgen ins Wirtshaus, sondern steuerte geradewegs den Hafen an, um sogleich, ein dickes Bündel unter dem Arm, ein Fährboot nach Venedig zu besteigen. In letzter Sekunde gelang es Guiseppe, noch auf das Boot zu springen, und er wäre dabei fast mit dem Mitbruder zusammengeprallt. Vor Schreck, und um sich an der Reling festzuhalten, ließ dieser sein Bündel fallen, und ein paar beschriebene Seiten kamen zum Vorschein. Guiseppe konnte gerade noch die Worte „Segni de` Tempi“ erkennen, bevor er sich, eine Entschuldigung murmelnd, schnell in den hinteren Teil des Schiffes verzog, wo er es sich zwischen Kisten voller Zitronen, Oliven, Feigen und kleinen Holzkäfigen mit Singvögeln niederließ.

Die Einfahrt in den Canal Grande ließ den Mönch erschauern. Von weitem schon hatte er den Campanile am Markusplatz sehen können. Nun aber tauchte er ein in eine ihm bisher unbekannte Welt. Die Pracht der Paläste, die bunt geschmückten Gondeln, dies alles beindruckte ihn so sehr, dass er mit offenem Mund staunend an der Reling stand. Schön war sie, die Stadt, aber alle Schönheit und aller Reichtum konnten das Morbide unter der Oberfläche nicht überdecken. Obwohl der Senat unter Gerolamo Pruli gemeinsam mit der Kirche einen Erlass verfügt hatte, dass die Gondeln nur noch schwarz bemalt werden durften, um so der Prunksucht der reichen Patrizierfamilien Einhalt zu gebieten, umgingen viele dieses Verbot, indem sie die Gondeln mit exotischen Blumen schmückten, die die Handelsschiffe mitbrachten. Giordano stand ungerührt wenige Meter von Guiseppe entfernt und starrte ins Wasser. Allerlei Unrat, Holz, verfaultes Obst, ja tote Ratten trieben in der grünlichen Brühe vorbei, doch dafür hatten weder er noch der kleine Mönch unweit von ihm ein Auge.

Ein alter Mann, der offensichtlich das Schaukeln des Schiffes nicht vertrug, musste sich plötzlich übergeben, und Guiseppe konnte sich nur mit einem Satz zur Seite davor retten, dass seine Kleidung beschmutzt wurde. Der süßliche Geruch des Erbrochenen mischte sich mit dem salzigen Duft des Meeres.

Nahe der Rialtobrücke verließen sie das Boot. Sie überquerten den Fischmarkt, wo sich Bettler, streunende Hunde und Katzen um Fischreste balgten. Der Gestank raubte Guiseppe stellenweise den Atem. Zum Glück war Giordano schnellen Schrittes unterwegs, würdigte die ausgestellten Waren mit keinem Blick. Goldbrasse reihte sich hier an Seezunge, Lotte an Seewolf, Sardellen, Barben und Barsche mischten sich mit Garnelen und Miesmuscheln. Guiseppe hatte Mühe, auf dem glitschigen, von Blut und Schuppen übersäten Steinpflaster nicht auszurutschen. Das Geschrei der Händler war ohrenbetäubend, jeder versuchte, seine Ware unters Volk zu bringen, noch bevor die Sonne sich ihren Weg in die engen Gassen bahnen konnte. Die Köchinnen aus den umliegenden Palazzi feilschten ebenso lautstark, betasteten die Ware und warfen Fisch, den sie nicht für gut befanden, den grimmig dreinblickenden Händlern wieder zurück. Giordano schlug zielsicher seinen Weg Richtung Süden ein.

„Wie viel gebt Ihr mir an Vorschuss für dieses Buch?" Selbstbewusst, geradezu triumphierend hielt Giordano dem Verleger Mazzi sein Manuskript unter die Nase.

„Nun, verehrter Bruno, lasst sehen, was Ihr zuwege gebracht habt." Mazzi nahm Giordano die Blätter aus der Hand und begann darin zu lesen. Die umständliche Handhabung der Brille verriet, dass er noch nicht sehr lange eine Sehhilfe benutzte. Zwischen Daumen und Zeigefinger der linken Hand hielt er die beiden durch einen Stiel verbundenen Gläser, mit der rechten blätterte er und nickte dabei immer wieder anerkennend. Das Manuskript war nicht sehr umfangreich, so dass der Verleger sehr schnell die Qualität der Niederschrift erfassen konnte. Unterbrochen von einigen Ahas und Ohs blätterte er Seite um Seite durch. Giordano war beeindruckt von der Vielzahl der Bücher, die sich hier im Arbeitszimmer befanden. Am liebsten wäre er an die Regale gegangen und hätte einen Prachtband nach dem anderen herausgenommen. Der Raum war düster, wohl zum Schutz der wertvollen Einbände. Da die Fenster mit grünem Tuch verhängt waren, musste Mazzi sich ständig über eine Kerze beugen. Als er endlich mit der Prozedur zu Ende war, sah er kurz auf und verließ dann wortlos den Raum. Wieder so ein Narr, dachte Giordano und wollte eben den Raum verlassen, um bei einem anderen Verleger sein Glück zu finden, da kam der Mann, den er um die Mitte sechzig schätzte, lächelnd zurück und drückte ihm einen Lederbeutel, gefüllt mit Liramünzen, in die Hand.

„Nehmt das Manuskript und geht damit zum Buchdrucker Scalferone.“ Noch bevor Giordano fragen konnte, wo er diesen wohl finden könne, streckte ihm Mazzi ein kleines Stück Papier entgegen, auf das er fein säuberlich die Adresse des Buchdruckers geschrieben hatte. „Dann wollen wir hoffen, dass möglichst viele Menschen die Zeichen der Zeit verstehen“, gab er ihm noch mit auf den Weg. Zufrieden verließ Giordano das Haus des Verlegers. Sein erstes Buch. Stolz erfüllte ihn und die Gewissheit, dass ein erster, wichtiger Schritt in Richtung seiner Gelehrtenzukunft getan war.

Guiseppe ertappte sich immer wieder, wie er gebannt dem Verlauf eines Kanals nachblickte, auf dem sich ebenfalls emsiges Markttreiben abspielte. Nur mit Mühe gelang es ihm,

Giordano nicht aus den Augen zu verlieren. Seit er aus dem Haus des Verlegers gekommen war, schien es ihm, als habe es Giordano noch eiliger als zuvor. Sein Weg führte Richtung Cannaregio, dem Gebiet um eine verlassene Gießerei. Guiseppe hatte im Kloster davon gehört, dass die Juden Venedigs hier lebten, aber was um alles in der Welt wollte Giordano hier? Er würde doch nicht zu den Jesusmördern gehen? Doch sein Mitbruder hielt nicht inne, durchquerte, ohne zu zögern, die niedrigen Tore und stieg über die dicke Eisenkette, die die Grenze markierte.

Das geschäftige Treiben fand hier auf beengtem Raum seine Fortsetzung. Alles war wie außerhalb des Ghettos, nur dass es immer mehr hebräische Schriftzeichen zu sehen gab. Einige davon waren Guiseppe von seinen Studien her geläufig.

Die Kleidung und Haartracht der Menschen, vor allem der Männer, hatten sich verändert. Rote Farbe beherrschte das Stadtbild, eigenartige Hüte, von denen er schon gehört hatte. Der Mönch konnte italienische, spanische, deutsche und hebräische Worte ausmachen, die die Luft rings um ihn erfüllten. Viele Juden waren zur Zeit der Pest im nördlichen Europa über zweihundert Jahre zuvor nach Venedig geflohen, da man ihnen hier Schutz vor Verfolgung gewährte. Sie waren es, denen man vorwarf, den Schwarzen Tod heraufbeschworen zu haben. Der Schutz dauerte bis zum heutigen Tag an und wurde selbst vor der heiligen Inquisition gewährt. Zwar kam es immer wieder zu Pogromen, doch wurden diese vom Dogen und seinem großen Rat aufs strengste verfolgt und geahndet.

Guiseppe war mulmig zumute unter all diesen fremden Menschen. Ständig fühlte er sich argwöhnisch beobachtet.

Wo war Giordano? Gerade hatte er ihn noch in einem Hauseingang verschwinden sehen. Der Mönch folgte ihm. Hinter dem Hauseingang erstreckte sich ein etwa zwanzig Meter langer Gang, von dem links und rechts Türen abgingen. Spärliches Tageslicht hatte Mühe, in die kleine, enge Gasse vorzudringen. Das Wimmern eines Kindes drang aus einem der vielen Fenster an sein Ohr. Fast alle Türen waren geöffnet, und Guiseppe konnte Handwerker bei ihrer Arbeit sehen. Flickschuster neben Schneidern, Korbbinder neben – da sah er Giordano, wie er sein Bündel einem alten Mann in den Schoß legte. Der Grauhaarige öffnete es und nahm das Manuskript heraus. Guiseppe beobachtete, wie die beiden wild und angestrengt gestikulierten, bald hellten sich ihre Züge auf, sie waren handelseins geworden. Eiligen Schrittes verließ Giordano die kleine Buchdruckerei, vorbei an Guiseppe, der sich in einer Mauernische versteckt hielt.

Die folgenden drei Wochen vergingen langsam. Guiseppe hatte eine Stelle als Hauslehrer bei einer Patrizierfamilie gefunden und hatte sich dort jeden Morgen um acht einzufinden. Die beiden Knaben, sieben und acht Jahre alt, versuchten mit allen Tricks, den Unterricht zu stören, aber sobald sie die drohenden Schritte ihres Vaters hörten, saßen sie artig und taten so, als hörten sie seinen Ausführungen über Mathematik aufmerksam zu. Doch der neue Hauslehrer war geduldig und einfühlsam, erinnerte sich selbst an seine Kindheit, in der er oft Schläge hatte erdulden müssen, wenn er nach Meinung der Patres nicht ordentlich genug am Schreibpult gesessen hatte oder seine ersten Schreibversuche ihren Ansprüchen nicht gerecht geworden waren. Der Palazzo der Familie war weitläufig und hatte vier Stockwerke. Von einem Kanal aus konnte man mit einem Boot direkt in das Innere des Hauses gelangen. Die Wände waren mit Seidentapeten und Gobelins mit sakralen Motiven geschmückt. Ein kleiner Austritt im Studierzimmer schwebte direkt über dem Wasser. Guiseppe liebte es, dort die Ankunft der Kinder zu erwarten. Tief atmete er den Duft der Stadt ein. Gegen elf Uhr vormittags verließ er den Stadtpalazzo und eilte über kleine Brücken und durch verwinkelte Gassen in Richtung Bootsanlegestelle, um wieder nach Mestre zu gelangen.

Das Leben in der Lagunenstadt begann langsam, aber sicher vor dem auf seinem Höhepunkt angelangten Sommer zu kapitulieren. Während der Mittagszeit glich Venedig einer Geisterstadt. Der Gestank von Abfällen und Fäkalien wehte durch die engen Gassen. Nur nahe an den Kanälen sorgte ab und zu eine frische Brise für Abkühlung und brachte Erholung für die Nase. Durch Schleusen hatte man sich die Gezeiten zunutze gemacht und so versucht, der Verschmutzung Herr zu werden. Doch der Mensch war mächtiger als die Natur, und so konnte das ausgeklügeltste Bewässerungssystem Schmutz und Unrat nicht mehr beseitigen.

Manchmal blieb Guiseppe auch länger in der Stadt, genoss die Stille, die plötzlich alles überzog, studierte in Ruhe die Architektur. Maurische Rundbogen, Erker, die weit über die Kanäle ragten, die allermeisten Fensterläden geschlossen. Gondeln schaukelten verlassen, ruhig und träge im sanften Wellengang. Ab und zu sah er Menschen in einer schattigen Nische schlafen. Beim Dogenpalast herrschte emsiges Treiben. Guiseppe sah Soldaten, die dabei waren, eine der vielen in der großen Lagune vor Anker liegenden Fregatten mit Musketen, Lanzen und allerlei anderem Kriegsgerät zu beladen. Fässer mit Nahrung, Waffen aller Art, Seile, Leinen, Netze wurden unermüdlich herangekarrt. Nur wenige Jahre zuvor hatte die venezianische Flotte eine erfolgreiche Seeschlacht gegen das Osmanische Reich geschlagen. Gemeinsam mit Genua und der spanischen Flotte war man losgezogen, um dem Wunsch Papst Pius' V. zu folgen und der Vormachtstellung der Osmanen im Mittelmeerraum Einhalt zu gebieten. Die heilige Liga, wie das Bündnis genannt wurde, hatte Unterstützung durch die Herzogtümer Savoyen, Florenz und Padua gefunden. Unter der Führung Don Juans de Austria hatte man die Osmanen zurückgedrängt und wie wenige Jahrzehnte zuvor vor Wien in ihre Schranken gewiesen. Bestimmt war auch Giordanos Vater als Soldat auf einem der spanischen Schiffe gewesen.

Guiseppe beobachtete das Treiben eine Weile, beschloss aber dann, sich doch lieber davonzumachen, da man sich abends in den Herbergen Geschichten darüber erzählte, dass man junge Burschen ohne viel Federlesens auf eines der Kriegsschiffe verfrachten würde, sollte gerade Not am Mann sein.

Giordano verbrachte die meiste Zeit lesend. In der Libreria Vecchia gegenüber dem Dogenpalast hatte er einige Schriften von Platon entdeckt. Verbarrikadierte sich in den kühlenden Hallen der Bibliothek, warf ab und zu einen Blick durch die hohen Spitzbogenfenster auf die Bleikammern neben dem Dogenpalast. Holzgerüste bereiteten einen Verbindungsgang zwischen Dogenpalast und Gefängnis vor. Er beobachtete die Arbeiter, wie sie unter Anleitung der Ingenieure mit Seilzügen Steine auf das komplizierte Konstrukt aus Holzstämmen hievten. Bald würden Verurteilte über diese Brücke ihren schweren Gang in Venedigs Gefängnis antreten, und niemand würde an der Piazza San Marco ihr Schreien, ihre Angst vor der Folter und dem nahenden Tod bemerken.

Sein erstes Buch würde bald gedruckt sein. Ein Anfang war gemacht, um den Pfaffen zu beweisen, wie sehr sie irrten. Giordano wusste, dass ihn die Kirche dafür umso mehr verachten würde, aber es war ihm egal. Wahrheit war sein Ziel, und um ihretwillen war er bereit, jeden Weg zu beschreiten.

Es vergingen abermals zwei Wochen, bis er sich ein Exemplar seines Buches bei Scalferone abholen konnte. Der Alte sah ihm nachdenklich nach, als Giordano die Handwerkergasse rasch wieder verließ, stolz das Buch unter den Arm geklemmt. Am liebsten hätte er es jedem, der ihm entgegenkam, unter die Nase gehalten oder dort, wo er mehrere Menschen zusammenstehen sah, begonnen, aus dem Werk vorzutragen. Aber die Menschheit würde noch früh genug viel mehr von ihm hören und lesen. Jetzt war sein nächstes Ziel erst einmal Padua, wo er hoffte, mit einigen Gelehrten einen fruchtbaren Disput beginnen zu können.

Kapitel 14

12. Oktober 1596

„Ich habe nichts zu widerrufen, da es nichts zu widerrufen gibt." Nachdem er sich endlich beruhigt hatte, begann Giordano, langsam und mit bedächtigen Worten, zu reden. Beccaria sah ihn mit hochgezogenen Augenbrauen belustigt an.

„Sondern?", höhnte er mit spitzer Stimme.

„Ich habe lediglich versucht klarzumachen, dass ich in keiner Weise jemals und überhaupt die Allmacht Gottes angezweifelt oder den Papst als seinen Stellvertreter auf Erden in Frage gestellt habe."

„So, so, und was ist das nun anderes als ein Widerruf deiner ketzerischen Worte, wie du sie über Jahre hinweg verbreitet hast?"

„Ihr missversteht mich." Giordano versuchte, seine Wut auf den arroganten Kirchenmann zu unterdrücken. Er hörte eine Stimme. Es war seine eigene, innere. Sein Instinkt, der ihm sagte, was er zu tun hatte. „Lass dich nicht provozieren, rufe dir die Worte deiner Schriften vor Augen, wie du es schon Hunderte Male getan hast."

„Stets habe ich in meinen Ausführungen Philosophie und Theologie streng getrennt. Denn ich bin Philosoph, und als solcher betrachte ich das Weltgeschehen. Aber dennoch beeinflusst Gott dieses Weltgeschehen. Also ist auch die Philosophie niemals ganz frei von der Theologie und umgekehrt."

Einige der Inquisitoren rutschten unruhig auf ihren Stühlen hin und her. Zu oft hatten sie schon miterlebt, wie Giordano, den meisten von ihnen intellektuell haushoch überlegen, sie mit seinen Reden in die Enge trieb, bis nur noch der Vorsitzende selbst dem ein Ende setzen konnte.

„Ich bin gerne bereit, verehrte Mitglieder des Heiligen Offiziums, Euch meine Überlegungen darzulegen."

Ein Stöhnen ging durch den Raum, aber Bellarmin ließ ihn gewähren. Mit einer kurzen Handbewegung bedeutete er ihm, fortzufahren.

„Wie überhaupt ich bereit bin und es immer war, mit jedem Theologen in einen Disput zu treten." Giordano wusste genau, dass er immer betont hatte, sich nicht den Theologen, sehr wohl aber dem Papst und seinen Dekreten verpflichtet zu fühlen.

„Wer hat die Dinge erschaffen, so wie sie sind?", der Kardinal erkannte, dass sie so nicht weiterkamen.

„Es gibt eine absolute Macht, eine, die wir Gott nennen. Eine, die unendlich ist und die in der Lage ist, Unendliches zu schaffen – und es gibt eine Macht, die eben genau dies nicht tut. Die Endliches, Vergängliches schafft. Sie ist ein Teil Gottes, aber nicht Gott als Gesamtheit. Sofern also Dinge von der ersten, der kreativen Macht erschaffen sind, sollen sie als unendlich betrachtet werden. Sobald sie aber als endlich erachtet werden, können sie unmöglich einer unendlichen Ursache zugeschrieben werden."

Wieder ging ein Raunen durch das Offizium. Bellarmin war neben Beccaria der Einzige, der verstand, worauf Bruno hinauswollte. Wenn Gott allmächtig war, konnte er sich nicht mit einer einzigen, endlichen Welt begnügen.

„Wenn ihr aber der Meinung seid, dass Gott nur diese eine Welt erschaffen und sie zum Mittelpunkt aller Dinge erkoren hat, dann seid ihr es, die an der Allmacht Gottes zweifelt."

Giordanos Stimme wurde lauter, obwohl seine von Durst entzündete Kehle brannte. Der Schmerz war ihm egal. „Aber ihr könnt ja gar nicht anders, als euch der Meinung Aristoteles' und seiner im Geiste beschränkten Anhängerschar anzuschließen, da sonst euer eigenes Weltbild, euer eigenes Glaubensdogma ins Wanken gerät."

„Bruder Giordano", fuhr der Vorsitzende scharf dazwischen, doch er ließ sich dadurch nicht beirren.

„Deshalb sage ich euch, es gibt neben dieser Welt noch viele Welten, eine unendliche Anzahl von Welten, denn nur ihre Existenz ist der wahre Beweis der Allmacht Gottes. Wer Gott eingrenzt und ihm nur die Schöpfung einer Welt zutraut, sollte hier der Angeklagte sein." Giordano schmeckte Blut. Seine Unterlippe war wieder aufgeplatzt, und das Blut vermischte sich mit seinem Speichel. „Eigentlich könntet ihr gleich über euch selbst zu Gericht sitzen."

Einige der Inquisitoren sprangen empört auf. Bellarmin und der Ordensgeneral saßen stumm und mit versteinerter Miene da. Der Kardinal sah, dass sein Plan, den Ketzer doch noch auf den rechten Weg zu bringen, in weite Ferne gerückt war. Beccaria erkannte, dass er Giordano Bruno auf den Leim gegangen war und dass der Ketzer nie, zu keiner Zeit, daran gedacht hatte zu widerrufen. Ganz im Gegenteil, nun hatte er durch sein Schreiben auch noch den Papst beleidigt. Oder konnte es sein, dass er den tieferen Sinn des Schreibens einfach nicht verstanden hatte? Dass er in einem Anflug von Euphorie den Kern von Brunos Ausführungen falsch interpretiert hatte?

„Was ist mit der Seele, was hast du dazu vorzubringen?", nahm der Kardinal einen neuen Anlauf.

„Die menschliche Seele entspringt dem Unendlichen. Von Gott erschaffen, kehrt sie zum Unendlichen zurück, um erneut erschaffen zu werden. Der menschliche Körper ist nur der Kerker der Seele."

„Ah, Platon", wollte Bellarmin schon dazwischenrufen, doch dann ließ er Bruno fortfahren.

„Die Seele ist einer steten Wanderung unterzogen. Die Seele war immer, ist immer und wird immer sein. Nur ihre äußere Form verändert sich. Mal ist sie Mensch, mal ist sie Tier. Mal ist sie Pflanze, mal Mineral. Jeder Körper ist beseelt, und alles schließt sich zur unendlichen Weltseele zusammen. Ein Hund beispielsweise, der seinem Instinkt folgend dem Schäfer hilft, die Schafherde zusammenzuhalten und gegen Eindringlinge zu verteidigen, wird von der Seele gesteuert. Anders zwar, auf einer anderen Entwicklungsstufe als der Mensch, aber doch ist es die Weltseele, die ihn lenkt, die ihn tun lässt, was er tun muss. Es gibt einen ewigen Kreislauf der Seelenmonaden, eine permanente Auf-und-ab-Entwicklung der Seele, die aber doch immer in ihrer Gesamtheit auch eine Einheit darstellt." Fast feierlich hatte er die letzten Worte gesprochen, immer wieder unterbrochen von der Notwendigkeit, den mit Blut durchsetzten Speichel zu schlucken.

Für einen langen Augenblick herrschte vollkommene Stille im Saal. Jedem war die Ungeheuerlichkeit der Behauptungen bewusst. Keiner wagte zu sprechen, bis Beccaria, ohne um Erlaubnis zu fragen, das Wort ergriff.

„Dann ist für dich ja die Geburt als eine Strafe für die Seelen zu betrachten." Der Ordensgeneral merkte, dass Giordano einfach durch ihn hindurchsah. „Da diese ja schon immer existieren und nun in einem Menschen oder vielleicht sogar in einem Baum …“, mit einem verhaltenen Lachen quittierten die Inquisitoren diesen Vergleich, „oder sagen wir, in einer Fliege …“ Das Lachen wurde lauter. Angestachelt durch das Vergnügen, das seine Worte dem Kollegium zu bereiten schienen und immer noch wütend über den Widerruf des Widerrufs, fuhr Beccaria fort: „… oder eines Hasen …“ Manche prusteten nun los und klopften sich auf die Schenkel, der Ordensgeneral strich sich unablässig mit dem Handrücken über den runden Bauch. „… oder gar eines Schweins …“

Nun kannten einige Offiziumsmitglieder kein Halten mehr. „Eines Schweins …“, riefen sie lauthals brüllend durch den Saal. Giordano stand stumm, den Blick immer noch auf eine Fackel hinter dem Ordensgeneral gerichtet. Wie es seiner Mutter nun wohl ging? Ob sie von seinem Unglück erfahren hatte? Das Herz würde es ihr brechen, wenn sie wüsste, dass ihr geliebter Sohn der Folter ausgesetzt war und ihm nun der Tod durch die Inquisition drohte. Doch was sollte er tun? Wenn er der Wahrheit entsagte, würde dies ebenso seinem Tod gleichkommen. Weggesperrt hinter Klostermauern, müsste er den Rest seines Lebens sich selbst verleugnen. Den ihm so verhassten Götzendienst leisten. Wider besseres Wissen die fromme Heuchelei seiner Mitbrüder unterstützen. Wegsehen, wenn im Kloster Völlerei und Unzucht regierten. Nein, das konnte er nicht und das würde er nicht ertragen. Dann lieber sterben.

Bellarmin hatte angewidert den Raum verlassen. Das Offizium hatte sich wieder einigermaßen beruhigt.

„Damit leugnest du die Erbsünde, Bruder Giordano, und damit leugnest du auch, dass Gott der Allmächtige die Sünde vergibt, da du dem Menschen die Fähigkeit zur Buße abspricht." Beccaria schaute unentwegt hämisch grinsend in die Runde und überlegte, wie er das Offizium nochmals zu Lachstürmen hinreißen könnte. Ganz gewiss nicht mit dem, was er dem Ketzer nun entgegenschleuderte. „Dann leugnest du auch, dass unser Herr Jesus Christus für die Erlösung der Sünden am Kreuz gestorben ist …"

Kapitel 15

2. Februar 1597

In dieser Nacht tat Bellarmin kein Auge zu. Er war gescheitert. Sein Plan, den Ketzer durch sein Zutun doch noch zur Umkehr zu bewegen, war misslungen. Der Papst war kompromittiert. Da half ihm auch die Genugtuung nichts, dass Beccaria so schnell nicht wieder in die besondere Gunst des Heiligen Vaters kommen würde.

Er wusste, was das alles für Giordano Bruno bedeuten würde. Der Kardinal nahm einen großen Schluck Wein aus dem silbernen Becher neben seinem Bett. Schon oft hatte ihm der Wein geholfen, seiner Schlaflosigkeit Herr zu werden. Doch dieses Mal war es anders. Der Wein ließ seine Gedanken nur noch verschlungenere Pfade gehen. Was, wenn nur ein Funken Wahrheit in dem steckte, was der Ketzer behauptete? Bellarmin schüttelte heftig den Kopf. „Weg, ihr Gedanken!", schalt er sich selbst. „Das kann nicht sein! Das darf nicht sein!"

Wieder nahm er einen kräftigen Schluck Wein. Vielleicht war ja was dran an seinen kosmologischen Theorien. Gab es da nicht in Padua einen Professor, Galilei mit Namen, der Ähnliches behauptete? Der von einem Weltsystem sprach, das nicht die Erde, sondern die Sonne in den Mittelpunkt stellte? Wieder schüttelte er den Kopf, als könne er damit die Gedanken daraus verjagen. Noch ein Schluck Wein. Hatten nicht auch Nikolaus Kopernikus und Johannes Kepler behauptet, Ähnliches herausgefunden zu haben? Nein, nein und abermals nein. Sie irrten allesamt. Sie mussten irren, sonst war das Fundament der heiligen römisch-katholischen

Kirche erschüttert. Ja, dann war die göttliche Weltordnung an sich in Frage gestellt, und seine und die seiner Mitbrüder im Offizium Aufgabe war es, diese göttliche Weltordnung zu verteidigen. Mit allen Mitteln. Ja, es war ihre heilige Pflicht, alle Mittel, die ihnen zur Verfügung standen, einzusetzen. Bellarmin spürte starken Harndrang. Ein erleichtertes Lächeln huschte über sein Gesicht, als er endlich, das Nachthemd geschürzt, in dem kleinen Mauervorsprung stand, in dessen Fußboden eine runde, faustgroße Öffnung ausgespart war, und dem Urin freien Lauf lassen konnte. Da er die Öffnung nicht genau traf, wurden seine Füße wie von einem leichten, feinen Regenschauer benetzt, wie es sie in Rom oft um diese Jahreszeit gab. Der Kardinal war froh, dass das Wasserlassen ihm keine größeren Schwierigkeiten bereitete. Von einigen seiner Mitbrüder hatte er gehört, dass diese besonders nach übermäßigem Alkoholgenuss oft die ganze Nacht lang furchtbare Schmerzen erdulden mussten. Mit dem Nachthemd wischte er sich kurz über die Unterschenkel, nahm die Kerze wieder aus der Halterung in der Nische und ging zurück in sein Schlafgemach. Früher wäre ihm Valerio sogleich entgegengekommen, hätte gefragt, ob der Kardinal noch Wünsche hätte. Früher, als beide noch jünger waren, hatte der Kardinal sich dann manchmal einen Hühnerschenkel oder ein Stück Wurst und Brot aus der Speisekammer bringen lassen, um es mit reichlich Wein hinunterzuspülen.

Ächzend setzte sich Bellarmin auf die Bettkannte. Horchte in sich hinein. Lächelte zufrieden und löschte die Kerze. Die Gedanken waren verschwunden. Friedlich rollte er sich auf die Seite und schloss die Augen. Auch die Blähungen, die ihn schon während der Sitzung im Inquisitionssaal geplagt hatten und denen er nur verhalten hatte nachgeben können, waren verschwunden. Der Kardinal versank in einen tiefen, traumlosen Schlaf, aus dem er jäh aufgeschreckt wurde. Was war das für ein Geräusch gewesen? Ein Schrei? Vielleicht eine streunende Katze? Oder eine Eule, die sich hoch oben im Gebälk seines Palazzos ein Quartier eingerichtet hatte? Bellarmin richtete sich auf, er schwitzte, und sein Atem ging schwer. Mühsam zündete er die Kerze wieder an und ging barfuß zu einem der großen Fenster, die auf den mit Pinien und Zitronenbäumen bewachsenen Innenhof zeigten. Angestrengt lauschte er. Das Plätschern des kleinen Zierbrunnens war das Einzige, was er ausmachen konnte. Doch halt, da war es wieder. Es klang, als ob …

Es klang, nun war er sich ganz sicher, wie der langgezogene Schrei eines Menschen, der fürchterliche Schmerzen erfuhr, und dieser Schrei brachte Kardinal Bellarmin auf eine Idee.

Kapitel 16

In den kommenden Monaten zog Giordano Bruno unablässig durch das von der Pest verheerend zugerichtete Oberitalien, immer gefolgt von seinem heimlichen Schatten Guiseppe. Die Landschaft war dürr und von den heißen Sommermonaten wie ausgetrocknet. Schwarze Wiesen und wie mahnende Zeigefinger in die Luft gereckte, verkohlte Baumstämme zeugten von Bränden. In einem Weiler in der Nähe von Padua machte er halt. Er wollte nachdenken, wie er es am besten anstellen konnte, in der Stadt als Gelehrter zu arbeiten. Immer häufiger hatte er das Gefühl, dass ihm jemand folgte. Erst am Mittag hatte er wieder diesen Mönch gesehen, der ihm irgendwie bekannt vorkam. Ob ihm die Inquisition auf die Spur gekommen war und ihn überwachte? Würde sie zuschlagen, wenn er einen Fehler beging? Aber nein, das war sicher nur Zufall – und was sollte so ein kleiner Mönch alleine schon gegen ihn ausrichten? Er fühlte sich frei und stark und verwarf diesen Gedanken sofort wieder.

Als er endlich durch die Tore Paduas treten durfte, kam ihm ein Ochsengespann entgegen, das eine merkwürdige Fracht trug. Die beiden Männer, die die Ochsen antrieben, waren sehr in Eile. Unheimlich sahen sie aus mit ihren feuchten Tüchern vor Mund und Nase. Wild hieben sie von beiden Seiten auf die Ochsen ein, die die Schläge geduldig ertrugen. Von weitem schon konnte Giordano sehen, dass Menschen vor der Fuhre entsetzt in Häusereingänge oder Seitengassen auswichen. Auch er tat wie die anderen, und als ihn der Wagen passierte, konnte er unter einer großen, mit irgendeiner Flüssigkeit getränkten Plane die Umrisse menschlicher

Körper erkennen. Die Gasse war an dieser Stelle so eng, dass er den Atem der keuchenden Tiere spüren konnte. Giordano starrte auf die Plane, da löste sich etwas, das durch die wackeligen Bewegungen des Ochsengespanns wild hin und her schwang. Er presste sich entsetzt in die Mauernische, als er eine leblose, von schwarzen Flecken übersäte Hand erkannte. Gebannt sah er dem Wagen nach. So nahe war er dem Schwarzen Tod noch nie zuvor gekommen. Es schien, als hätte der sein grausiges Handwerk hier gerade erst begonnen. Anders als in Venedig, wo es zwar auch noch Tote gegeben hatte, war es hier einsam in den engen Gassen. Die wenigen Menschen, die ihm begegneten, hatten einen leeren Ausdruck in den Augen. Würdigten ihn keines Blickes, sondern versuchten so schnell wie möglich ihr Ziel zu erreichen, um sich hinter dicken Häusermauern einer trügerischen Sicherheit hinzugeben.

Vor einer kleinen Kapelle begegnete Giordano zwei mit Kerzen beladenen Dominikanermönchen. Die beiden jungen Männer waren so mit ihrer schweren Last beschäftigt, dass sie ihn gar nicht näher kommen sahen. Er lächelte. Es war der erste freundliche Augenblick in dieser vom Tod beherrschten Stadt. Langsam trat er von hinten an die beiden heran.

„Raffaelo, Roberto!“ Die beiden Mönche erschraken so sehr, dass sie fast ihre kostbare Fracht hätten fallen lassen.

„Was willst du, Fremder? Siehst du nicht, dass das Grauen hier wütet? Eile, flieh, verlasse diese Stadt, ehe es zu spät ist.“

„Raffaelo, Roberto, erkennt ihr mich denn nicht?“

Die beiden schüttelten den Kopf und wollten sich eilig davonmachen, um hinter schützenden Klostermauern Zuflucht vor der Pest zu finden.

„Ich bin es, Giordano, Giordano Bruno!“

Erst jetzt hellten sich die Züge der beiden Mönche auf. Natürlich. Diese Züge, hohlwangig zwar und tiefbraun von der Sonne, das Haar, viel länger als noch im Kloster, war längst über die Tonsur gewachsen, aber doch, er war es. Er, der sie bei einem Besuch des Klosters San Domenico Maggiore mit seiner Leidenschaft mitgerissen hatte, wenn sie versteckt vor dem Prior und den anderen Patres seinen langen Vorträgen gelauscht hatten. Er war es. Giordano Bruno. Nacheinander fielen sie ihm um den Hals, doch gleich darauf trieben sie ihn zur Eile.

„Komm, Giordano, wir müssen weg hier.“

„Wo wollt ihr hin?“

„Ins Kloster, dorthin ist die Pest noch nicht gekommen. Die Patres haben eine Schutzwand aus Kerzen und Weihrauchpfannen errichtet und das Unglück so bisher ferngehalten.“

Giordano nahm ihnen ein Bündel der kostbaren Fracht ab und lief dann mit den beiden, so schnell es ging, durch die engen Gassen. Ab und zu sahen sie Männer mit vermummten Gesichtern Leichen aus Häusern tragen und auf bereitgestellte Esels- oder Handkarren werfen. Die Männer stießen dabei zumeist Flüche aus, die nie durch fromme Klostermauern drangen. Giordano wäre fast über ein wimmerndes, am Gassenrand kauerndes Bündel gestolpert. Eine schwarz gefleckte Kinderhand streckte sich ihm Hilfe suchend entgegen. Ein Schauer lief ihm über den Rücken. Giordano schwitzte und fror zugleich. So nah war er dem Tod tatsächlich noch nie gewesen.

Als sie eine Weile gelaufen waren, blieb Raffaelo plötzlich stehen.

„Halt", keuchte er atemlos und sah Giordano von oben bis unten an, „wir haben etwas übersehen." Nun verstand auch Roberto.

„Ja, unser Prior hat strenge Anweisung gegeben. Ohne das Ordenskleid kommst du nicht in das Kloster."

„Macht euch um mich keine Sorgen." Es war das zweite Mal, dass Giordano in diesem Inferno kurz lächelte und dabei auf seinen Wanderranzen klopfte.

Die beiden Mönche begriffen nicht.

„Ich habe alles bei mir." Er zog das Skapulier ein kleines Stück hervor. Erleichtert drängten Raffaelo und Roberto nun wieder zum Aufbruch.

Kapitel 17

Guiseppe schlug ein Kreuz. Aufgeregt sah er, wie sich Giordano mit den beiden Dominikanermönchen unterhielt. Je näher er kam, desto wilder begann sein Herz zu schlagen. War nun die Stunde gekommen, da er sich ihm offenbaren konnte? War es nun an ihm, seine Mission zu erfüllen und das verirrte Schaf zur Rückkehr in die sichere Herde zu bewegen? Erleichtert folgte er der Gruppe, die sich in Bewegung gesetzt hatte. Um sie zu rufen, waren die drei noch zu weit entfernt, um zu laufen und sie einzuholen, schmerzten ihm die Füße zu sehr von den langen Märschen der letzten Tage. Es blieb ihm also nichts anderes übrig, als zu versuchen, sie nicht aus den Augen zu verlieren.

Totenstille lag über der Stadt, durchbrochen vom Radgeklapper der Leichenkarren. Die Angst hinter verschlossenen Türen und Fensterläden war zu spüren. Einige Bewohner hatten ihre toten Angehörigen einfach vor die Tür gelegt. Guiseppe hatte hastig ein Hemd aus seinem Ranzen gezogen und versuchte, sich das Tuch, so gut es ging, vor Mund und Nase zu halten. In der Aufregung übersah er dabei, dass seine Kutte auf die mit Unrat verschmutzte Gasse fiel. Stockfinstere Nacht hatte sich mittlerweile breitgemacht. Nur selten waren Laternen angezündet, so dass er immer wieder Gefahr lief, über einen leblosen Körper oder einen in hastiger Eile zurückgelassenen Gegenstand zu stolpern. In einiger Entfernung sah man bereits die Türme der Klosterkapelle. Wie ein magisches Licht leuchtete eine Laterne über dem großen, mit Stuck und allerlei Figuren geschmückten Eingangstor des Klosters, zog ihn förmlich an, so dass er alles Elend um sich herum vergaß. Er sah, dass Giordano rasch sein Ordenskleid überwarf und dass die drei durch eine kleine, in das massive Tor eingelassene Tür hinter den Mauern verschwanden. Guiseppe klopfte, erst behutsam, dann immer heftiger.

„Lass mich eintreten, Bruder“, rief er durch eine kleine, in Augenhöhe angebrachte Luke. Er konnte in der Finsternis kein Gesicht erkennen. „Ich bin Dominikaner wie du.“

„Tut mir leid, ich habe strenge Anweisung, nur Mitbrüder einzulassen.“

„Aber ich bin doch …“ Erst jetzt wurde Guiseppe klar, dass er ohne sein Ordenskleid natürlich nicht als Mönch zu erkennen war. Auch die Tonsur war unter dem langen Haar kaum mehr zu sehen. Hastig kramte er in seinem Ranzen. Schweiß stand ihm auf der Stirn. Das konnte nicht sein. Wo war sein Ordenskleid? Verschwunden. Verloren. Irgendwo in der Eile eines Aufbruchs liegengeblieben. Er zitterte am ganzen Leib.

„Ich flehe dich an im Namen der Mutter Gottes, ich bin Mönch aus dem Kloster San Domenico Maggiore in Neapel, so lass mich doch eintreten.“

„Es tut mir leid, die halbe Stadt versucht, hier bei uns Zuflucht zu finden. Wir sind jetzt schon übervoll.“

Schmerzlich hallte das Klicken der kleinen Luke in Guiseppes Ohr, als sie wieder verschlossen wurde. Er spürte Tränen aufsteigen. Tränen der Wut darüber, dass er so ungeschickt gewesen war, sein Ordenskleid zu verlieren, und dass er nun von seinen Mitbrüdern nicht ins Kloster gelassen wurde, und Tränen der Angst, allein in der pestverseuchten Stadt ausharren zu müssen. Erschöpft rutschte er mit dem Rücken die Klostermauer entlang zu Boden. Was sollte er tun? Die Stadttore waren bestimmt schon geschlossen. Herberge oder

Gastwirtschaft hatte er keine gesehen, und die Bürger der Stadt würden einem Fremden, noch dazu in der Nacht, ganz sicher nicht die Tür öffnen und ihm gar eine Schlafgelegenheit anbieten. Hinter der Wolkendecke lugte für kurze Zeit die Sichel des Mondes hervor. Zwei Ratten huschten aus einer Maueröffnung, verschwanden aber gleich darauf wieder in einer Spalte. Guiseppe wusste nicht, wie lange er an der Klostermauer mehr gelegen als gesessen hatte. Die beiden Ratten waren wieder aufgetaucht, nun näherten sie sich ihm vorsichtig schnuppernd. Er ahnte, dass es der Käse und die Wurst in seinem Ranzen waren, die die Tiere anlockten. Stocksteif saß er da, nur noch etwa ein halber Meter trennte seine große Zehe vor der Berührung mit der mutigeren der beiden Ratten. Vorsichtig umklammerte er mit der rechten Hand seinen Wanderstock. Dreißig Zentimeter. Zwanzig Zentimeter. Ein kräftiger Hieb. Die Ratte zuckte wild auf dem Rücken liegend und stieß Schreie aus, die an ein neugeborenes Kind erinnerten.

Guiseppe zwang sich aufzustehen. Noch einmal versetzte er der immer noch zuckenden Ratte einen Schlag, dann war Stille. Die Kerze in der Laterne über dem Klostertor war erloschen. Zum Glück zerfetzte der Wind die Wolken immer mehr, riss große Löcher in sie hinein, die dem Mond Platz ließen, die vom Tod heimgesuchte Stadt notdürftig zu beleuchten. Wohin sollte er gehen? Nach rechts? Nach links? Geradeaus? Egal. Er entschied sich für eine breitere Gasse in Richtung Prato della Valle. Vorbei an der Basilika des heiligen Antonius. Guiseppe kannte die Legende, dass der Heilige, so wie sein Glaubensbruder Franz von Assisi zu den Vögeln, seine Predigt an die Fische gerichtet hatte, die ihm andächtig zugehört hatten.

Nirgendwo sah Guiseppe eine geöffnete Tür, nur ein paar Straßen weiter nahe der Universität hörte er verhalten das Weinen einer Frau. Vorsichtig näherte er sich dem Haus, aus dem das Wehklagen kam. Die Tür war nur angelehnt, dahinter sah er im Kerzenschein die Frau, wie sie sich vergeblich mühte, einen leblosen Körper die enge, steile Treppe herunterzuziehen. Ihre Hände waren in Lappen gewickelt, und sie hatte ein Tuch vor dem Mund: Der Tote entglitt ihr just in dem Moment, als Guiseppe das Haus betrat. Die Frau schrie laut auf, die in ein Tuch gehüllte Leiche polterte die Treppe hinunter und verhakte sich bei den letzten zwei Stufen. Die weit geöffneten Augen schienen den Mönch anzustarren. Das schmerzverzerrte, schwarz gefleckte Gesicht und der weit aufgerissene Mund ließen ihn vor Schreck einen Schritt zurück machen. Die Frau schrie immer noch. Das Tuch vor ihrem Mund hatte sich gelöst, das schweißnasse, blonde Haar hing ihr strähnig ins Gesicht. Sie war noch sehr jung, mochte etwa Anfang zwanzig sein.

Guiseppe fasste sich als Erster. „Gebt mir die Tücher, die Ihr um die Hände gewickelt habt", befahl er. Zögerlich streifte die junge Frau die Tücher ab und warf sie ihm von der Treppe aus zu. Guiseppe band sein Hemd über Mund und Nase und machte sich daran, den Toten auf den Flur zu ziehen. Ein übler Geruch drang ihm in die Nase und erzeugte einen heftigen Brechreiz. Er musste sich zwingen weiterzumachen, nicht einfach alles liegen und stehen zu lassen und davonzulaufen.

„Du musst dieser Frau helfen, es ist deine Pflicht", sagte er sich. Das weiche, schwammige Fleisch der Leiche fühlte sich widerlich an. Irgendwie gelang es ihm, den Toten wieder in sein Tuch einzuwickeln, es am unteren Ende zu verknoten und ihn am oberen Ende aus dem Haus zu ziehen. Vor der Haustür legte er das Bündel ab und war erleichtert, als er aus der Ferne zwei Männer mit einem Ochsengespann bei ihrer nächtlichen Tour auf der Suche nach Pestopfern die Straße auf ihn zufahren sah. Vorsichtig schloss er die Tür hinter sich. Die Frau saß weinend, das Gesicht in ihren Händen vergraben, auf der Treppe.

„Mein Name ist Guiseppe.“ Die Frau hob unmerklich ihr Gesicht. „Ich bin Mönch aus dem Dominikanerkloster San Domenico Maggiore.“

Nun sah ihn die Frau geradeheraus ungläubig an. Guiseppe sah an sich herab und musste einsehen, dass seine Aussage, Mönch zu sein, etwas erklärungsbedürftig war. Das Gesicht der Frau wirkte nun älter, vom Kummer, den Strapazen, die sie erlitten hatte, ausgezehrt. Dennoch musste sich Guiseppe eingestehen, dass ihn irgendetwas an ihr faszinierte. Waren es die ungewöhnlich blauen Augen oder die kleine, markante, spitze Nase? Er verdrängte den Gedanken sogleich wieder. Als Mönch war er jahrelang darauf vorbereitet worden, jegliche Regung dieser Art sofort im Keim zu ersticken.

„Ich weiß, es sieht nicht so aus“, stammelte er etwas verlegen. „Ich war auf einer langen Wanderschaft.“ Schon wollte er den Grund dafür erwähnen, sah aber ein, dass er damit die arme Frau vollends verwirren würde.

„Also, wenn Ihr nichts dagegen habt …?“ Die Frau kauerte immer noch auf der Treppe und hatte das Gesicht an die Mauer gelehnt.

„Wenn Ihr nichts dagegen habt …?“, wiederholte er. Erst jetzt sah er, dass die Frau vor Erschöpfung im Sitzen eingeschlafen war.

Kapitel 18

Guiseppe warf sich im Schlaf hin und her. Er schwitzte am ganzen Körper. Was war das? Träumte er? Plagte ihn ein Fieber? Aber halt, er war nicht allein. Ein Körper war neben ihm. Nackt. Guiseppe stöhnt im Schlaf auf. „Nein. Lass mich in Ruhe! Geh weg!“, wollte er rufen. Hände glitten über seinen nun ebenfalls nackten Körper.

„Nein! Hör auf! Ich bin Mönch. Ich habe das Gelübde der Keuschheit abgelegt“, sagte seine innere Stimme. Doch die Hände hörten nicht auf, glitten unaufhörlich über seinen Rücken, seine Brust, seine Schenkel.

„Nein! Bitte, lass mich“, kam es flehentlich über seine Lippen. Nun sah er ganz deutlich das Gesicht der Frau, deren Namen er noch nicht einmal wusste, über dem seinen. Ihre Lippen suchten seine, fanden sie, küssten sie, sosehr er auch versuchte, den Kopf nach links und rechts zu drehen, um den unerbetenen Berührungen zu entkommen. Doch mit eisernem Griff hielt sie nun seine Hände auf das Bett gedrückt, so als wäre er gefesselt. Er sah Brüste vor seinen Augen. „Monachello, Monachello“, sie lachte laut und rief diesen Namen. Immer wieder. „Monachello, Monachello.“ Ihre Brustwarzen berührten seinen Oberkörper. Ihre Küsse bedeckten seinen Hals, seine Schultern. Ihr Schweiß vermischte sich mit seinem. Immer tiefer glitten ihre Hände. Streichelten seinen Bauch, berührten vorsichtig die Spitze seines Gliedes, streichelten es zärtlich, wurden immer drängender.

„Nein, bitte hör auf, nein!“ Es half kein Flehen. „Nein!“ Mit einem Ruck richtete Guiseppe sich auf. Die Hand an seinem Glied war seine eigene, sonst befand sich niemand im bereits von der Morgendämmerung erhellten Raum. Beschämt stand er auf, nahm seine Habseligkeiten und verließ rasch, ohne sich noch einmal umzusehen, das Haus.

Wie er vermutet hatte, war der Tote noch in der Nacht abgeholt und zusammen mit unzähligen anderen, die die Pest in der Nacht geholt hatte, in einer Grube vor den Mauern der Stadt verscharrt worden. Immer noch benommen von seinem Traum, beschloss er, sein Glück doch noch einmal beim Kloster zu versuchen oder zumindest irgendwo in der Nähe zu warten, um Giordano nicht aus den Augen zu verlieren. Noch einmal kam ihm der heilige Antonius in den Sinn, und das Bild der jungen Frau, das er noch bis eben vor Augen gehabt hatte, verschwand. Ihn beteten die Menschen doch an, dass er ihnen gegen die Pest helfe. So begann auch Guiseppe zu beten und um Vergebung für seinen unkeuschen Traum zu bitten. Er kam gerade noch rechtzeitig, um zu sehen, wie Giordano das Kloster verließ, als müsse er vor etwas fliehen.

Kapitel 19

13. März 1597

„... und so bin ich nach reiflicher Überlegung zu dem Entschluss gelangt, Bruder Giordano noch einmal der Folter zu unterwerfen." Kardinal Bellarmin hatte das Offizium zu einer außerordentlichen Versammlung zusammengerufen und hatte nun unter beifälligem Nicken seine Entscheidung, den Ketzer ein allerletztes Mal zur Umkehr zu bewegen, bekanntgegeben.

Auf ein Zeichen des Vorsitzenden verließ ein Bote die Versammlung und eilte Richtung Engelsburg, um den Beschluss des Offiziums sogleich in die Tat umsetzen zu lassen. Giordano war bereits während seiner Haft in Venedig und auch in Rom gefoltert worden. Jedes Mal war er danach so weit gewesen, alles, was man ihm vorwarf, zu widerrufen. Erst als seine Wunden langsam wieder heilten, er wieder klare Gedanken fassen konnte und seinen alten Mut und seine alte Kraft wiedergewonnen hatte, schleuderte er seinen Peinigern entgegen, er denke gar nicht daran und habe niemals daran gedacht, auch nur das Geringste von dem, was er gesagt hatte, zurückzunehmen.

Giordano war eingenickt und lag zusammengerollt im Stroh, als seine Kerkertür mit einem lauten Geräusch aufgeschlossen wurde.

„He, Ketzer, steh auf!" Eine der Wachen verpasste ihm einen kräftigen Fußtritt. Er war doch erst kürzlich beim Verhör gewesen. Normalerweise ließ das Offizium zwischen den Verhören mehrere Monate, ja manchmal sogar ein ganzes Jahr verstreichen – und nun? Zwei Verhöre in einer Woche? Da stimmte etwas nicht. Umständlich kam er auf die Beine.

„Arme ausstrecken!"

Giordano kam der Aufforderung nach und bekam eine schwere rostige Kette umgebunden, die bei jeder Bewegung seine Gelenke wundscheuerte. Abermals ein Fußtritt, und der Gefangene setzte sich, eskortiert von den Wachen, in Bewegung. Erst als sie zur Treppe kamen und anstatt nach oben den Weg nach unten einschlugen, ahnte er, was ihm bevorstand. Er begann zu zittern. Erst unmerklich, dann heftiger. Giordano spürte, wie die Angst ihn übermannte.

„Los, schneller!" Die Wache hinter ihm schlug ihm mit ihrer Lanze ins Kreuz.

„Na, Bürschchen, ahnst du schon, wo es hingeht?" Die Wache vor ihm drehte sich um und grinste ihn mit zahnlosem Maul an. Die Luft wurde immer stickiger. Mühsam zwang sich der Gefangene, die groben, unbehauenen Stufen in das unterste Stockwerk der Engelsburg hinabzusteigen. Ein Schwall von Angst und Schmerz, der die Luft dort unten beherrschte, schlug ihm entgegen. In der Mitte des Raumes, in dem die Folterwerkzeuge standen, brannte ein offenes Feuer. Es sah aus wie in einer Schmiede. An den Wänden klebten Ruß und Blut. Allerlei Zangen und anderes Werkzeug standen fein säuberlich aufgereiht neben der Feuerstelle. Zwei baumlange Kerle mit nacktem Oberkörper kamen ihnen entgegen, hoben Giordano hoch und legten ihn auf ein Holzgerüst. Die Ketten wurden ihm abgenommen, dafür fesselten sie seine Hände mit Hanfseilen und befestigten sie am Kopfende an einem Rad, nachdem sie ihm sein Hemd ausgezogen hatten. Sein Herz pochte wie wild. Der Speichel wollte nicht aufhören zu fließen. Was würden die Bestien sich dieses Mal einfallen lassen? Stumm und geistesabwesend arbeiteten die beiden Männer. Die Handgriffe waren routiniert. Giordano starrte sie mit weit aufgerissenen Augen an. In den Mund bekam er ein Lederband, das verhindern sollte, dass er sich die Zunge abbiss. Ein Eimer mit Wasser war ebenso bereitgestellt, sollte der Delinquent in Ohnmacht fallen und so von der Folter vielleicht gar nichts mitbekommen.

Als die Vorbereitungen beendet waren, tranken die beiden Folterknechte aus einem Tonkrug. Erst nach dem lautstarken Protest der beiden Wachen reichten sie auch ihnen den Krug. Der Schnapsgeruch raubte Giordano fasst die Sinne. Ja, wenn sie nur weg wären, die Sinne. Was seine Mutter jetzt wohl gerade machte? Ob sie mit den Nachbarinnen vor dem Haus saß? Vielleicht aßen sie gerade gemeinsam zu Abend? Ein Ruck und ein stechender Schmerz durchfuhren ihn vom Hals bis zu den Lendenwirbeln. Giordano zwang sich, weiter an Nola zu denken. Was wohl aus den Jungen geworden war, die er unterrichtet hatte? Vermutlich würden fast alle weiter in den landwirtschaftlichen Betrieben ihrer Eltern arbeiten. Ob der ein oder andere verstanden hatte, was er ihnen hatte sagen wollen? Noch ein Ruck. Der Gefangene hob den Kopf, starrte wie irr die beiden Wachen an, hörte nichts mehr, sondern sah nur, dass sie sich köstlich amüsierten. Noch ein Ruck. Der Schmerz wurde unerträglich. Ganz langsam wurden seine Sehnen gedehnt. Noch ein Ruck. Die Arme wurden aus den Schulterpfannen gezogen. Einer der beiden Folterknechte, der die Seilwinde am Kopfende der Streckbank betätigte, stemmte sich mit aller Kraft dagegen. Giordano spürte, wie ihn tausend Blitze gleichzeitig durchfuhren.

Nach und nach und ohne dass der Gefolterte es merkte, füllte sich der Keller mit Mitgliedern des Offiziums. Beccaria und Bellarmin kamen als letzte. Den Schnapsgeruch ignorierten sie. Der Kardinal beugte sich über Giordano und machte mit weit ausholender Geste ein Kreuzzeichen über dem ausgestreckten Körper.

„Widerrufst du, Bruder Giordano, deine ketzerischen Worte gegen unseren Allmächtigen Gott, gegen die Heilige Dreieinigkeit von Vater, Sohn und Heiligen Geist?“ Bellarmin sprach die Worte langsam und feierlich. Giordano schüttelte trotz der unerträglichen Schmerzen angewidert den Kopf. Der Speichel floss in Strömen, rann über seine Lippen.

Wenn sie ihm keinen Knebel verpasst hätten, hätte er dem ekligen Pfaffen ins Gesicht gespuckt. Auf ein Zeichen des Kardinals wurde das Rad der Streckbank noch einmal ein Stück weitergedreht.

„Bruder Giordano, im Namen der heiligen römisch-katholischen Kirche, lass ab von deinem ketzerischen Tun!“

Giordano spürte, wie seine Kniegelenke auseinandergezogen wurden. Abermals schaffte er es, den Kopf zu schütteln. Verdeckt vom Kardinal und Beccaria machte sich einer der Folterknechte daran, eine Eisenzange im offenen Feuer zum Glühen zu bringen. Noch einmal wurde das Rad weitergedreht. Der Gefangene hoffte auf die erlösende Ohnmacht. Seine Mutter sollte ihn in den Arm nehmen und trösten, wie sie es so oft gemacht hatte, wenn er sich als kleiner Junge beim Spielen mit den anderen Kindern die eine oder andere Blessur zugezogen hatte. Meist hatte sie ihn gewiegt und ihm leise ein Lied vorgesummt. Er spürte, wie sie seine Hand hielt. Bedächtig streichelte. Es tat gut zu wissen, dass sie da war. In der Nähe, ihn vor dem Bösen zu schützen. Doch das Streicheln ging in einen brennenden Schmerz über, der stärker und stärker wurde. Statt seiner Mutter roch er die milchig süßen Körperausdünstungen Beccarias. Er konnte ihn nicht sehen, wusste aber um seine Anwesenheit, ahnte, dass er es war, der seine Hand hielt. Der Schmerz war, als ob zehntausend Nadeln in seinen Finger stachen. Ganz langsam, ohne eine einzige ruckartige Bewegung, wurde der Nagel seines Mittelfingers aus seinem Bett gezogen.

Alle Sehnen waren nun bis aufs äußerste gestreckt und kurz davor zu reißen. Die Knochen waren aus den Gelenken gesprungen. Der Speichel rann über die Lippen, er konnte nicht schlucken.

Manchmal hatte ihn sein Vater mit auf den Monte Cicala genommen. Von dort konnte Giordano den ganzen Golf von Neapel überblicken. Capri, Ischia. Wenn sie spätabends den Weg nach Hause antraten, sah er die Sterne im Meer versinken. Den Mond. Alles war in Bewegung. Der nahe Vesuv, umhüllt von Wolken, schien ihm ein unerreichbares Ziel. Was mochte wohl dahinter sein? Sein Vater hatte ihm viel von fernen Ländern erzählt, die er als Soldat bereist hatte. Wo er für Geld Menschen getötet hatte, die er nicht kannte und deren Sprache er nicht einmal verstand. Doch das musste so sein. Wenn er es nicht tat, tat es ein anderer, und die Gefahr war groß, dass das Kreuz durch die Sichel des Halbmondes ersetzt wurde. Seine Mutter hatte immer nur milde gelächelt, wenn sein Vater von den Ungläubigen erzählt hatte.

Den Kopf hatte sie ihm gestreichelt, wenn der Vater seine Geschichten erzählte, und bald darauf war aller Schmerz vergessen. Ja, vergessen. Das war es, was sich Giordano wünschte:

vergessen, wo er war, nichts mehr spüren, in die Unendlichkeit entschweben.

Er merkte, wie ihn alle Kräfte verließen. Er spürte den Urin seine Oberschenkel hinuntertropfen. Sein Darm entleerte sich.

Bellarmin kniete nieder und beugte sich ganz nahe an Giordanos Ohr. „Widerrufe, Bruder Giordano, sonst kann dir auch Gott der Allmächtige nicht mehr helfen“, flüsterte er. Dem Gefolterten war es, als hätte er ihm den Satz ins Gehirn gehämmert. Jedes Wort spürte er, als wäre es mit einer glühenden Nadel durch den Gehörgang direkt in seinen Kopf gestochen worden. Als Giordano nicht reagierte, stand der Kardinal mit einer resignierenden Handbewegung auf und gab den Weg frei für die glühende Zange.

Er drehte sich um und verließ mit gesenktem Kopf den Folterraum. Er sah nicht, wie die glühende Zange Giordanos Brustwarzen verkohlte. Er sah nicht, wie seine Genitalien verstümmelt wurden und wie Giordano endlich in eine erlösende Ohnmacht fiel.

Kapitel 20

Beccaria warf dem Jungen ein paar Silbermünzen hin und bedeutete ihm mit einer abfälligen Handbewegung zu verschwinden. Er wollte den Rest der Nacht allein verbringen. Das helle Seidenlaken war kot- und blutverschmiert. Den Ordensgeneral fröstelte. Der Herbst war in die Stadt gezogen, und Rom wusste noch nichts von den segensreichen Erfindungen, die oben im Norden, in Deutschland, den Menschen Glasscheiben in den Fenstern bescherte. Die Tücher hielten die feuchte Kälte nicht ab, und seit einigen Tagen ließ er die Öfen beheizen. Beccaria wollte ein Bad nehmen. Sein kleiner, behäbiger Körper, der eben noch flink und behende zu Gange gewesen war, fühlte sich nun träge und schwer an. Der Geistliche musste sich reinigen. Der Geschmack des Spermas des Knaben wurde mit einem kräftigen Schluck Rotwein verdrängt. Es ekelte ihn vor sich selbst, wie jedes Mal, wenn er seiner Lust nachgegeben hatte, wohl wissend, dass er das ihm Verbotene immer und immer wieder tun würde.

Der Ketzer muss brennen. Kein Ränkespiel mehr. Bellarmin sollte keine Chance mehr haben, ihn doch noch zum Widerruf zu bekehren. Papst Clemens hatte ihn schon seit Monaten nicht mehr empfangen, ein sicheres Zeichen, dass er nicht sehr hoch in seiner Gunst stand. Beccaria streichelte die Katze, die sich auf seinen nackten Bauch gelegt hatte. Nein, der Ketzer würde auch unter der Folter nicht seinen frevlerischen Gedanken abschwören. Mit einer raschen Bewegung warf er die Katze auf dem Boden, so dass sie laut aufschrie. Um den Kardinal beim Papst anzuschwärzen, musste er sich etwas ganz anderes einfallen lassen. Der Ketzer taugte nicht mehr dazu. Für den Ordensgeneral war er bereits jetzt ein Häufchen Asche. Nicht mehr wert, daran einen Gedanken zu verschwenden. Ein wohliger Schauder durchfuhr ihn, als er in die mit heißem Wasser gefüllte Wanne stieg. Einer seiner Diener rieb ihm mit einem Schwamm den Rücken ab, der andere reichte ihm einen Zinnkrug mit Wein. Die kreisende Bewegung des Dieners erregte ihn. Sein Glied wurde wieder steif. Der Diener massierte seinen Nacken, kräftig, so wie er es mochte. Morgen schon würde er Bellarmin in die Enge treiben. Der Ketzer musste brennen. Da gab es keinen Ausweg mehr. Beccaria stöhnte laut auf.

„Genug." Mit einer kurzen Handbewegung beendete er die Massage. Er hatte die Wanne verlassen; und einer der Diener hieb mit einem Fichtenzweig auf seinen Rücken, um seinen Kreislauf wieder in Schwung zu bringen. Danach rieb er ihm den behaarten Rücken mit einer nach Lavendel duftenden Salbe ein. Ächzend richtete er sich auf. Er ließ sich noch einen Schluck Wein bringen und befahl den Dienern, sich um sein Abendessen zu kümmern. Ankleiden wollte er sich allein.

Della Mirandola sollte ihm bei seinem Plan helfen. Bellarmin sollte keine Möglichkeit mehr haben, dem Ketzer noch eine letzte Möglichkeit des Widerrufs zu geben. Papst Clemens selbst sollte bei der letzten Sitzung dabei sein und seinen Segen über das Todesurteil über Giordano Bruno sprechen. Der Ketzer war für Beccaria wertlos geworden. Mit ihm konnte er seine Stellung im Vatikan nicht mehr verbessern. Er würde sich ein neues Opfer suchen müssen. In Padua, so sagte man, gäbe es einen Professor, der den Studenten ketzerische Thesen vortrug. Gleich morgen würde er Prior Scolari Nachricht schicken – oder nein, warum nicht gleich selbst nach Padua reisen, nach dem Rechten sehen und hören, was dieser sogenannte Gelehrte zu sagen hatte? Der Ordensgeneral verknotete den Gürtel seines seidenen Mantels über dem prallen Bauch. Er spürte einen stechenden Schmerz in der Leistengegend. Papst Clemens war schon alt. Die Kurie musste sich bald um einen Nachfolger umsehen. Er wusste, dass die Kardinäle untereinander zerstritten waren. Bellarmin, der Tugendhafte, kam nicht in Frage. Della Mirandola? Zu farblos. Er selbst ... ja, er war noch verhältnismäßig jung. Hatte einen tadellosen Ruf. Der Professor in Padua käme ihm gerade recht. Der Wein ließ seine Gedanken fliegen. Papst? Er? Warum nicht? Was sprach dagegen? Kurzen Prozess würde er mit den Gegnern der Kirche machen. Langwierige Inquisitionsprozesse? Wozu? War der Schuldige erst einmal ausgemacht, auf den Scheiterhaufen mit ihm. Warum ihm überhaupt Gelegenheit geben, seine verwerflichen Gedanken mitzuteilen? Vielleicht den ein oder anderen vom Offizium infizieren. So, wie es Giordano Bruno ständig versucht hatte. Es war ihm nicht entgangen, dass so mancher nach einem Verhör grübelnd die Engelsburg verlassen hatte. Nein, so etwas würde er nicht zulassen. Das Feuer würde alles reinigen. Zweifel und Fragen würde es auslöschen, und nichts und niemand würde sich an der heiligen Kirche versündigen dürfen. Er, der Papst, würde sie alle ausradieren, die Zweifler und die Fragenden. Die Bibel war das Gesetz und wird es immer sein, und wer sich dagegen versündigt, ist des Todes und wird im ewigen Fegefeuer für seine Sünden büßen.

Beccaria war außer Atem. Er stützte sich an der Wanne ab. Noch einmal trank er aus dem Zinnkrug. Der Schmerz in der Leistengegend hatte sich wieder verflüchtigt. Nun würde er den Arzt doch nicht rufen müssen. Ein anderes Mal. Papst. Verteidiger der heiligen römisch-katholischen Kirche. Papst. Ja, das war sein Ziel. Den wahren Glauben würde er der Menschheit bringen. Die Gegner mit Stumpf und Stiel ausrotten.

Die Diener hatten das Bett frisch gemacht. Das Laken gewechselt und die Kissen aufgeschüttelt. Der Ordensgeneral streifte das seidene Nachthemd über und legte sich umständlich ins Bett, nachdem alle Kerzen in seinem Schlafgemach gelöscht waren. Der Wind wehte die Tücher vor den Fenstern in den Raum, so als bekäme er noch nächtlichen Besuch. Von der Straße herauf hörte er Hufeklappern. Papst. Zufrieden lächelnd schlief Beccaria ein.

Kapitel 21

Giordano war früh erwacht. Er hörte Stimmen vor dem Gang des Dormitoriums. Vorsichtig erhob er sich und schlich zu Tür.

„Ich will den Ketzer nicht in meinem Kloster haben." Prior Scolaris Stimme bebte. „Hier, nimm dieses Schreiben, es muss heute noch nach Rom abgeschickt werden." Scolari steckte Pater Rudolfo, seinem engsten Vertrauten, ein Schreiben zu. „Ihr, meine Brüder", mit finsterer Miene wandte er sich an Raffaelo und Roberto, „ihr lockt Bruder Giordano unter irgendeinem Vorwand in den Keller und sperrt ihn dort in eine der verlassenen Vorratskammern, so lange, bis uns die Inquisition jemand schickt, um ihn abzuholen. Habt ihr mich verstanden?" Streng sah er den beiden Mönchen in die Augen, waren sie es doch gewesen, die ihm diesen elenden Burschen ins Haus gebracht hatten. Willfährig nickten sie.

Giordano hatte genug gehört und gesehen, er konnte keine Minute länger bleiben. Rasch sammelte er seine Habseligkeiten. Der zur Wache eingeteilte Mönch am Haupttor hatte zwar strikte Anweisung, niemanden hereinzulassen. Hinaus durfte aber jeder, und so konnte er ungehindert das Kloster verlassen. Auch am Stadttor von Padua gab es keine Schwierigkeiten.

Nach Norden, nur weg, so schnell wie möglich. Der Norden war sein Ziel, da, wo die Protestanten sich anschickten, die Herrschaft zu übernehmen. Luthers Anhänger, dort musste er hin. Oder halt, am besten erst ins Zentrum des Protestantismus, nach Genf. Giordano lief fast, so schnell wollte er diese von der Pest und dem Klerus verseuchte Gegend verlassen. Genf, was für eine herrliche Aussicht. Der Geist Calvins würde sich mit seinen eigenen Ideen paaren … welch herrliche Kombinationen könnten sich ergeben! Den katholischen Gedankenplunder würde er gemeinsam mit den Calvinisten auf dem Scheiterhaufen verbrennen.

Die steinige Landschaft änderte sich, als Giordano in die sumpfige Po-Ebene kam. Tausende und Abertausende von Stechmücken tanzten in der Luft. Überall leuchtendes Grün, durchbrochen von roten Mohnblüten. Giordano konnte sich nicht sattsehen. Er pflückte ein paar junge Maiskolben, die man roh essen konnte. Die Pflanze war erst etwa fünfzig Jahre zuvor von Seefahrern aus der Neuen Welt nach Europa gebracht worden und erfreute sich innerhalb kürzester Zeit großer Beliebtheit. Hier, links und rechts an den fruchtbaren Ufern des Pos, gedieh der Mais prächtig. In der Ferne konnte man die bizarre Silhouette der Alpen erkennen. Wolkentürme bauten sich auf. Satte Farben lösten die verdorrten Weiden des Südens ab. Mit jedem Kilometer, der Giordano weg vom Zentrum der Ignoranz und der Intoleranz gegenüber dem freien Denken brachte, wurde er heiterer. Er fühlte sich wie einer der jungen Raubvögel, die er früher an den Hängen des Monte Cicala beobachtet hatte. Am Wegesrand leuchtete etwas Weißes, fast Durchsichtiges. Vorsichtig stupste er es mit seinem Wanderstab an. Es rührte sich nicht. Erst als Giordano sich bückte, sah er, dass es sich um die Haut einer Schlange handelte, die sich ihres alten Kleides entledigt hatte, um für einen neuen Lebensabschnitt bereit zu sein. Die Wolken hatten sich verdunkelt. Erste Tropfen fielen. Die Luft ohnedies schon sehr feucht, dampfte nun geradezu.

Auch von der Pest waren nur noch vereinzelt Spuren zu erkennen. Zum Schutz gegen die Stechmücken hatte er sich ein feuchtes Tuch um den Nacken gewickelt. Das Ordenskleid der Dominikaner sorgte dafür, dass er nachts eine Schlafstelle bekam und auch immer wieder mit Nahrung versorgt wurde.

Protestanten. Giordano wusste eigentlich nicht so recht, was er sich darunter vorstellen sollte. Zwar hatte er schon einiges über sie gehört und manches gelesen, aber Konkretes wusste er mit dieser neuen Glaubensrichtung nicht anzufangen. Aber er hatte eine Vorstellung. Protestanten kümmerten sich um die Menschen, so dachte er. Entsagten dem Pomp, dem die katholische Kirche in Rom so sehr verfallen war. Für eine Kirche des Volkes und der freien Geister traten sie ein. In Genf würde er sich gleich in die von Calvin gegründete Akademie einschreiben und dann versuchen, endlich, endlich eine Professur zu erhalten.

Der große See lag vor ihm, erinnerte ihn an den Golf zu Hause. Am Nordufer wuchsen große Mengen von Wein. Hinter ihm lagen die schneebedeckten Berge, durch deren enge Schluchten er die letzten Tage gewandert war. Stadtmauern und Wehrtürme waren zu sehen. Der Regen wurde immer heftiger. Blitze zuckten, und das rasch darauf folgende Donnergrollen verriet die Nähe des Unwetters. Giordano beeilte sich. Seine Mönchskutte triefte. Dennoch war er gut gelaunt. Er mochte es, wenn die Natur zeigte, zu was sie imstande war. Da fühlte er sich eins mit ihr, und er spürte das Erhabene, ja Göttliche.

Genf, das Ziel seiner Wanderschaft: Dort würde er in Ruhe und Frieden leben und arbeiten können. Frohen Herzens stapfte Giordano den Uferweg entlang. Die Flucht würde hier ihr Ende finden. Bis hierher reichte der lange Arm Roms keinesfalls. Hier konnte er erstmals Ruhe finden und sich seinen philosophischen Gedanken widmen. Bücher schreiben. Vorlesungen halten.

Vor den Stadttoren baumelte eine halb verweste Leiche an einem Strick von einem dicken Eichenast. Die Krähen hackten große Fleischstücke aus dem mit Fliegen übersäten Körper. Vermutlich ein Mörder, dachte Giordano. Er hatte in den vergangenen Wochen zu viele Tote gesehen, als dass ihn dieser Anblick aus der Ruhe bringen konnte.

Als er das Stadttor durchschritt, musterten die Menschen seine Mönchskleider, die er seit seinem Aufenthalt in Padua wieder trug. Eine seltsame Leere lag in den Augen der meisten, die ihm entgegenkamen. Doch Giordano bemerkte das nicht. Viel zu sehr freute er sich, in der Hauptstadt der Reformation angekommen zu sein. Sogleich nahm er Quartier in einer Herberge unweit der Kathedrale und der Akademie. Das Gebäude des Konsistoriums, das über die Einhaltung der von Calvin ausgegebenen Glaubensrichtlinien wachte, lag nahe dem Rhone-Ufer. Hier regierte Théodore de Bèze, der Nachfolger Calvins.

Kapitel 22

Am darauffolgenden Tag machte Giordano sich auf die Suche nach dem Treffpunkt der italienischen Gemeinde. Er hatte gehört, einige seiner Landsleute, die aufgrund des Vorwurfs der Ketzerei das Land hatten verlassen müssen, hätten in Genf Zuflucht gefunden. Es handelte sich meist um Künstler und Wissenschaftler, aber auch Adelige waren darunter.

„Nimm Platz, Giordano. Wir freuen uns immer, wenn unsere kleine Gruppe Verstärkung bekommt." Gian Galeazzo Caracciolo, der Marchese di Vico aus Neapel, war der Rädelsführer der Italiener im Genfer Exil. Er, einst einer der reichsten und prominentesten Patrizier Neapels, hatte ebenfalls aus Glaubensgründen fliehen müssen und sich den Calvinisten angeschlossen. Der Marchese gehörte zu den engsten Vertrauten Théodore de Bèzes. Sein Haus war spartanisch eingerichtet. Keine Bilder an der Wand, die Möbel schlicht. Es gab keine Bediensteten, zumindest konnte Giordano niemanden sehen. Im Innenhof des Hauses stand ein Ziehbrunnen, aus dem zwei Frauen aus der Nachbarschaft unaufhörlich Wasser in eine Holzwanne gossen, um darin das Leinen des Marchese mit einer Art Kernseife zu bearbeiten. Der Marchese lächelte verlegen, so als wäre es ihm unangenehm, dass sein Gast diesen Luxus bemerkte. Ein hoher Kastanienbaum spendete Schatten. Ein betagter Kater lag träge darunter, leckte sein Fell, streckte sich und gähnte.

„Als Erstes brauchst du das hier." Der Marchese versuchte, Giordano abzulenken, legte ihm Hut, Mantel und Degen hin. Er lächelte wohlwollend und hieß ihn mit einer Handbewegung sein Ordenskleid ablegen und seine neuen

Kleider überstreifen. Mit einem raschen Griff nahm er die Mönchskutte und das Skapulier an sich.

„Das wirst du sicher nicht mehr benötigen." Giordano sah etwas verdutzt drein, als der Marchese sein Ordensgewand an sich nahm. Aber weshalb auch eigentlich nicht, er hatte ja recht. Die Kleider hatten ihm seit Padua ohnedies nur noch dazu gedient, Nahrung und Unterkunft zu erhalten. Aber jetzt war er ja endlich angekommen. Etwas unsicher betrachtete er sich in der ungewohnten Kostümierung.

„Morgen besorge ich dir Arbeit als Schriftsetzer in einer Druckerei." Freundschaftlich klopfte der Marchese Giordano auf die Schultern. „Nun geh, sieh dich um in der Stadt. Ich habe noch zu arbeiten."

Gut gelaunt verließ Giordano das Haus des Marchese de Vico. Es war noch nicht spät, und so beschloss er, die Akademie aufzusuchen. Auf seinem Weg begegnete er einem Eselsgespann, auf dem fast reglos zwei Frauen knieten. Arme und Beine waren mit Ketten gefesselt. Das Haar hatte man ihnen abgeschnitten, die Gesichter waren rußgeschwärzt, die Lippen und Augen geschwollen und blutig von Schlägen.

Über dem ganzen Ort lastete eine gedrückte Stimmung, aber Giordano konnte oder wollte immer noch nicht sehen.

Kapitel 23

Guiseppe durchzuckte es wie ein Blitz. Dieses Gesicht, die milchige Haut, die kleine spitze Nase, das blonde Haar, die glasklaren, blauen Augen. Da war sie wieder, die Frau aus seinem Traum, deren Anblick er nicht mehr vergessen konnte. Viel jünger und schöner noch, als er sie in Erinnerung hatte. Sosehr er auch versucht hatte, sie aus seinen Gedanken zu verbannen, sosehr er sich geschämt hatte. Es war ihm nicht gelungen, das Gesicht zu vergessen. Doch was machte sie hier in Genf? Nein, gewiss ein Irrtum. Verschüchtert sah die junge Frau nach links und rechts und eilte so schnell davon, dass Guiseppe für einen kurzen Moment an einen Spuk glaubte. So plötzlich, wie sie aufgetaucht war, war sie auch schon wieder verschwunden. Benommen von dieser Erscheinung, ging Guiseppe eine von Fachwerkbauten gesäumte Straße entlang, auf der Suche nach einer Bleibe. Verglichen mit Padua herrschte in Genf Hochbetrieb auf den Straßen, doch Guiseppe fühlte sich unwohl hier inmitten der vom wahren Glauben Abgefallenen. Sollte Giordano es vorziehen, in Genf zu bleiben, würde er seine Mission als gescheitert betrachten und nach Neapel zurückkehren. Aber vorerst wollte er bleiben und beobachten, wie sich die Dinge entwickeln würden.

„Fünf Fiorini."

„Fünf Fiorini?" Staunend und enttäuscht zugleich wiederholte Guiseppe die Worte des Wirtes, den er nach einem Zimmer gefragt hatte. Der kümmerte sich nicht weiter um ihn, sondern drehte ihm den Rücken zu und versuchte mit einem vor Schmutz starrenden Lappen, Krüge zu reinigen.

Die Wirtschaft war leer. Die massive, kahlköpfige Erscheinung des Wirtes schien das einzige Lebewesen weit und breit zu sein. Guiseppe senkte den Kopf und wollte schon die Wirtsstube verlassen, als sich dieser abrupt umdrehte und ihn von oben herab ansprach: „Wenn du willst, kannst du für Kost und Logis bei mir arbeiten."

Guiseppes Gesichtszüge hellten sich auf.

„Selbstverständlich, gerne, wie … wo …", stotterte er. Was für ein Glück, kaum eine halbe Stunde in der Stadt und schon Arbeit und eine Unterkunft. Schweigend ging der Wirt voran in den hinteren Teil des Hauses. Neben dem Abtritt war ein kleiner Verschlag, kaum groß genug, dass sich ein erwachsener Mensch darin umdrehen konnte. Ein Strohsack, sonst war nichts in dem Raum. Kaum Tageslicht drang hinein. Immer noch stumm bedeutete der Wirt Guiseppe, dass dies nun wohl für die nächste Zeit sein Zuhause sein würde. Guiseppe hatte im Kloster Genügsamkeit gelernt, obwohl nicht alle sie ihm vorgelebt hatten. Als er seine Habseligkeiten auf den Strohsack warf, stoben Wanzen in alle Richtungen davon. Geduldig folgte er dem Wirt Richtung Küche und machte sich als Erstes daran, Essensreste und andere Küchenabfälle einzusammeln und hinter dem Haus auf eine Art Müllhalde zu werfen, auf der große, fette Krähen bereits auf Nachschub warteten. Guiseppe beobachtete die Vögel eine Weile, wie sie sich gegenseitig versuchten mit ihren Schnäbeln Brotrinden und Kohlblätter zu entreißen. Dutzende Mäuse wühlten in dem Abfallberg nach Brauchbarem. Guiseppe musste an das Mädchen denken. Ihr anmutiges Wesen ließ ihn die schmutzige Arbeit, die er zu verrichten hatte, vergessen. Gut und gern ein Dutzend Mal musste er den Holzeimer mit den

Abfällen aus der Küche in den Hinterhof tragen. Wer sie wohl war? Die unbekannte Schöne konnte doch unmöglich die junge Frau, die er in der Nähe von Padua getroffen hatte, sein. Oder doch? Unweit des Müllbergs hielt der Wirt ein paar Hühner und Ziegen. Der von der prallen Sonne verstärkte Abfallgeruch überdeckte den Gestank der Fäkalien der Tiere. Nach dieser Arbeit musste Guiseppe sich an die Vorbereitungen für das Abendessen machen. Krautköpfe waren zu schälen und zu zerkleinern.

„Das hast du wohl noch nie gesehen, was?" Spöttisch grinsend sah der Wirt Guiseppe zu, wie er neugierig einen von Erde verkrusteten Klumpen, den er ihm kurz zuvor in die Hand gedrückt hatte, von allen Seiten betrachtete. So etwas hatte Guiseppe tatsächlich noch nie gesehen. Der Wirt nahm ihm die Knolle aus der Hand und schnitt sie mit einem Messer mitten entzwei. Glänzendes, gelbliches Fruchtfleisch kam zum Vorschein, und als der Wirt ihm die beiden Hälften wieder entgegenstreckte, leckte Guiseppe vorsichtig daran. Der Wirt ging in die Knie und schlug sich auf die Oberschenkel vor Lachen, als er Guiseppes säuerliches Gesicht sah. Gar nicht aufhören zu lachen konnte er, und sein dicker Wanst wurde bei jeder Lachsalve aufs heftigste durchgeschüttelt.

„Kartoffel", kam es endlich keuchend aus ihm heraus, „das ist eine Kartoffel, du Hohlkopf." Der Kopf des Wirtes war hochrot, und Guiseppe fürchtete, dass er jeden Moment zerspringen könnte. Zum ersten Mal in seinem Leben hörte er das Wort Kartoffel.

„Die gibt es bei uns schon seit einigen Jahren." Stolz schwang in seiner Stimme mit. „Wir sind zwar keine Seefahrer wie ihr Italiener, dafür aber gute Bauern und Geschäftsleute."

Die calvinistische Stadtregierung hatte tatsächlich sehr früh erkannt, was man aus dieser Knolle, die den Weg aus der Neuen Welt nach Europa gefunden hatte, alles herstellen konnte, und veranlasst, dass Kartoffeln in großen Mengen in der fruchtbaren Erde an der Rhone angebaut wurden. Mit einer bestimmenden Geste deutete der Wirt nun auf einen großen Korb, und Guiseppe machte sich ans Werk, die Kartoffeln, so wie er es gezeigt bekommen hatte, mit einem stumpfen Messer zu schälen.

In einem großen Kessel bereitete eine Magd über offener Flamme eine Suppe aus Kraut und Kartoffeln zu. Der Wirt schickte Guiseppe in die Speisekammer, um aus einem der vielen Tonkrüge getrocknete Pilze zu holen. Als Guiseppe den ersten Tonkrug öffnete, suchten unzählige Schaben das Weite.

Nach und nach füllte sich die Wirtsstube. Schweigend setzten sich die Gäste, warteten geduldig, bis man ihnen die Suppe vorsetzte, und löffelten mit gesenkten Häuptern ihre Mahlzeit, ohne miteinander zu reden. Anders als in anderen Wirtshäusern üblich, wurde kein Wein ausgeschenkt. Jeder Gast ließ, nachdem er sein Mahl verzehrt hatte, ein paar Münzen auf dem Tisch liegen und ging, dem Wirt kurz zunickend. Die Fensterbalken waren geschlossen, so als sollte niemand sehen, was hier geschah. Kerzen erhellten den Raum, der intensiv nach Kraut und Schweiß roch. Guiseppe musste seine Suppe in der Küche löffeln. Die seltsame Zusammenkunft irritierte ihn. Was war bloß mit all diesen Menschen los?

Müde von den anstrengenden Wanderungen der letzten Tage fiel Guiseppe in einen tiefen, traumlosen Schlaf.

Giordano hatte es besser erwischt. Seine Herberge war hell und freundlich. Sein Zimmer lag im ersten Stock. Die Wirtin, eine Witwe, wie sie ihm gleich bei seiner Ankunft erzählt hatte, bemutterte ihn, als sei ein verlorener Sohn nach Hause zurückgekehrt. Sie schien unwesentlich älter als er selbst. Das dunkelbraune Haar glänzte unter einer weißen Haube hervor. Die Zähne waren ebenmäßig und zeugten davon, dass ihre Besitzerin ihnen regelmäßige Pflege angedeihen ließ. Die Augen, so dunkelbraun wie die Haare, strahlten Frische aus, nur die Tränensäcke verrieten, dass sie viel durchgemacht hatte. Luftgetrockneter Speck, Brot und Käse schmeckten Giordano vorzüglich. Er hatte sich in der Akademie eingeschrieben und wollte gleich morgen eine Vorlesung bei Professor de la Faye besuchen. Der Philosoph war erst kürzlich zum ersten Professor der Theologie und zum obersten Geistlichen Genfs ernannt worden. Gespannt, in welche Geisteswelten ihn der Professor morgen entführen würde, schlief er ein.

Kapitel 24

Mit einem kräftigen Tritt gegen den Verschlag weckte der Wirt Guiseppe. Ein trockenes Stück alten Brotes und ein Schluck Wasser, danach musste er sich um die Hühner und Ziegen kümmern. Ein Holzhaufen wartete darauf, zerkleinert und an der Hauswand gestapelt zu werden. Gegen Mittag wiederholte sich die gleiche Prozedur wie am Vorabend. Die Magd, eine kleine, dürre Frau von etwa fünfunddreißig Jahren, wohnte nicht im selben Haus wie der Wirt und der junge Mönch. Sie hatte die Reste vom Vortag auf der wiederentfachten Glut erwärmt und verteilte das Essen. Die Wirtsstube fasste etwa dreißig Menschen. Plötzlich drang Lärm von der Straße herein. Guiseppe lugte durch die Toreinfahrt, die in den Innenhof führte, und sah, wie immer mehr Menschen die Straße füllten und in Richtung Stadttor eilten. Auch die Gäste und der Wirt folgten dem Zug. Gespannt hielt er Ausschau nach Giordano. Mehrere hundert Menschen zogen an ihm vorbei, da sah er sie wieder, die Frau vom Vortag. Das blonde Haar hatte sie unter einem Kopftuch versteckt. Widerwillig ließ sie sich von einem Mann in einem langen, schwarzen Mantel zum Weitergehen drängen. Mal zog er sie, mal stieß er sie vor sich her. Guiseppe folgte ihnen mit einigen Metern Abstand. Der Mann trug einen langen Bart und hatte buschige, dunkle Augenbrauen. Auf dem Kopf trug er einen seltsamen Hut, der ihm etwas Offizielles, Amtliches verlieh. Einige hundert Meter vor den Stadttoren machte die Menge halt. Die Menschen bildeten eine Gasse, um dem Mann und der jungen Frau Platz zu machen. Es roch nach Pferdedung. Angst lag in der Luft. Die Menschenmenge bildete einen großen Kreis, in dessen Mitte vier Pferde, nach vier verschiedenen Richtungen aufgestellt, auf ihren schaurigen Dienst warteten. Zwischen den Pferden konnte Guiseppe einen Menschen ausmachen, der an Armen und Beine gefesselt, das Gesicht schreckensstarr nach hinten gekippt, etwa einen halben Meter über dem Boden hing. Neben jedem Pferd stand ein kräftiger Bursche mit einer Peitsche in der Hand. Bei genauerem Hinsehen konnte Guiseppe sehen, dass es eine Frau war, die zwischen den Pferden hing. Der schwarzgekleidete Mann hatte sich in die erste Reihe gestellt, links und rechts flankiert von etwa je zehn Mitgliedern des Konsistoriums. Alle waren sie ähnlich angezogen wie er, der wohl so etwas wie ihr Anführer zu sein schien. Er hielt die junge Frau fest an der Hand. Ihr Blick war zu Boden gerichtet. Der Schwarzgekleidete sprach ein paar Worte und deutet daraufhin auf einen Priester, der nahe an die gefesselte Frau trat und, die Hände links und rechts abgewinkelt, die offenen Handflächen nach vorne zeigend, als wollte er eine Horde wild gewordener Kühe stoppen, ein Gebet sprach. Die gefesselte Frau atmete stoßweise, dann wollte sie schreien, doch der nach hinten gekippte Kopf ließ nur einen lächerlichen, hohen Ton zu. Außer diesem Laut, der nun in ein keuchendes Fiepen überging, und dem Gemurmel des Priesters war es totenstill auf der Wiese. Die Augäpfel der Frau waren nicht mehr zu sehen, nur zwei weiße Halbmonde konnte man erkennen. Viele der Menschen hatten den Kopf gesenkt, nur die im Umkreis des Konsistoriums stehenden starrten mit leeren Augen auf die unschuldig dreinblickenden Pferde. Als der Priester sein Gebet beendet hatte, schaute er erwartungsvoll zu dem Mann in Schwarz. Der hatte mittlerweile einen Arm um den Kopf der jungen Frau neben ihm gelegt und zwang sie so, das nun Folgende mit anzusehen. Guiseppe sah, dass sie weinte. Ein Zittern durchlief die Pferde ebenso wie die Menschenmenge, als auf ein Nicken des Mannes der Priester zur Seite trat und die jungen Burschen ihre Peitschen hoben und sie zugleich mit einem kräftigen Schlag auf die Hinterteile der Tiere niedersausen zu lassen. Zwei der Pferde bäumten sich laut wiehernd auf, zwei versuchten wegzulaufen. Der Körper zwischen ihnen wurde wild hin und her geschüttelt, das lange Haar, das sich gelöst hatte, verdeckte das Gesicht der Frau. Ein Bein war aus der Gelenkspfanne gerissen, aber noch nicht vom Körper abgetrennt. Die Tiere schnaubten, und die Burschen versuchten, sie zu beruhigen und wieder in die Ausgangsposition zurückzubringen. Der Priester strich der Frau die Haare aus dem Gesicht und gab dem Konsistorium ein Zeichen, dass sie noch lebte. Abermals wurden die Pferde angetrieben, und dieses Mal rissen sie der Frau beide Beine aus dem Leib. Der Torso verspritzte Unmengen von Blut. Mit einem entsetzten Stöhnen wich die Menschenmenge zurück. Der Körper der Frau zuckte wie wild, und daran, dass sie den Kopf hin und her warf, konnte Guiseppe erkennen, dass sie immer noch nicht tot war. Wie gebannt starrte er auf das widerliche Schauspiel. Speichel schoss ihm in den Mund, er war kurz davor, sich zu übergeben. Der Frau neben dem Schwarzgekleideten, der die Hinrichtung mit einem zufriedenen Lächeln um die Mundwinkel verfolgt hatte, gelang es nicht, sich aus seinem festen Griff zu befreien. Die Pferde waren nun wieder einigermaßen beruhigt, und auf ein weiteres Zeichen eines Konsistoriumsmitglieds zückte einer der jungen Burschen ein Messer und machte mit einem raschen Schnitt durch die

Kehle der Sterbenden, deren Kopf er am Haarschopf festhielt, der Tortur ein Ende. Das Konsistorium applaudierte, und Guiseppe spürte, dass die Menschen nur widerwillig in den Applaus einstimmten.

Schweigend machte sich der Zug auf zurück Richtung Stadt, während sich die Burschen daranmachten, die einzelnen Körperteile der Getöteten an die Äste einer breitgewachsenen Eiche zu binden.

Ein kurzer Blick. Guiseppe war immer noch geschockt von dem grausigen Erlebnis. Die Frau hatte kurz zu ihm hergesehen. Der Mann in Schwarz zog sie unablässig hinter sich her. Noch einmal drehte sie sich um. Ihr Blick drang Guiseppe durch Mark und Bein. Ihre Augen flehten um Hilfe, und in ihrer Tiefe vereinten sich die freudigen Erinnerungen, als sie voller Hoffnung endlich der Inquisition, die hinter ihrem Vater, einem angesehenen Lehrer, her gewesen war, in Florenz entkommen war und in Genf eine bessere, freiere Zukunft gefunden zu haben glaubte. In ihrem kurzen Blick spiegelten sich die traurigen Momente, als der Herr ihre Mutter nach einem langen, schweren Lungenleiden endlich erlöst hatte, ihr Vater immer mehr in die Fänge des Konsistoriums geriet, sich nach und nach veränderte und sie schließlich dazu drängte, diesen furchterregenden Mann an ihrer Seite zu heiraten – und er ließ erahnen, welch schreckliches Martyrium sie seitdem durchleben musste.

„Geschieht ihr schon recht, der Ehebrecherin", brummte der Wirt später in der Gaststube unablässig vor sich hin. Bald darauf ging alles wieder seinen gewohnten Gang, so als wäre nichts geschehen. Stumm schälten Guiseppe und die Magd Maiskolben.

Guiseppe fand als Erster Worte. „Wer war der schwarzgekleidete Mann, der die Hinrichtung geleitet hat?"

„Guillaume de Leveré, der oberste Stadtrichter", war die prompte Antwort, „und die junge Frau neben ihm war seine Ehefrau. Viel zu jung für ihn – und Italienerin." Die Magd wurde gesprächiger. „Er wollte ihr wohl zeigen, wie man bei uns mit Ehebrecherinnen umgeht."

„Kommen solche Hinrichtungen öfter vor?"

„Sehr häufig", antwortete die Magd. „Das Konsistorium wacht sehr streng über die Einhaltung unserer Gesetze. Ja, unser weiser Calvin wusste schon, was gut für uns ist, und Dirnen und Ehebrecherinnen brauchen wir hier nicht. Da wird kurzer Prozess gemacht, damit die anderen es sich gleich zweimal überlegen, etwas so Verwerfliches zu tun."

Die Frau des Richters also, dachte Guiseppe. Das geheimnisvolle Wesen war in unerreichbare Ferne gerückt. Schweigend schälte er weiter. Doch was war nur mit ihm geschehen? Hätte er nicht schon längst aufbrechen und nach Neapel zurückkehren sollen? Giordano war ins Lager der Verräter am Glauben übergewechselt, so viel stand fest, und hier in Genf entzog er sich der gerechten Verfolgung durch die Inquisition. Es gab für Guiseppe nichts mehr zu tun, und die verwirrenden Gedanken um die Frau des Richters mussten so bald als möglich aus seinem Kopf verschwinden. Doch das gelang nur hinter den dicken Mauern des Klosters.

„Wer sich in unsere Gemeinschaft nicht einfügt, der hat hier nichts verloren", nahm die Magd den Faden wieder auf, „und wer sich nicht an unsere Gesetze hält, gehört bestraft. Ohne Wenn und Aber. So wie es unser großer Calvin bestimmt hat. Man sagt", verschwörerisch senkte sie die Stimme, „dass es

Katholiken in der Stadt gibt, die heimlich Messen feiern. Die sollte man erwischen und ihnen den Garaus machen."

Guiseppe hob interessiert die Brauen.

„Das Konsistorium hat zwar seine Augen und Ohren überall, aber oftmals gelingt es Unbelehrbaren doch, ihre alten Rituale zu feiern."

Der Korb mit den Maiskolben war nun fast zu Gänze geschält. Die Magd schickte sich an, die Schalen hinter das Haus zu tragen.

„Auf den Scheiterhaufen gehören sie, allesamt", murmelte sie beim Hinausgehen.

Kapitel 25

Giordano hatte von den Geschehnissen vor den Stadttoren nichts mitbekommen. Gemeinsam mit den anderen Studenten lauschte er dem Vortrag Professor de la Fayes. Mit einem leichten Kribbeln in der Magengegend erwartete er gespannt die vom Professor angekündigten Ausführungen zu Aristoteles. Der Hörsaal fasste etwa fünfzig Personen. Der Vortragende stand an einem aus dunklem Holz gefertigten Pult, auf dem seine Skripten lagen. Hohe, schmale Fenster an den Seiten sorgten für genügend Licht. Er trug einen schlichten, schwarzen Umhang mit weißem Kragen. Sein Bart reichte fast bis auf die breite Brust. Auf dem Kopf trug er eine eigenwillige, ebenfalls schwarze Kappe. Sein Blick und seine Stimme vermittelten etwas Gemütliches, Freundliches. Der Professor war ungewöhnlich groß. Ein harmloser Riese also? Giordano war anfangs ebenfalls von dem augenscheinlich warmherzigen Äußeren des Gelehrten eingenommen gewesen. Doch je länger er dessen Worten lauschte, desto deutlicher wurde ihm, dass alles nur Fassade war, dass dahinter eine Person steckte, die Fragen im Keim erstickte, keinen Widerspruch duldete. Als hätte er ein zweites Gesicht, reagierte er teils herablassend, teils unwirsch auf kritische Vorhaltungen, die allerdings ohnedies fast ausschließlich von seinem neuen Studenten kamen. Manchmal versuchte er, ihn vor versammeltem Hörsaal bloßzustellen, der Lächerlichkeit preiszugeben, nicht ahnend, dass er damit bei ihm auf erbitterten Widerstand stoßen würde – und erst seine Ausführungen: irritierend, wähnte Giordano sich doch in der Hochburg der Reformation. Doch was hier stattfand, war eher Deformation. Nicht ungeduldig sein. Zu

Ende vortragen lassen. Die Kommilitonen notierten eifrig mit. Nein, nein, das war doch sicherlich Ironie. Das konnte doch keinesfalls ernst gemeint sein – und er, Giordano, war darauf hineingefallen. Er schalt sich in Gedanken einen dummen Esel. Hier wurden doch nicht wirklich aristotelische Philosophie und Naturwissenschaft vorgetragen? Er beschloss, sich das alles in Ruhe anzuhören, bis er den Sinn dahinter verstand. Vielleicht mussten die Studenten erst in die verworrenen Gedankenwelten des griechischen Philosophen eingeführt werden, und sicher würde de la Faye diese in einer seiner nächsten Vorlesungen gnadenlos zerfetzen, als hirnlosen Tand abtun und die wahre reformierte Theologie zu Gehör bringen. Nahe Glocken läuteten. Die Studenten packten ihre Sachen und eilten zum Gottesdienst, Giordano ihnen hinterher, neugierig, warum alle so zielstrebig in Richtung einer nahen Kirche eilten. Ihn überraschte, dass auch in den Pausen und erst recht nach der Vorlesung auf dem Weg niemand das Gespräch suchte, ja, alle so taten, als kennten sie sich gar nicht, als wären sie sich heute allesamt zum ersten Mal begegnet. Er erinnerte sich an seine Ankunft in Neapel, wo ihn seine zukünftigen Mitbrüder herzlich willkommen geheißen hatten. Wehmut beschlich ihn. Warum war er so grob, so ungeduldig mit ihnen gewesen, hatte sie brüskiert, ihre Zuneigung zurückgewiesen, besonders die des kleinen Guiseppe, der sich rührend um seine Gunst bemüht hatte? Ganz anders hier. Kaum jemand hatte seine Ankunft wahrgenommen, geschweige denn je das Wort an ihn gerichtet. Wie lebende Tote kamen sie ihm vor. Willenlos. Keine eigene Meinung, kein kritisches Hinterfragen. Aber vielleicht gehörte das ja auch zu einem Plan, den er nur noch nicht verstanden hatte.

Am Eingang der Kirchentür stand gütig lächelnd der Marchese Caracciolo. Sein südländisches Aussehen unterschied ihn von den anderen Kirchenbesuchern. Gekleidet in einen einfachen braunen Umhang und Hut, bewegte er den rechten Zeigefinger, als wolle er die Ankömmlinge zählen. Als er Giordano sah, winkte er ihn näher.

„Das freut mich aber besonders, dass du, mein lieber Bruder im Geiste, den Weg hierher gefunden hast. Tritt ein und erfreu dich mit uns an der selig machenden Botschaft unserer reformierten Kirche." Der Marchese verbeugte sich fast untertänig, was Giordano sehr unangenehm, ja geradezu peinlich war. Er merkte allerdings rasch, dass die anderen davon keine Notiz nahmen, sondern wie in vorherbestimmten Bahnen ihren Weg in die Bankreihen der Kirche fanden. Immer noch verdutzt ob des Empfangs, folgte er ihnen und suchte sich einen Platz etwa zwei Meter von Guiseppe entfernt, der sich ebenfalls zum Gottesdienst eingefunden hatte. Noch einmal musste Giordano an den Mitbruder denken, nicht ahnend, dass dieser nur knapp von ihm entfernt saß. Er war klug, das hatte er bald bemerkt. Ein wenig zu unerfahren, noch nicht reif genug. Deshalb hatte er ihm einige Lektionen erteilt. Vor allem vor den anderen Mitbrüdern. Er wusste, dass dies oft viel eindringlicher war, als hätte er ihn im Zwiegespräch ermahnt. Aber hatte er ihn nicht manchmal zu hart angefasst? Vielleicht hätte er das nicht tun sollen? Der liebe Kerl wollte doch nur seine Freundschaft, und er hatte sein Gefühle zertreten und sie ihm vor die Füße geworfen. Er bereute zutiefst und wünschte sich den Freund nun hier an seiner Seite.

Die Predigt hatte begonnen. Der Marchese und zwei seiner Begleiter schritten links, rechts und in der Mitte kontrollierend die Bankreihen ab. In der niedrigen Kirche war schlechte Luft. Sie mochte etwa zweihundert Gläubige fassen. Die Predigt mutete ihn eigenartig an. Maßregeln und Vorschriften. Keine Freude, kein Mitgefühl. Der Gedanke an Guiseppe war verflogen, der an de la Faye und seine Vorlesung noch nicht.

***

Befriedigt hatte Caracciolo das Erscheinen Giordano Brunos registriert. Er konnte sich ihn gut als wertvolles künftiges Mitglied der Gemeinde vorstellen. Vielleicht sogar des Konsistoriums, doch das würde noch ein hartes Stück Arbeit bedeuten.

„Marchese, mein hochverehrter Marchese, Ihr ahnt gar nicht, was mir heute alles widerfahren ist."

Giordano war nach dem Gottesdienst atemlos in das Haus Caracciolos gestürzt. Er wollte ihm von der Vorlesung, aber auch von der ihn seltsam anmutenden Predigt berichten. Der Marchese, eher kleinwüchsig und ohne jeglichen Haarwuchs, betrachtete ihn geduldig, die Arme vor dem spitz unter seinem Wams hervortretenden Bauch verschränkt. Es war, als glühten Giordanos Backen, ohnedies immer noch von der vielen Sonne der langen Wanderung gebräunt. Er wusste gar nicht, wo er beginnen sollte.

„Was habt ihr Calvinisten doch für einen eigensinnigen Humor." Caracciolo sah ihn fragend an. Seine Stirn warf tiefe Falten. Der Herbst war bereits in die Stadt gezogen. Der See war immer öfter für dichten Nebel, der sich über die ganze Stadt legte, verantwortlich. Giordano hätte fast das Haus des

Marchese nicht gefunden. Er wirkte trotz der Erfahrungen des zurückliegenden Tages gelöst und heiter. Bestimmt würde Caracciolo gleich alles auflösen, ihm sagen, dass das alles nur ein Spiel war, das die Calvinisten erfunden hatten und das sie ab und zu spielten, wie, um sich daran zu erinnern, wie verkorkst das alte Kirchensystem, dem sie nun endlich entronnen waren, eigentlich war.

Caracciolo hatte Wasser und einen kleinen Tonkrug bringen lassen. Amüsiert hatte er Giordanos Aufgeregtheit zur Kenntnis genommen und fand, es sei nun an der Zeit, den Dominikanermönch zum Calvinisten zu machen. Er ahnte, dass diese Aufgabe nicht leicht war, aber jemanden, der so mit Feuereifer bei der Sache war, konnten sie nur allzu gut in ihren Reihen gebrauchen.

„Natürlich haben wir Sinn für Humor. Den hatte auch schon unser großer, ehrwürdiger Calvin, ohne den es das alles hier gar nicht gäbe."

Giordano nickte eifrig.

„Aber du musst zugeben, lieber Giordano, dass es ganz ohne Zucht und Ordnung auch nicht abgehen kann."

Wieder nickte er.

„Ab und zu muss ein verirrtes Schaf einmal die Peitsche spüren, um nicht für alle Zeit vom rechten Weg abzukommen, nicht wahr?" Ohne eine Antwort abzuwarten, fuhr der Marchese fort: „Wenn ein Schaf aber gar nicht mehr zur Herde passt, muss es geopfert werden." Giordano verstand nicht, worauf Caracciolo hinauswollte.

„Nur so können wir unsere Gemeinschaft vor schädlichen Einflüssen von außen, zumal von Rom, schützen, und Rom will uns vernichten, so viel steht fest."

„Aber wie wollt Ihr Euch schützen?“ Giordano kam nun endlich auch einmal zu Wort. „Ihr habt doch, soweit ich sehen kann, keine Armee, oder?“

„Nein, ganz gewiss nicht. Aber wir haben starke Verbündete. In Frankreich, in England, in den deutschen Ländern, überall schließen sich immer mehr Menschen unserer reformierten Kirche an, und irgendwann werden wir so mächtig sein, dass wir die verlogene katholische Bande zum Teufel jagen werden. Deswegen ist es höchste Zeit, Giordano, dass du dich uns ebenfalls anschließt. So jemanden wie dich brauchen wir.“

Giordano fühlte sich geschmeichelt, trotzdem zögerte er. „Aber wie kann ich einer Religion beitreten, die ich noch gar nicht richtig kennengelernt habe?“

„Lass dir Zeit, Giordano. Morgen, übermorgen, egal wann. Du wirst deinen Weg zu uns finden – und nun geh. Deine Arbeit bei Meister Elsbach beginnt morgen schon um sechs Uhr früh.“

Beschwingt und voller Fragen verließ Giordano das Haus des Marchese. Warum nicht den neuen Glauben annehmen? Dem alten hatte er längst abgeschworen. Zurück nach Italien wollte und konnte er nicht mehr. Er würde sich noch ein paar Tage Zeit lassen, aber innerlich hatte er seine Entscheidung bereits getroffen.

Es war dunkel. In den engen Gassen waren kaum Menschen zu sehen. Der Herbst löste den Sommer mit Riesenschritten ab. Dichter Nebel machte den Rückweg zu Giordanos Unterkunft beschwerlich. Zum Glück verfügte er über einen ausgezeichneten Orientierungssinn. Der Marchese hatte ihm noch einiges an Vorräten für die kommenden Tage und Wochen einpacken lassen, und morgen früh würde er erst einmal seine Arbeit als Schriftsetzer in der Druckerei Elsbach beginnen. Die nächste Vorlesung bei de la Faye würde er wohl erst wieder kommendes Wochenende besuchen können. Bis dahin würde er sich die Zeit mit einem Band von Luthers „De Servo Arbitrio", den ihm der Marchese ebenfalls mitgegeben hatte, vertreiben.

Kapitel 26

Ein dumpfes Geräusch weckte Guiseppe. Jemand hatte wieder an seinen Verschlag getreten. Er war sofort hellwach. Wie jeden Morgen stieß er mit dem Kopf an einen kleinen Balken direkt über dem Kopfende seines Strohsackes. Die Wanzen hatten sich eine neue Bleibe gesucht, so dass er seinen Verschlag nur noch mit einer fast fünf Zentimeter großen Kreuzspinne teilen musste, was aber den Vorteil hatte, dass sich sonst kein anderes Ungeziefer, insbesondere keine Fliegen, zu ihm verirrten. Er schlüpfte rasch in seine Kleider und ging in die Küche, wo ihn die zahnlose Magd bereits erwartete.

„Na, auch schon wach?", grunzte sie ihm entgegen. „Der Richter muss seine Frau gestern mal wieder gründlich grün und blau geschlagen haben", legte sie sofort los. „Der halbe Straßenzug hat es mitbekommen. Meine Nachbarin Angela hat es von ihrer Freundin Genoveva, und die wiederum …" Die Magd hielt kurz inne, um Luft zu holen. Sie roch nach Schweiß, und das ungewaschene Haar hatte sie auf dem Kopf verknotet. Ihre feisten Wangen glänzten rot im Schein der Kerze. Sie schälte Karotten. Ihre Stimme klang, als sei sie erkältet. Immer, wenn der Rotz seine Flucht aus der Nase antrat, zog sie ihn mit einem lauten Geräusch wieder hoch.

„Aber die Metzte hat es ja nicht anders verdient", fuhr sie keifend fort. Guiseppe hatte sich zu ihr gesetzt und nun ebenfalls begonnen, das etwas kümmerlich wirkende Gemüse von Schmutz und Schale zu befreien.

„So ein Luder, verdreht unseren Männern den Kopf mit ihren schönen Augen. Das Beste wäre, der Richter würde sie Tag und Nacht wegsperren, das Miststück."

„Sind sie denn schon lange verheiratet?“

„Nein. Das ist es ja. Sie ist aus Italien geflohen. Gott weiß, warum. Wahrscheinlich hat sie sich dort schon an die Männer ehrbarer Frauen herangemacht und ist verjagt worden. Weiß man's? Eine, die so aussieht, hat doch sicher nur eins im Kopf. Ja, und dann ist sie zu uns gekommen und hat sich den Richter geangelt. Einen der angesehensten Männer unserer Stadt. Da steckt doch was dahinter, oder?“ Ohne auch nur für eine Sekunde aufzuschauen, fuhr sie fort: „Keine acht Wochen hat es gedauert, da ist sie mit ihm zum Altar, diese schamlose Person. Gott weiß, wie sie den armen Richter betört hat, und jetzt ist sie Frau Richterin, mit allen Privilegien, hat ausgesorgt. Der Richter ist der Einzige, der mehrere Hausangestellte hat, so dass das faule Aas keinen Finger zu rühren braucht. Wenn der selige Calvin noch leben würde, ich weiß nicht, ob er das hätte durchgehen lassen. Aber der ehrwürdige Herr Richter ist ja so ein feiner Mensch, und gerecht natürlich obendrein. Bei ihm erhält jeder die Strafe, die ihm zusteht, ohne Ansehen von Stand und Herkunft. Er hat auch schon so manchen Adeligen auf den Scheiterhaufen geschickt, wenn der was Frevlerisches verbrochen hat. Ob sie vielleicht eine Hexe ist? Ich glaube, der Richter war früher einmal auf Hexen spezialisiert. Wahrscheinlich haben noch ein paar überlebt.“

„Wie heißt sie eigentlich?“

„Wer?“ Jetzt sah die Magd zum ersten Mal auf.

Guiseppe lachte. „Die Hexe natürlich.“

„Anna“, stieß die Magd zwischen den Zahnlücken hervor.

„Anna“, wiederholte er leise, mit einem sehnsüchtigen Blick.

„Jedenfalls wohnt die Schwester meiner Schwägerin im Haus gleich schräg gegenüber und hat gesehen, dass der Richter seine Frau jeden Tag wecken muss. Wo gibt's denn so was? Eine Frau hat vor ihrem Mann wach zu sein und ihm das Frühstück zu bereiten und die Kleider zurechtzulegen. Schließlich muss er den ganzen Tag seiner schweren Pflicht nachkommen. Na ja, mal sehen, wie lange das gutgeht."

„Was gutgeht?" Guiseppe stellte sich absichtlich dumm.

„Die Ehe natürlich." Die Magd schüttelte den Kopf ob der Einfalt dieses Esels. Wieder einmal zog sie geräuschvoll den Rotz hoch.

„Wenn sie, was wir mittlerweile alle glauben, tatsächlich eine Hexe ist, so wird das der Richter, wenn das erste Liebesglühen einmal verflogen ist, schon merken, und dann Gnade ihr Gott. Vierteilen lassen wird er sie. So wie die Metze letzten Sonntag."

„Was hat denn die Schwester deiner Schwägerin im Haus des Richters sonst noch so bemerkt?"

Verschwörerisch beugte sich die Magd vor, schaute nach links und nach rechts. „Manchmal, spätnachts, trifft sich das Konsistorium im Haus des Richters. Manche gehen erst in den frühen Morgenstunden. Aber vermutlich beraten die hohen Herren stundenlang über unsere Gesetze, die uns unser geliebter Calvin hinterlassen hat. Die Diener aus dem Haus erzählen jedenfalls nichts über die Vorfälle im Haus. Die meisten werden ohnedies nach Hause geschickt, und die, die im Haus wohnen, würden sich lieber die Zunge herausschneiden lassen, als irgendetwas zu verraten. Aber was geht dich das eigentlich an?"

„Nichts, nichts. Wo steht eigentlich das Haus des Richters?“, versuchte Guiseppe sie abzulenken.

„Unweit von hier.“ Die Magd beschrieb ihm den Weg, und Guiseppe schälte zufrieden eine Karotte. In dieser Nacht würde er selbst einmal erkunden, was denn im Haus des Richters so Seltsames vor sich ging.

Kapitel 27

Giordano hatte trotz des dichten Nebels ohne Umwege nach Hause gefunden. Die Witwe saß auf einer zerschlissenen Chaiselongue, so als hätte sie auf ihn gewartet. Das Haar hatte sie gebürstet und zu einem Kranz geflochten. Ein kleiner Ofen wärmte die Stube. Auf dem Herd köchelte etwas süßlich Riechendes.

„Habt Ihr Hunger, Monsieur Bruno?“ Sie sprach seinen Namen mit einem französischen Akzent aus, was ihm gut gefiel. Trotz der feuchtkalten Nacht trug sie nur ein dünnes, bodenlanges Kleid.

Der süßliche Brei schmeckte vorzüglich. Madame Lamaré hatte reichlich getrocknete Früchte daruntergemischt.

„Mögt Ihr vielleicht einen Schluck?“ Ohne die Antwort abzuwarten, goss sie ihm Wein in einen Becher. Giordano griff dankbar zu.

„Aber verratet mich nicht“, sagte sie verschwörerisch halb im Scherz.

„Madame Lamaré, ich verstehe nicht …“

„Nennt mich bitte Eloise“, unterbrach sie ihn. „Was versteht Ihr denn nicht?“ Sie lächelte milde, fast mitleidig mit dem jungen Mann, der offensichtlich noch nicht viel von der Stadt und ihren Bewohnern gesehen hatte.

„Was oder wen ich nicht verraten soll, Madame Eloise.“

„Nun, sehr verehrter Giordano, unser hochehrwürdiges Konsistorium und sein Gründer, der ehrwürdige Jean Calvin, haben beschlossen, dass es für den rechtgläubigen Menschen nicht gut wäre, sich hier auf Erden allzu sehr dem Amüsement hinzugeben.“

„Ich fürchte, ich verstehe immer noch nicht." Hungrig löffelte er den Brei und nahm einen tiefen Schluck aus dem Becher. Der Wein schmeckte sauer, so dass er kurz das Gesicht verzog. Madame Lamaré bemerkte dies und stellte ihm rasch eine kleine Dose mit Zucker hin. Dankbar süßte er den Wein.

„Nun, man hat verboten, Komödien aufzuführen. Auch Tanzveranstaltungen, überhaupt jegliche Art öffentlicher Unterhaltung sind untersagt. Auch sieht man es nicht gern, wenn sich die Stadtbewohner hinter geschlossenen Fensterbalken irgendwelchen Vergnügungen hingeben. Ganz kann man das natürlich nicht unterbinden." Bei diesen Worten kicherte sie etwas albern. „Wein ist auch so ein Vergnügen. Der da ist noch von meinem Mann, Gott hab ihn selig." Ein Schatten von Traurigkeit huschte über ihr Gesicht. „Mein seliger Alfonse hat gerne gelebt und hat auch gerne einmal getrunken. Nie zu viel", fügte sie rasch hinzu. „Aber eben doch gerne, und irgendwann einmal haben sie ihn draußen gefunden. Im Wald. Erschlagen. Von vagabundierenden Räubern, haben sie mir gesagt." Tränen füllten ihre Augen. Verschämt wischte sie sie weg. „Aber das waren keine Räuber."

Giordano blickte sie fragend an.

„Nein, er hat dem Konsistorium nicht gepasst. Viel zu beliebt war er bei den Bürgern. Hatte für alle ein Ohr, für jeden Stand die Tür offen. Man hatte sogar gemunkelt, dass sie ihn zum Bürgermeister wählen wollten."

„Aber deswegen bringt man doch niemanden um", wollte Giordano einwenden, doch die Witwe fuhr fort: „Besonders dem Marchese Caracciolo und dem Richter de Leveré war er ein Dorn im Auge. Sie hatten ihn wegen eines fadenscheinigen Vorwandes aus dem Konsistorium ausgeschlossen. Mangelnde Glaubenstreue hatten sie ihm vorgeworfen, dabei ließ mein seliger Alfonse keine Predigt aus, organisierte Buß- und Bettreffen."

Madame Lamaré hatte sich nun ebenfalls einen Becher genommen und trank in großen, kräftigen Schlucken.

„Nein, das war nur ein Vorwand. Er war ihnen zu gefährlich geworden. Er wusste zu viel über sie." Die Tränen übermannten sie, und der Wein verhalf ihnen zu einer ungehemmten Flut über Wangen und Lippen. Giordano nahm die Frau ungelenk in seine Arme und streichelte ihr schließlich sanft über das Haar. Wann hatte er das jemals gemacht? Verschämt stellte er fest, dass er ihre Brüste spürte. Später, als er in seiner Kammer auf dem Bett lag, kamen ihm ihre Worte wieder in den Sinn. „Er wusste zu viel über sie!"

Kapitel 28

1. November 1597

Paul Isario della Mirandola war ein ruhiger, besonnener Mensch. Tief im Glauben an die römisch-katholische Kirche verwurzelt, lebte er streng nach den kanonischen Gesetzen des Vatikans. Das Weltliche interessierte ihn nicht, ja er ließ es erst gar nicht an sich heran. Nicht wie manche seiner Mitbrüder, die ihr hohes Amt dazu nutzten, sich allerlei Vorteile zu verschaffen. Solch Denken war ihm fremd, und er wusste auch, dass es manchmal notwendig war, Dinge zu tun, die sehr viel Selbstdisziplin von einem verlangten. Natürlich war die Folter etwas Grausames, das wussten sie alle. Aber gerade deswegen war sie so heilsam und hatte schon so manchem Verirrten geholfen, den Weg zum sicheren Tod in letzter Sekunde zu verlassen, und was noch viel wichtiger war, viele schreckte sie ab, überhaupt nur auf ketzerische Gedanken zu kommen. Es war ihm und seinen Mitbrüdern also hoch anzurechnen, dass sie angesichts dieses Grauens nicht wankten und charakterfest geblieben waren. Nicht viele waren dazu auserkoren, so einen schweren Dienst zu tun, und ganz geheim, tief drinnen in ihm, wünschte er sich, ebenfalls nicht zu diesen Auserkorenen zu gehören. Doch halt! Schluss jetzt mit solchen Gedanken. Für ihn gab es kein Zurück. Was hieß hier überhaupt zurück? Stolz durfte er sein. Jawohl, stolz, dass er an vorderster Front der Mutter Kirche in diesem schweren Amt dienen durfte. Was hatten die alten Kirchenväter nur um des Glaubens willen gelitten! Was war denn er dagegen? Ein kleiner erbärmlicher Wicht, der sich seinen Gefühlen hingab und schwach zu werden drohte. Della Mirandola stöhnte kurz auf, als er sich das Dornenband um seinen Oberschenkel streifte. Sofort flossen dünne Strahlen von Blut seine Beine entlang. Seine lange, dürre Gestalt glich der eines Vogels. Seine spitze Nase, die krummen Beine verliehen ihm das Aussehen eines Kranichs oder Storchs.

Doch wie stand es um die Ketzer, an wen dachten sie außer an sich selbst, wenn sie versuchten, ihre wirren Ideen in den Köpfen schwacher, im Glauben nicht gefestigter Menschen zu verankern? Galt ihnen nicht sein ganzer Abscheu? Ichsüchtige Teufel oder von diesem Besessene, das waren sie, und mit jedem dieser Teufel weniger konnten Hunderte, wenn nicht sogar Tausende verirrter Schafe gerettet werden. Della Mirandola hatte sein Ordensgewand abgelegt und stand nun nackt in seiner spartanisch eingerichteten Kammer. Außer einem Bett, halb versteckt in einem Alkoven, einem Schreibpult und einem Waschtisch befand sich nichts in diesem Raum, sah man einmal von der Vielzahl der Marienbildnisse und dem Holzkruzifix an den Wänden ab. Besonders stolz war er auf eine schwarze Madonna, eine Ikone, die ihm ein russischer Pilger vor langer Zeit geschenkt hatte. Ihr wandte er sich nun zu, während er sich mit einer Ledergeißel den Rücken blutig schlug.

Kapitel 29

Am nächsten Morgen fand sich Giordano zitternd vor Kälte beim Buchdrucker Elsbach ein. Der Herbst war da und mit ihm feuchtkalte Luft, die erst tagsüber vom großen See, der noch die Wärme des Sommers gespeichert hielt, vertrieben wurde. Der Meister persönlich wies ihn in seine Arbeit ein, musste aber sogleich anerkennend feststellen, dass er es mit einem besonders schlauen Bürschchen zu tun hatte. Die Druckvorlagen bestanden aus etwa zwanzig mal fünfundzwanzig Zentimeter großen Setzkästen. Giordanos Aufgabe war es, die Wörter auf ihre orthographische Richtigkeit zu kontrollieren. Die Texte waren eher einfältiger Natur, so empfand er dies jedenfalls. Der Raum, in dem er arbeitete, bot kaum Licht. Er ertastete die Buchstaben mehr, als dass er sie las, und spürte dabei, dass er nicht alleine war. Ab und zu hörte er ein Klappern oder ein Räuspern. Die arme Witwe. Er hatte geträumt von ihr. Das nussfarbene Haar hatte im Wind geweht. Sie hatte in ihrem weißen Kleid auf einem Felsen gestanden, umbrandet von der Gischt, den Blick starr Richtung Meer gewandt. Nichts hatte sie erschüttern können. Giordano erschauerte. Er musste an die Umarmung denken, die so ganz anders gewesen war als die Umarmungen der Mitbrüder oder seiner Mutter. Fast wäre ihm ein ganzer Satz aus dem Kasten gefallen. Mit letzter Kraft konnte er ein Unglück verhindern. Ein neuer Satz hätte mindestens einen halben Tag gebraucht, wenn ihn Meister Elsbach nicht ohnedies davongejagt hätte. Nach etwa zweistündiger Arbeit gab es eine kurze Pause, in der sich die Schriftsetzer, aber auch die Korrektoren am Brunnen im Innenhof des Gebäudes laben konnten. Die Witwe hatte Giordano etwas Brot und Käse eingepackt. Alleine in einer Ecke des Hofes aß er davon und beobachtete Schwalben, die sich auf ihre große Reise vorbereiteten. Wehmütig sah er ihnen zu, neidete ihnen die Freiheit, dahin zu fliegen, wo auch immer sie hin wollten. Was hatte sie gesagt, wie hatte ihr Mann noch gleich geheißen? Alfonse. Richtig. Er hatte zu viel über das Konsistorium gewusst und hatte deshalb sterben müssen? Das reimte sie sich zusammen. Der Marchese, ein Verschwörer? Niemals ... und dieser Richter de Leveré? Ach, Hirngespinste. Die arme Frau war verwirrt ob des Verlustes ihres Mannes. Das war doch nur allzu verständlich. Er würde Caracciolo bitten, sich um die Witwe zu kümmern. Vermutlich hatte sie niemanden, mit dem sie reden konnte, und deshalb hatte sie ihm ihr Herz ausgeschüttet und dabei merklich übertrieben. Natürlich würde er nichts von dem Wein und von den Verdächtigungen gegen das Konsistorium erzählen. Am Wochenende, gleich nach der Messe und der anschließenden Predigt, würde er zu ihm gehen, ihm davon erzählen und ihn auch davon in Kenntnis setzen, dass er zu ihrer Religion übertreten wolle.

***

Guiseppe machte sich, nachdem er das Geschirr notdürftig mit kaltem Wasser gereinigt hatte, auf den Weg zum Haus des Richters de Leveré. Er hatte für wenig Geld einen langen, braunen Mantel erworben, der ihm nun gute Dienste erwies. Zweimal verlief er sich in den engen, nur spärlich von Laternen erhellten Gassen. Nur ab und zu kam ihm eine

Gestalt aus der Nebelwand entgegen. Da war es, das Haus des Richters. Ein imposanter, zweigeschossiger Bau. Im obersten Stockwerk waren die Fensterläden noch nicht geschlossen, und er konnte Schatten vorbeihuschen sehen. Guiseppe versteckte sich in einer Hauseinfahrt und wartete geduldig. Nichts geschah. Er wurde allmählich müde und musste sich setzen. Als endlich die Läden im zweiten Stockwerk geschlossen wurden, beschloss er, den Heimweg anzutreten und am nächsten Tag wiederzukommen. In dieser Nacht träumte er von Anna, davon, wie er und das Mädchen heimlich aus der Stadt flohen, gefolgt von den Wachen des Richters. Anna. Was für ein wohlklingender Name. Anna. Guiseppe merkte gar nicht, wie sehr er sich gedanklich bereits von seinem Mönchsdasein entfernt hatte. Es schien, als verlöre er die Bindung immer mehr, je weiter er sich vom Kloster in Neapel entfernte, und das Beste daran war, er fühlte sich gut dabei. Doch wie sollte es nun mit ihm und Giordano weitergehen? Genf schien ihm jedenfalls kein geeigneter Ort, um seinen Mitbruder zu überreden, mit ihm zurückzukehren. Oder vielleicht doch? Wollte er denn selbst zurück? Von der Magd hatte er erfahren, wo Giordano sich befand. Keine schönen Worte hatte sie für die Witwe gefunden. Auch so eine Hexe, hatte sie gesagt. Es würde sie nicht wundern, wenn sie die Nächste wäre, die der Richter vor die Stadttore bringen lassen würde, und was das bedeute, wisse er ja. Er erfuhr auch, dass Giordano drauf und dran war, zu den Calvinisten überzutreten.

***

Tatsächlich eilte Giordano, nachdem die Woche vergangen war, zum Haus des Marchese.

„Nun, verehrter Caracciolo, nach reiflicher Überlegung habe ich mich entschlossen, zu Eurem Glauben überzutreten."

„Das freut mich aber sehr." Der Marchese lächelte zufrieden. „Ich habe auch bereits das Konsistorium informiert, da ich mir ganz sicher war, dass du dich uns anschließen würdest, verehrter Giordano Bruno." Er sprach die Worte langsam und bedächtig, als wären sie bereits Teil eines Aufnahmerituals. „Hier, zur Feier deines Entschlusses, den du ganz bestimmt nicht bereuen wirst." Giordano nahm bereitwillig den Becher, trank und hielt gleich darauf kurz inne. Was war das? Wein im Hause des Marchese? Seine Gesichtszüge entspannten sich augenblicklich wieder. Hatte er es doch geahnt. Die Witwe hatte natürlich übertrieben. Keine Freude, kein Vergnügen. Nicht einmal einen guten Schluck Weines wollten die Calvinisten zulassen. Unsinn. Das war doch der Beweis. Die arme Frau war verwirrt ob des tragischen Verlustes ihres Mannes.

„Da ist noch etwas, verehrter Marchese."

Caracciolo hob den Kopf und sah ihn erwartungsvoll an.

„Die Witwe Lamaré, bei der ich wohne …"

„Ja, was ist mit ihr?" Der Marchese goss Giordano noch einen Becher ein und sah ihn dabei eindringlich an. Sein kahles Haupt war gerötet. War es von der überheizten Stube oder beunruhigte ihn irgendetwas? Giordano fuhr mit seinem Bericht fort: „Nun, ich denke, die arme Frau braucht Eure Hilfe. Sie glaubt, das Konsistorium habe ihren Mann auf dem Gewissen und man stelle auch ihr nach."

Nervös rutschte Caracciolo auf seinem Stuhl hin und her.

„So, glaubt sie das? Was hat sie noch gesagt?"

„Sie behauptet auch, dass das Konsistorium den Menschen alle Freude verbietet. Keine Komödien, kein Tanz und auch kein Wein, obwohl sie selbst reichlich davon zu Hause hat." Giordano hätte sich am liebsten auf die Zunge gebissen. Wie hatte das bloß passieren können? Er hatte sich doch felsenfest vorgenommen, davon nichts zu erzählen. Der Marchese hatte begonnen, sich Notizen zu machen.

„Wie heißt diese Frau noch mal?"

Giordano hätte am liebsten das Gesagte rückgängig gemacht. Er war sich bewusst, einen Fehler begangen zu haben. Wie hatte er nur so gedankenlos sein können. Er, der alles, was er sagte, wohl überlegte. Der keine Gedanken einfach so in die Welt hinausposaunte, hirnlos vor sich hin plapperte, ohne die Folgen zu bedenken. Aber nun war es geschehen. Er wusste nicht, welcher Teufel ihn geritten hatte, das zu tun. Er nahm sich vor, den Fehler so bald als möglich wiedergutzumachen.

„Eloise Lamaré", nannte er widerwillig den Namen.

„Wo wohnt die Frau?" Caracciolos Stimme hatte einen Befehlston angenommen. Als er merkte, wie verschreckt sein Gegenüber dreinschaute, schlug er versöhnlichere Töne an.

„Keine Angst, mein Lieber. Nur heraus mit der Sprache. Wir werden uns um die Frau kümmern."

Für Giordano klangen die Worte eher wie eine Drohung. Beschämt und im Bewusstsein, eine große Dummheit begangen zu haben, verließ er das Haus des Marchese.

***

Die Arbeit in der Buchdruckerei war eintönig. Giordano fand keinen Anschluss an seine Kollegen, man konnte aber auch nicht sagen, dass er sich in irgendeiner Form darum bemühte. Vielmehr bereitete er sich auf die kommende Vorlesung Professor da la Fayes vor. Er hatte aus seinen Aufzeichnungen Fragen zur Vorlesung formuliert und freute sich darauf, mit dem Vortragenden in einen fruchtbaren Disput eintreten zu können. Er war sich sicher, dass de la Faye das auch von ihm erwartete, ja, dass er die Studenten einfach nur hatte provozieren wollen, in der Hoffnung, dass sie sich intensiv mit dem aristotelischen Weltbild auseinandersetzten und man gemeinsam zu einem interessanten Ergebnis gelangte. Ungeduldig klopfte Giordano mit den Fingern auf das Pult vor ihm. Ein Gewitter zog auf, angekündigt durch heftige Windstöße. Würdevoll betrat der Professor den Hörsaal. Er lächelte in die Runde, strich sich über den Bart, aber Giordano war es, als blicke er einfach durch sie hindurch. Wahrscheinlich wieder so ein rhetorischer Trick. Mit getragener Stimme begann der Professor die Vorlesung. Wieder diese albernen Thesen vom geschlossenen System des Weltalls. Giordano schmunzelte. Großartig, wie de la Faye die Studenten herausforderte. Er konnte es kaum erwarten, bis er sich endlich zu Wort melden durfte. Eine Stunde verging, ohne dass der Vortragende seine Rede unterbrach. In der etwa zehnminütigen Pause mischte Giordano sich unter die Studierenden. Blitze zuckten, gefolgt von lang anhaltendem Donnern. Die Gespräche drehten sich um alles Mögliche, nur nicht um das eben Gehörte. Insektenschwärme bevölkerten den Wandelgang des Innenhofes der Universität. Eine Büste ihres Gründers Jean Calvin bildete das Zentrum. Der gestrenge Blick des großen Reformators zeugte von Unnachgiebigkeit und Entschlossenheit. Ja, unnachgiebig und entschlossen musste man ans Werk gehen, wollte man der verkommenen, dekadenten römisch-katholischen Kirche Herr werden. Das bedeutete aber auch Opfer. Opfer verlangen, Opfer erbringen – und dazu war er bereit. Das Konsistorium hatte den Übertritt Giordanos in seine Glaubensgemeinschaft einstimmig gebilligt, zumal sein Fürsprecher, der Marchese Caracciolo, ihn in höchsten Tönen als wertvolles zukünftiges Mitglied der Gemeinde gepriesen hatte.

Ein helles Läuten kündigte den Fortgang der Vorlesung an. Wieder redete de la Faye ohne Unterbrechung. Ab und an versuchte Giordano, der immer ungeduldiger wurde, sich durch Handzeichen bemerkbar zu machen, doch der Professor ignorierte ihn. Was war hier nur los? Enttäuscht nahm er das Ende der Vorlesung zur Kenntnis. Eiligen Schrittes verließ der Professor den Hörsaal. Giordano folgte ihm, bis zu einer kleinen Tür, als er die Klinke drückte, stellte er irritiert fest, dass diese bereits verschlossen war. Floh der Professor etwa vor ihm? Er hatte doch erst kürzlich im Konsistorium für seine Aufnahme gestimmt. Er musste doch wissen, dass er ein Freund der Calvinisten war. Warum dann dieses Versteckspiel? Warum ließ er ihn in der Vorlesung nicht zu Wort kommen? Giordanos Gedanken zogen wilde Schleifen. Zu Hause angekommen, begann er mit der Niederschrift der seiner Meinung nach falschen Thesen des Professors und seiner Gegenargumente dazu.

Kapitel 30

Guiseppe stand fast jeden Abend in der Toreinfahrt gegenüber dem Haus der Leverés. Längst dachte er nicht mehr daran, dass er eigentlich ins Kloster zurückkehren sollte. Der Gedanke an Anna ließ ihn nicht mehr los. Langsam, ohne dass es ihm bewusst wurde, hatte er sich verändert. Das Seelenheil aller Gläubigen stand nicht mehr ausschließlich im Vordergrund. Es gab da noch etwas anderes, das von seinem Geist Besitz nahm, ihn vergessen ließ, dass er Mönch war und ganz und gar seinem Herrn Jesus Christus, dem Prior und der heiligen katholischen Kirche verpflichtet war.

Es war ihm bisher nichts Besonderes aufgefallen, jedenfalls nichts von dem, was ihm die Magd erzählt hatte. Er war schon kurz davor, in seine Unterkunft zurückzukehren, da hörte er einen schrillen, markerschütternden Schrei. Gleich darauf flog die Tür des Hauses des Richters auf, und Anna stürzte nur mit einem Rock bekleidet aus dem Haus. Entsetzen war ihr ins Gesicht geschrieben. Hastig sah sie nach links und rechts, drehte sich noch einmal um und lief dann nur einen Atemhauch entfernt von Guiseppe die Straße entlang. Einen kurzen Augenblick später folgte ihr eine dunkle Gestalt. Ohne Zweifel, es war der Richter. Annas Rücken zeigte roten Striemen, als wäre sie ausgepeitscht worden. Wieder hörte er sie schreien. De Leveré zerrte seine Frau an den Haaren zum Haus zurück. Anna versuchte nach Kräften, sich zu wehren, doch die Hand des Richters ließ nicht locker. Für einen Augenblick sah es aus, als würde seiner Frau doch noch die Flucht gelingen. Verdutzt starrte de Leveré auf das Haarbüschel, das er Anna ausgerissen hatte. Sofort stürzte er ihr wieder nach, packte sie und versetzte ihr einen heftigen Schlag ins Gesicht, so dass Blut aus ihrer Nase schoss. Nun stieß er sie vor sich her und verpasste ihr an der Eingangstür einen so heftigen Tritt, dass sie förmlich ins Haus flog. Der Mönch war wie gelähmt. Unfähig, sich zu rühren und der Unglückseligen zu Hilfe zu eilen. Er zitterte am ganzen Leib. Trotz der Kälte bildeten sich Schweißtropfen auf seiner Stirn. Was sollte er nur tun? In das Haus gehen und den Richter zur Rede stellen? Gar die Frau befreien? Nein, das konnte er nicht tun. Auch wusste er, dass der Richter Wachen und Hausbedienstete unterhielt. Wahrscheinlich würde er ihn sofort festnehmen und vielleicht sogar mit irgendeiner Begründung einsperren oder, schlimmer noch, hinrichten lassen. Insgeheim schalt er sich einen Feigling. Die arme Frau. Aber andererseits, was ging ihn das an? Wer weiß, was die Frau getan hatte? Wer war er, sich anzumaßen, ein Urteil zu fällen? Immerhin war ihr Mann der höchste Richter der Stadt. Ein Mann der Gerechtigkeit. Einer, der täglich Recht sprach, ja schon aufgrund seines Amtes immer recht hatte, und da wollte er, der kleine Mönch, sich aufspielen? Zweifelnd und mit sich hadernd verließ er sein Versteck.

***

Giordano hatte einen Entschluss gefasst. Er würde die Irrtümer des Professors als Streitschrift herausbringen und ihn so aus der Reserve zu locken versuchen. Ob er den Marchese in seinen Plan einweihen sollte? Nein. Er war zu zornig. Zornig darüber, dass der Disput mit dem Professor missglückt war, aber auch zornig, weil dieser sich offensichtlich nicht mit ihm auseinandersetzen wollte. Eine Streitschrift würde das ändern, dann musste de la Faye reagieren. Vielleicht ging seine Taktik ja sogar so weit, diese Streitschrift als Teil der Auseinandersetzung zu fordern.

Nachdem die Schrift angefertigt war, machte Giordano sich auf die Suche nach einer geeigneten Druckerei. Meister Elsbach hatte sich schon bei der bloßen Erwähnung des Namens de la Faye geweigert, den Auftrag anzunehmen. Nicht viel besser erging es ihm bei den anderen Buchdruckern der Stadt. Erst bei einem gewissen Jean Bergeon hatte er Glück. Der Buchdrucker achtete nicht auf den Inhalt der Schrift, sondern nur darauf, dass Giordano auch alles im Voraus beglich. Das Geld wurde rasch auf den Tisch gezählt, man war handelseinig. In einer Woche würde er de la Faye das erste Exemplar persönlich überreichen. Giordano war zufrieden. Nicht mehr lange, und er würde den Studenten, aber auch dem Konsistorium seine Theorien vorstellen können. Der Applaus war ihm sicher, dachte Giordano. Vielleicht würde man ihm dann endlich die so heiß ersehnte Professur gewähren. Professor an der Universität Genf. Das wäre wohl der größte Erfolg seines bisherigen Lebens. Wehmut überfiel ihn jäh. Seine Mutter würde nie etwas davon erfahren. Zurück nach Italien würde er höchstwahrscheinlich nie mehr können, und von den vielen Exil-Italienern, die hier in Genf lebten, war auch nicht zu erwarten, dass sie für ihn eine Nachricht nach Nola bringen würden. Er war traurig, den schon fast sicheren Erfolg nicht mit den liebsten Menschen, die er hatte, teilen zu können. Da fiel ihm die Witwe ein. Sie war in letzter Zeit sehr ruhig geworden, hatte kaum mit ihm gesprochen. Giordano hatte das Gefühl, dass ihr der Inhalt ihres letzten Gesprächs und der Wein unangenehm waren. Er selbst wollte auch nicht mehr daran anknüpfen und war insgeheim auch froh darüber, von Caracciolo diesbezüglich nichts mehr gehört zu haben. Vermutlich hatte sich alles in Wohlgefallen aufgelöst, und er war erleichtert darüber, dass seine kleine Indiskretion dem Marchese gegenüber keine weiteren Folgen mehr nach sich zog.

Die Woche verging sehr langsam. Tagsüber gab der See zwar noch gespeicherte Wärme ab, nachts aber verwandelte er die Gegend ringsum in ein feuchtkaltes Nebelmeer. Das Leben spielte sich immer mehr hinter Häusermauern ab. War es davor schon eintönig und für Giordanos Geschmack etwas zu langweilig abgelaufen, so steigerte sich dies nun umso mehr. Die Zugvögel begannen sich zu sammeln, und auf den Wochenmärkten wurden Pilze, Kürbisse und Nüsse angeboten. Auch Beeren aller Art, die Giordano noch nie in seinem Leben gesehen hatte, gab es. Die Menschen begannen, für den nahenden Winter Vorräte anzulegen. Auf einem der Märkte konnte er junge Männer beobachten, die mit nackten Füßen und hochgekrempelten Hosen in einem riesigen Fass Kraut stampften. Giordano hatte dies früher schon einmal gesehen und in Erinnerung, dass das gemeinsame Krautstampfen jedes Mal in einem großen Fest, bei dem reichlich Alkohol floss, geendet hatte. Anders hier. Kein fröhliches Gesicht. Stumm taten die jungen Kerle mit ernster Miene ihre Arbeit. Die jungen Mädchen feuerten sie nicht mit Geklatsche an, ja, es waren nur wenige gekommen, um dem Treiben überhaupt zuzusehen.

Seine Streitschrift stolz unter den Arm geklemmt, machte Giordano sich auf den Weg Richtung Universität. De la Faye war nicht zugegen, und so überließ er das Bündel einem Bediensteten, der hoch und heilig versprach, es dem verehrten Professor zu überreichen, sobald dieser das Haus betrat. Zufrieden ging Giordano wieder nach Hause. Er hatte sich vorgenommen, mit der Witwe zu reden, ihr etwas Mut und Trost zuzusprechen und sich dann auf den bevorstehenden, öffentlichen Disput mit Professor de la Faye vorzubereiten.

Guiseppe sah Anna auf dem Wochenmarkt. Bauern aus der Umgebung kamen in die Stadt, um ihre Waren anzubieten. Mehrmals war er in den letzten Tagen verstohlen zum Haus de Leverés zurückgekehrt, doch weder Anna noch der Richter ließen sich blicken. Eine Unruhe hatte ihn seit jenem Abend erfasst, aber er fand nicht den Mut, den Vorfällen auf den Grund zu gehen, und nun sah er sie. Ganz nah. Den Kopf verbarg sie unter einem Tuch. Um die geschwollenen Augen hatte sie violett-rötlich-gelbe Ringe.

„Was wollt Ihr?" Betreten sah Guiseppe zu Boden. Er hatte sie so lange angestarrt, bis es ihr aufgefallen war.

„Kann ich Euch helfen?" Er deutete auf den Korb zu ihren Füßen, der mit Linsen gefüllt war.

Doch Anna wehrte ab.

„Euer großer Thomas von Aquin hält uns Frauen zwar für eine Deformation der Schöpfung, doch wir wissen uns schon selbst zu helfen", sagte sie mit fast spöttischem Unterton und ärgerte sich gleich darauf über den arglos dahingesagten Satz. Sie wollte den jungen Mann, den sie aufgrund der noch schwach erkennbaren Tonsur für einen Mönch hielt, keinesfalls kränken.

Guiseppes Augen wurden immer größer.

„Woher kennt Ihr den ehrwürdigen Thomas?"

„Es ist nicht höflich, eine Frage mit einer Gegenfrage zu beantworten." Ein Lächeln umspielte ihre Lippen. Das verdutzte Gesicht des jungen Mannes heiterte sie kurz auf, und sie spürte, dass seine Nähe etwas in ihr veränderte. Ihr Herz klopfte schneller. Plötzlich erblasste sie, hob rasch den Korb hoch und rannte davon. Guiseppe starrte ihr mit offenem Mund nach. Nur wenige Schritte von ihm entfernt bahnte sich der Richter seinen Weg durch das Markttreiben.

Kapitel 31

Giordano war erstaunt, denn die Tür zum Haus der Witwe Lameré stand sperrangelweit auf. Niemand war zu Hause. Er schloss die Tür und entfachte Feuer in einem kleinen Ofen. Kälte hatte sich bereits des Hauses bemächtigt. Wie lange mochte die Witwe schon fort sein? Erst jetzt sah er, dass das Haus offensichtlich durchsucht worden war. Schubladen waren herausgezogen, die Truhe mit der Bettwäsche auf den Kopf gestellt worden. In der Speisekammer lagen zerbrochene Krüge. Giordano hörte Stimmen, ein metallenes Rasseln. Polternd schwang die Tür auf, und Wachen stürmten in das Haus. Wortlos packten sie den vor Überraschung wie Gelähmten, legten ihm Fesseln an und zerrten ihn Richtung Gerichtsgebäude. Die Wachen waren nicht zum ersten Mal an diesem Tag hier, aber das konnte Giordano nicht wissen.

Wenig später fand er sich in einer kleinen, mit Stroh ausgelegten Zelle wieder. Es roch nach Exkrementen und Angst.

„Giordano, bist du das?“ Jemand aus der Nachbarzelle rief seinen Namen. Ohne Zweifel, es war der Buchdrucker Bergeon, den sie ebenfalls verhaftet hatten.

„Ja, ich bin es. Kannst du mir sagen, warum sie uns hierhergebracht haben?“

„Du Narr, weißt du das denn nicht? Wir sind hier auf Geheiß des Professors de la Faye. Er ist erzürnt über deine Schrift, und ich Esel habe sie auch noch gedruckt.“

Giordano wurde es heiß und kalt zugleich. De la Faye? Also war das alles doch keine Taktik des Professors. Er meinte es ernst mit seinen Thesen. Er, der angesehenste Wissenschaftler der Calvinisten, übertraf in seiner Dummheit noch die von Rom manipulierten Kleingeister.

„Was werden sie mit uns anstellen?“

„Ich habe keine Ahnung. Ich weiß nur, dass sie dich nicht mehr so schnell loslassen, wenn du einmal in den Fängen des Konsistoriums bist.“

„Was war das denn?“

„Was?“ Bergeon tat, als hätte nichts gehört, dabei war der furchtbare Schrei eines Menschen, dem offensichtlich Gewalt angetan wurde, laut und deutlich zu vernehmen.

„Hast du denn nichts gehört?“ Giordano spürte die Angst, die sich seiner bemächtigte. Noch nie war er in einer solchen Zelle gewesen, und noch nie hatte er das Schreien eines Menschen gehört, der gefoltert wurde.

Kapitel 32

12. Juni 1598

Kardinal Bellarmin betete voller Inbrunst. Manchmal schluchzte er auf. Jedes Mal, wenn er bei Folterungen anwesend gewesen war, brauchte er den Beistand Jesu und aller Heiligen ganz besonders. Es war für ihn eine der schwersten Prüfungen, nur noch übertroffen von der traurigen Pflicht, jemanden dem Scheiterhaufen zu überantworten. Er wusste, dass manche Brüder durch Selbstgeißelung über diese schweren Stunden hinwegkamen. Auch er hatte es bereits einmal versucht, war aber rasch wieder davon abgekommen. Selbstgeißelung hätte ja bedeutet, eine Schuld einzugestehen. Doch ihn traf keine Schuld. Es gab nichts zu sühnen, nichts zu bereuen. Eine unsagbare Wut packte ihn, wie jedes Mal, wenn er seine Pflicht erfüllt hatte. Eine Wut auf dieses Ketzerpack, das ihn, den Kardinal, in solche Gewissensnöte zwang.

Nervös trat Valerio von einem Bein aufs andere. Sein runzliges Gesicht war bleicher noch als sonst.

„Was ist mit dir?“ Der Kardinal sah kurz von seinem Schreibpult auf. „Nun rede schon!“

„Eure Exzellenz, ich weiß nicht, wie ich …“, stammelte der Diener und blickte dabei betreten zu Boden.

„Raus mit der Sprache, was bedrückt dich?“ Die beiden hatten immer einen freundschaftlichen Umgang miteinander gepflegt, freilich nur, soweit es das Verhältnis eines Kardinals zu seinem ersten Kammerdiener zuließ.

„Exzellenz, verzeiht mir, aber ich muss Euch etwas Wichtiges mitteilen.“

Kapitel 33

„Ich verlange, dass dieser Giordano Bruno sofort exkommuniziert und aus der Stadt gejagt wird." Professor de la Faye bebte vor Zorn. Noch nie hatte es jemand gewagt, seinen Theorien zu widersprechen, und nun hatte dieser dahergelaufene Flüchtling aus Italien sogar eine Streitschrift gegen ihn verfasst.

„So beruhigt Euch doch, verehrter Professor", versuchte Marchese Caracciolo den aufgebrachten Gelehrten zu besänftigen.

„Was heißt hier beruhigen? Nein, ich werde mich nicht beruhigen, ehe dieser Schuft widerrufen hat und mit Schimpf und Schande aus Genf fortgejagt ist. Nicht genug, dass ich ihn meine Vorlesung besuchen ließ, wir haben ihn auch noch in unsere Glaubensgemeinschaft aufgenommen. Übrigens auf Eure ausdrückliche Empfehlung, verehrter Marchese." Diesen Seitenhieb konnte er sich nicht verkneifen. „Nein, solch üblen Gesellen darf keine Gelegenheit gegeben werden, unseren Glauben und unsere Lehre zu beleidigen." Er sprach in der dritten Person, meinte aber ganz offensichtlich sich selbst. Beifall heischend blickte er zum Vorsitzenden des Konsistoriums.

„Genug!" Théodore de Bezé, der Nachfolger Calvins höchstpersönlich, schaltete sich nun ein, nachdem er den Schimpftiraden de La Fayes und den kläglichen Verteidigungsversuchen Caracciolos geduldig zugehört hatte. De Bezé war von gedrungener Gestalt, ganz anders als sein Vorgänger. Dennoch erfüllte seine Erscheinung den ganzen Saal. Seine Augen verliehen ihm ein listiges Aussehen. Ein spitzer Bart zierte sein Kinn, sein langes Haar hatte einen rötlichen Schimmer. Es ging etwas Diabolisches von ihm aus. Die übrigen Mitglieder des Konsistoriums saßen einander in aus dunklem Holz gefertigten Sitzreihen gegenüber. Der jeweils Vortragende und, wenn vonnöten, der Kontrahent, mussten in die Mitte zwischen den beiden Reihen treten. De Bezé saß auf einer Art Thron am oberen Ende des Saales, Ankläger und Richter zugleich, wenn es um die Verteidigung der von Calvin aufgestellten Gesetze ging.

„Lasst Giordano Bruno vorführen und zu seinem Vergehen befragen. Widerruft er nicht unverzüglich, so bleibt er im Kerker gefangen. Widerruft er auch nach Anwendung der Folter nicht, so ist er nach dem dritten Verhör hinzurichten. Widerruft er, so ist er zu exkommunizieren und muss seine Schrift öffentlich als unwahr bezeichnen, verbrennen und sodann unverzüglich die Stadt verlassen."

De Bezé duldete keine Widerworte. Er erhob sich langsam aus seinem Stuhl und verließ den Sitzungssaal. Caracciolo sah ein, dass er einen großen Fehler begangen hatte. Nun konnte er seine schützende Hand nicht mehr über Giordano Bruno halten. Was für ein Narr. Was für ein verdammter, kluger Narr. Insgeheim bewunderte er ihn ob seiner konsequenten Haltung und dafür, dass er es dem aufgeblasenen Idioten de la Faye gezeigt hatte. Aber nun konnte er nichts mehr für ihn tun.

Die Wachen brachten zuerst den wimmernden Buchdrucker in den Sitzungssaal. Ein nasser Fleck zwischen seinen Hosenbeinen verriet seine Angst. Bergeon war bereit, alles zu gestehen, sich von dem gedruckten Machwerk zu distanzieren. Als er merkte, dass er ohne Folter davonkommen würde, lachte er übertrieben und scherzte darüber, wie leichtsinnig er gewesen war, Bruno zu vertrauen, und dass dies selbstverständlich nie mehr vorkommen würde. Nur als man ihm die Geldbuße nannte, die er zu zahlen hatte, heulte er auf. Aber das Konsistorium war gnädig, sah ein, dass von dem armen Wicht keine Gefahr drohte, und erließ ihm die Hälfte der geforderten fünfzig Gulden.

Giordano, ebenfalls geschockt von der Haft und den Folterungen, die er zwar nicht gesehen, dafür aber umso intensiver gehört hatte, wollte sich verteidigen. Als er aber sah, wie der Marchese unmerklich zwar, doch für ihn unmissverständlich das Haupt schüttelte, wusste er, dass ihm keine andere Möglichkeit blieb, als zu widerrufen. Er sank auf die Knie, vor Widerwillen wurde ihm übel. Das selbstgefällige Grinsen des Professors versuchte er, nicht zur Kenntnis zu nehmen. Sein Blick weilte auf einem Holzrelief hinter de la Faye, das eine Jagdszene zeigte. So gut er konnte, bat er ihn und das gesamte Konsistorium um Vergebung. Am liebsten hätte er sich auf die Zunge gebissen, aber der Drang, heil aus der ganzen Sache herauszukommen, war stärker. Noch am selben Abend musste er seine Schrift eigenhändig auf dem Platz vor dem Konsistorium verbrennen, nachdem er noch einmal deren Inhalt als falsch und den Professor als weisen Gelehrten bezeichnet hatte. Gleich darauf verließ Giordano Genf. De Bezé hatte angeordnet, die Witwe Lamaré zu foltern. Anfangs weigerte sie sich noch tapfer, die ihr vorgehaltenen Vergehen zuzugeben. Es gelang ihr sogar, einem ihrer Peiniger ins Gesicht zu spucken, woraufhin sie nach einem gezielten Faustschlag ins Gesicht mehrere Zähne verlor. Ein weiterer Hieb und einige Tritte in den Unterleib brachen ihren Widerstand. Stumm mit dem Kopf nickend, bestätigte sie die gegen sie erhobenen Anschuldigungen und wurde gleich darauf von zwei Jungen vor die Stadt gebracht. Ohne sich zu wehren, ließ sie alles mit sich geschehen, fügte sich in ihr Schicksal und spürte nur noch, wie man ihr die Schlinge um den Hals legte.

Kapitel 34

„So, mein Junge, und jetzt habe ich noch eine Aufgabe für dich." Beccaria lächelte süßlich, während er erstaunlich leichtfüßig aus dem Bett sprang. Der junge Mann, der das Laken um die Hüfte geschwungen hatte und nun schlafen wollte, hieß Massimo. Der viele Wein, den der Ordensgeneral ihm eingeflößt hatte, hatte seine Wirkung getan. Augenblicklich verfinsterten sich Beccarias Züge. Er nahm die Lederpeitsche, die ihm noch kurz zuvor selbst ungezügelte Lust verschafft hatte, und schlug damit auf den Jüngling ein.

„He, was soll denn das?" Beccarias Lustknabe war mit einem Schlag nüchtern. Abrupt richtete er sich auf und versuchte, mit der Hand die Hiebe abzuwehren. Beccaria wurde sich plötzlich der Lächerlichkeit seiner Erscheinung bewusst. Nackt war er vor dem Bett hin und her gehüpft. Sein Glied, unter dem voluminösen Bauch kaum zu sehen, wackelte unablässig hin und her.

„Aufhören, so hört doch auf."

„Nun gut, mein Junge." Beccaria hielt inne und zog sich rasch seinen Seidenmantel über. „Du wirst mir jetzt einen Gefallen tun." Der Ordensgeneral wusste, dass Massimo sein Geld hauptsächlich damit verdiente, dass er Unterschriften oder ganze Schriftstücke gegen Bezahlung fälschte. Er hatte ihn selbst schon mehrmals beauftragt, einen solchen Dienst für ihn auszuführen. Der Junge war begabt, sehr sogar, und da dies offensichtlich alles war, was der Geistliche von ihm zu verlangen schien, willigte er sofort ein. Schmunzelnd zog Beccaria ein Schriftstück aus der Schublade seines Sekretärs hervor. Massimo erbleichte, als er das Siegel des Kardinals erkannte.

Kapitel 35

Zweifel und Gewissensbisse plagten Guiseppe. Trotz der harten Arbeit fand er keinen Schlaf. Am Morgen wollte er Giordano in der Druckerei aufsuchen, sich ihm zu erkennen geben und sodann nach Neapel zurückkehren. Er zwang sich, Anna zu vergessen, und stürzte sich voller Eifer ins Gebet. Wie hatte es nur so weit kommen können? Ein Idiot war er gewesen. Wäre er doch nur hinter den schützenden Klostermauern geblieben! Warum musste er auch seine heile Welt gegen all das hier eintauschen? Sollte Giordano doch ins Verderben rennen. Diesem Narren war ohnedies nicht mehr zu helfen, und ja, schuld an seiner eigenen Misere war auch das Weib. Wie hatte er sich von einem schönen Antlitz gefangen nehmen lassen können? Alles Böse auf der Welt kam doch durch das Weib. Die Sünde. Wer war dafür verantwortlich? Die Patres im Kloster hatten die Mönche eindringlich vor der Macht und den Verführungskünsten der Frauen gewarnt. Sie hatten sie vor diesem schändlichen Einfluss geschützt, so dass sie sich ausschließlich der Lobpreisung Gottes und seines Sohnes Jesus Christus hatten widmen können – und natürlich der einzig Wahren und Reinen, der Jungfrau Maria, der Mutter Gottes.

***

Als er am nächsten Tag aufwachte, war die Magd bereits mit dem Schrubben des Holzfußbodens in der Wirtsstube beschäftigt.

„Na, gut geschlafen?“ Ein hämischer Unterton war unüberhörbar. Sie musste den Jungen spüren lassen, dass sie die

Eifrigere, Dienstbeflissenere war und deshalb jeden Morgen viel früher als er mit der Arbeit begann. Die Fensterläden standen weit offen. Guiseppe fror ein wenig. Er hatte sich angewöhnt, die allmorgendliche sarkastische Begrüßung zu ignorieren.

„Gestern hat man diesen Italiener Giordano Bruno abgeholt und zum Konsistorium gebracht. Er soll irgendeine Hetzschrift verfasst haben. Geschieht ihm schon recht. Ihr kommt hierher, weil man euch in eurer Heimat nachstellt, und bittet um Asyl, und dann missbraucht ihr es, indem ihr Unruhe in unsere Gemeinschaft bringt." Die Magd sprach einmal mehr ohne Unterbrechung. „Nicht, dass du mich falsch verstehst. Ich habe nichts gegen euch Flüchtlinge. Aber wenn ihr schon hier Unterschlupf sucht, dann habt ihr euch gefälligst an unsere Sitten und Gebräuche zu halten und nicht gegen unsere Gemeinschaft zu hetzen." Die letzten Worte hatte sie mehr ausgespuckt als gesprochen.

Guiseppe war bestürzt. Giordano verhaftet?

„Noch etwas", fuhr die Magd fort, „die Witwe Lamaré ... die Hexe baumelt schon die ganze Nacht draußen vor der Stadtmauer." Die Befriedigung darüber konnte sie kaum unterdrücken.

Guiseppe wurde schreckensbleich.

„Was ist mit Giordano Bruno?"

„Nichts, was soll schon sein? Er hat seine üblen Unterstellungen widerrufen und seine Schrift noch in der Nacht auf dem Platz vor dem Konsistorium verbrennen müssen. Ich war dabei", triumphierte sie. „So etwas darf man sich doch nicht entgehen lassen."

„Ja, aber was ist mit Bruno selbst?“ Guiseppe stammelte die Worte.

„Weg. Er hat die Stadt verlassen müssen. Zum Glück. So einen wollen wir hier nicht haben bei uns. Nun steh nicht so faul herum. An die Arbeit!“

Guiseppe ließ alles stehen und liegen, packte seine Habseligkeiten und eilte Richtung Stadttor.

Kapitel 36

12. Juni 1598

Der Kardinal lächelte gütig. Er wusste, sein alter Diener nahm manchmal belanglose Dinge sehr, sehr ernst. Etwa, wenn er übersehen hatte, dass die Milch sauer geworden war oder die Wäscherinnen die Laken nicht ordentlich gefaltet hatten. Doch diesmal schien der Fall ernster zu sein.

„Ihr kennt doch den Enkel meines Bruders. Massimo ist sein Name."

Bellarmin nickte. Der Junge hatte ab und zu im Palazzo Handwerksdienste verrichtet, und bei der Gelegenheit hatte Valerio ihn ihm vorgestellt. Durch besonderen Fleiß und Ehrgeiz hatte er sich nicht ausgezeichnet. „Dieser Nichtsnutz", beeilte sich sein Diener hinzuzufügen. Der Kardinal nickte abermals zustimmend.

„Der Junge hat mich gestern besucht, weil er wieder einmal Geld brauchte, und dann hat er sich noch über meinen Wein hergemacht. Als er so richtig betrunken war", sprudelte es jetzt aus Valerio heraus, „hat er mir verraten, dass er für einen ganz hohen Herrn ein Schriftstück fälschen musste." Der Alte machte eine kurze Pause, so als fürchtete er selbst die Ungeheuerlichkeit seiner Anschuldigungen. „Dieser hohe Herr ist Euch kein Unbekannter, Exzellenz."

Der Kardinal hatte ein beklemmendes Gefühl.

„Es ist der ehrwürdige Ordensgeneral Beccaria."

Die Kehle Bellarmins schien auszutrocknen. „Was meinst du damit?"

Beschämt sah der alte Mann zu Boden, als wäre er der Schuldige, als habe er die Untat des Jungen nicht verhindert.

„Was ist das für ein Schriftstück?“ Der Kardinal wurde lauter. Ungeduldig klopfte er mit den Fingern auf das Schreibpult. Er ahnte bereits seit längerem, das Beccaria etwas im Schilde führte. Nun wollte er die ganze Wahrheit hören. Valerio nahm eine abwehrende Haltung ein, als fürchte er einen ungeheuren Wutausbruch seines Herrn. Er nahm nun alle Kraft zusammen, um seine Ausführungen zu Ende zu bringen.

„Es geht um Euch, Exzellenz. Der Ordensgeneral hat Massimo angestiftet, einen Abschiedsbrief in Eurer Schrift anzufertigen.“

Abschiedsbrief? Was für einen Abschiedsbrief? Bellarmin ließ sich in einen Stuhl fallen. Seine Hand fuhr sich ans Herz. Starr blickte er auf einen Gobelin, der die Enthauptung Johannes des Täufers zeigte.

„Ihr bedauert darin, dass Ihr wider besseres Wissen den Ketzer Giordano Bruno einsperren und foltern habt lassen.“ Hastig kamen dem Alten jetzt die Worte über die Lippen. „Aus Sühne dafür wähltet Ihr den Freitod.“

Bellarmin stöhnte auf, rang nach Atem. Das war es also. Beccaria wollte ihn beseitigen.

„Darüber hinaus empfehlt Ihr, den Ordensgeneral als Vorsitzenden des Offiziums einzusetzen.“

„Das wird er mir büßen.“ Bellarmin murmelte die Worte vor sich hin. Mit einer kurzen Handbewegung hieß er seinen Diener, sich zu entfernen. Er wollte jetzt allein sein. Sein Gehirn begann messerscharf zu arbeiten, wie immer, wenn er sich in einer Ausnahmesituation befand. Er konnte sich auf seinen Instinkt verlassen, und dieser Instinkt ließ einen furchtbaren Racheplan entstehen.

Kapitel 37

Giordano hatte viel über die Stadt Toulouse gehört. Angewidert von den Deformierten, wie er die Reformierten calvinistischer Prägung nun verächtlich nannte, wollte er sein Glück nun in dieser katholischen Hochburg versuchen. Er wusste, dass viele Künstler und Intellektuelle, Wissenschaftler und Philosophen hier lebten. Dennoch war der Konflikt zwischen Katholiken und Hugenotten unübersehbar. Die Bartholomäusnacht, in der Abertausende Menschen beider Konfessionen in Paris abgeschlachtet worden waren, hatte ihre langen Schatten bis hierher geworfen. Man begegnete sich mit gegenseitigem Argwohn, allzeit bereit, im Namen des Herrn die Waffen anzulegen und wieder gegeneinander loszuziehen. Doch für Giordano war Toulouse die Stadt des großen Glücks. Müde und erschöpft von der langen Wanderung über die Berge hatte er eine seinen finanziellen Verhältnissen angemessene Bleibe gefunden. Er hatte oft kilometerlange Umwege auf sich nehmen müssen, da manche Pässe wegen Schneefalls unpassierbar gewesen waren. Zum Glück hatte er in der Nacht, als er Genf verlassen musste, sein Ordensgewand vom Marchese Caracciolo zurückbekommen. „Wer weiß, ob du das nicht vielleicht noch mal gebrauchen kannst", hatte er ihm mit auf den Weg gegeben. In seinen Augen war so etwas wie Traurigkeit zu erkennen gewesen. Er wusste, dass jemand wie Giordano Bruno ihrer Glaubensgemeinschaft gutgetan hätte. Vielleicht wäre es ihm gelungen, ihr System der gegenseitigen Bespitzelung und Denunziation zu durchbrechen. Alle lebten sie doch in der ständigen Angst, von irgendjemandem der Ketzerei bezichtigt zu werden, sei es aus Neid, Rache oder simpler Machtgier. Caracciolo wusste, dass sie sich in einem Teufelskreis befanden, der irgendwann zum Untergang ihrer Religion führen musste. Giordano hatte Charisma, war ein brillanter Rhetoriker und reinen Herzens, was man von den anderen Würdenträgern ganz und gar nicht behaupten konnte. Am liebsten hätte er ihn zum Abschied in den Arm genommen, doch an Giordanos Gesicht und Haltung konnte er ablesen, dass dieser ihn wohl zurückgewiesen hätte. Zu Recht, wie Caracciolo sich eingestehen musste.

Giordano hatte das Ordensgewand angezogen, wenn die einzige Möglichkeit auf ein Nachtquartier in einem Kloster bestand. Den Mönchen hatte er sich als Wanderprediger vorgestellt und ihre Gebete und Exerzitien mitgemacht. Zumindest hatte er so getan – und nun Toulouse. Klopfenden Herzens führte ihn sein Weg als Erstes zur Universität, und er war erstaunt, als ihm der Rektor sofort eine, wenn auch unbezahlte, Lehrstelle anbot. Professor? Nein, noch nicht ganz. Aber auf dem besten Weg dorthin. Giordano wollte es erst gar nicht glauben. Professor. Er. Greifbar nahe. Unter diesen Umständen war es für ihn natürlich ein Leichtes, eine Stelle als Hauslehrer zu finden, um so für seinen Unterhalt aufkommen zu können. Gleich am übernächsten Tag sollte er an der Universität zu lehren beginnen. Sein Fach war die Gedächtniskunst. Schließlich hatten Raimundus Lullus, einer der Großen in dieser Disziplin, und der große Petrarca hier studiert. In der Bibliothek der Universität fand er einen Band von Nikolaus von Kues, den er noch nicht kannte und der ihm bei seinen Vorbereitungen sehr hilfreich war. Auch ging er gleich daran, Thesen für seine Magisterarbeit zu formulieren. „Thomas von Aquin: die Verbindung von Theologie und Philosophie". Das sollte sein Thema werden. Zwar hatte der berühmte Gelehrte im letzten Moment eingelenkt und die Philosophie der Theologie untergeordnet, aber er hatte eine Tür geöffnet, durch die Giordano nun, wenn schon nicht schreiten, so doch zumindest blicken wollte. Er war beflügelt. Einige Wochen arbeitete er an den Thesen, entschärfte sie jedoch auf Anraten eines wohlmeinenden Professors, bevor er sie dem Rat der Universität zur Beurteilung vorlegte. Das Gremium war sehr angetan von seiner Arbeit und schlug ihn für eine Einführungsvorlesung vor, nach der die Studenten und Professoren aus einer Reihe verschiedener Kandidaten den geeignetsten für den Lehrstuhl für Philosophie wählen würden. Giordano konnte in der Nacht vor der Vorlesung nicht schlafen und wälzte sich unruhig in seinem Bett hin und her, aber nicht etwa, weil er Angst hatte, die Wahl zu verlieren. Vielmehr machte er sich Gedanken darüber, wie weit er bei der Vorlesung gehen konnte. Außerdem schmerzte ihn wieder einmal ein Backenzahn, der ihm seit längerem zu schaffen machte. Ob er all das, was er in seinen Thesen zu Thomas von Aquin und der Auseinandersetzung zwischen Theologie und Philosophie nicht gesagt hatte, würde sagen können? Seine Theorie von der Verbindung zwischen Vernunft und Religion? Irgendwann fasste er einen Entschluss, und es gelang ihm, doch noch ein paar Stunden zu schlafen.

Selbstbewusst und stolz betrat er am nächsten Morgen den Hörsaal, der zum Bersten mit erwartungsvollen Gesichtern gefüllt war. Um die zweihundert Hörer zählte er rasch. Vermutlich waren es viel mehr. Zum Teil mit offenen

Mündern lauschten sie seinem etwa einstündigen Vortrag. Selten wurde er unterbrochen von Zwischenfragen, die er bereitwillig beantwortete. Professor Giordano Bruno aus Nola. Das war sein künftiges Leben. Hier in Toulouse wollte er sesshaft werden. Irgendwann würde man seine Lehrstelle in eine bezahlte umwandeln. Dann würde er sich vielleicht sogar selbst ein Haus leisten können und möglicherweise gar eine Familie gründen. Auf jeden Fall sollte Ruhe einkehren in sein Leben und die Wanderschaft, die eigentlich eine stete Flucht war, ihr Ende finden. Giordano hatte den einfachen Weg gewählt, keine provokanten Thesen. Etwas Humor, in seiner Sprachwahl fast volkstümlich. Das gefiel Studenten und Professoren gleichermaßen.

Ein lang anhaltendes Trommeln auf die Schreibpulte kündigte seinen Triumph an. Professor Giordano Bruno.

In den hinteren Sitzreihen hatten sich drei Studenten, von Giordano unbemerkt, immer wieder vielsagende Blicke zugeworfen und Notizen gemacht – und noch einen eifrigen Hörer hatte er nicht bemerkt.

Kapitel 38

20. Juni 1598

Drei Tage hatte Massimo gebraucht, um unter Beccarias Anleitung den Bekenner- und Abschiedsbrief des Kardinals fertigzustellen. Der Ordensgeneral war mit der Arbeit sehr zufrieden. Er hatte auch bereits über Mittelsmänner zwei Kerle gefunden, die nachts in den Palazzo des Kardinals eindringen, diesen entführen und über eine der nahen Tiberbrücken in den Fluss werfen sollten. Beccaria rieb sich die Hände. Die Vorfreude, bald Bellarmin zu beerben, stand ihm ins Gesicht geschrieben. Er wusste, der Papst konnte ihn nicht so ohne weiteres übergehen, und wen sollte er sonst anstelle des Kardinals als Vorsitzenden des Offiziums einsetzen?

Was Beccaria aber nicht wusste, war, dass man Massimo auf Geheiß des Kardinals in dessen Palazzo gebracht hatte. Zitternd kniete er vor dem hohen Herrn, konnte sich gar nicht erklären, wie dieser ihm auf die Schliche gekommen war. Bellarmin saß in einem thronähnlichen Stuhl in seinem Audienzsaal. Der Raum war mit Wandteppichen geschmückt. Eine Pieta, ähnlich der Michelangelos im Petersdom, nahm einigen Platz ein. Kerzen auf gedrechselten Holzständern und ein gusseiserner Kandelaber sorgten für Licht. Hinter Massimo standen zwei Wachen.

„Erzähl mir alle Einzelheiten, oder du wirst in den Kerkern der Engelsburg schmoren.“ Der Kardinal blickte mit finsterer Miene auf den armen Kerl herab. Massimo sah sehr heruntergekommen aus. Er hatte Tag und Nacht für Beccaria gearbeitet, dabei oft und gern dem Wein zugesprochen und sein Äußeres vollkommen vernachlässigt. Seine Kleidung hatte hier und da Löcher. Das Haar war strähnig, der Bart wucherte wild, doch die listigen grauen Augen über der knolligen Nase und den voluminösen Lippen waren nicht zu übersehen. Stammelnd und stotternd berichtete er von seinem Auftrag und wann er dem Ordensgeneral die Arbeit abzuliefern hatte.

Bellarmin hieß die Wachen, das Audienzzimmer zu verlassen, und bedeutete Massimo, näher zu kommen. Alkoholgeruch schlug ihm entgegen. Wie zuverlässig konnte so ein verwahrloster Trinker sein? Egal. Es blieb nun keine andere Wahl mehr.

„Also pass auf und präge dir gut ein, was ich dir nun zu sagen habe." Die Stimme des Kardinals klang verschwörerisch.

***

Beccaria lief aufgeregt in seinem Arbeitszimmer auf und ab. Endlich hörte er Schritte. Es klopfte. Ein Diener brachte eine Schriftrolle. Ungeduldig riss er sie ihm aus der Hand. Vorsichtig legte er sie auf seinen Schreibtisch, starrte sie mit leuchtenden Augen an, die Hände feucht und wie zum Gebet geformt vor dem Mund. Nun war der Augenblick gekommen. In dieser Nacht noch würde Bellarmin sterben, das Abschiedsschreiben dem Papst überbracht werden, und am nächsten Tag? Am nächsten Tag schon würde er, Beccaria, die Position Bellarmins einnehmen, und dann war es nur noch ein kleiner Schritt, bis er sein eigentliches Ziel erreichte: Papst. Papst und damit Herrscher über das christliche Abendland.

Monarchen und Fürsten wären von seiner Gunst und Gnade abhängig. Beccaria hörte Geräusche aus dem Vestibül zu ihm hochdringen. Er ignorierte sie. Mit einem Seidentuch wischte er sich den Schweiß von der Stirn. Liebevoll betastete er die Schriftrolle, wollte den Augenblick so lange wie möglich hinauszögern, bis er sie öffnete. Er würde alle Kardinäle auffordern, mit jedem der Ketzerei Verdächtigen kurzen Prozess zu machen. Nicht mehr jahrelange Verhöre und Folter wie bei diesem Giordano Bruno und unzähligen anderen Abtrünnigen zuvor. Auch Beccaria war nicht entgangen, dass sich der ein oder andere aus dem Offizium nach den Verteidigungsreden des Ketzers so seine Gedanken gemacht hatte. Nein, dazu sollten sie alle keine Gelegenheit mehr haben. Die Scheiterhaufen mussten brennen, damit in der Kirche wieder Ruhe und Frieden einkehren konnten. Sicher, es würden ein paar harte Jahre werden. Für alle, auch für ihn selbst. Aber was war das alles gegen das, was Christus zur Erlösung der sündigen Welt auf sich genommen hatte? Nein, Mitleid war hier fehl am Platz.

Schritte waren zu hören. Die Geschichte würde es ihm danken, ihm, dem neuen Papst. Die Schritte kamen näher, wurden immer lauter. Welchen Namen sollte er eigentlich annehmen? Leo, Paulus? Paulus, in der Tradition des großen Verkünders?

Es mussten mehrere Männer unterwegs zu Beccarias Arbeitszimmer sein. Ja, Papst Paulus, das gefiel ihm. Noch einmal betastete er die Rolle, dann zog er an dem seidenen Band, um sie endlich zu öffnen. Entsetzt wich er zurück. Er rang nach Atem, der Stuhl an seinem Schreibtisch fiel polternd um. Die Tür wurde aufgerissen, Wachen stürmten herein. Beccaria erbleichte.

„Nun, hochverehrter Ordensgeneral, was habt Ihr denn da?“ Die ruhige, fast sanftmütige Stimme Kardinal Bellarmins erfüllte den Raum. Er war hinter den Wachen hervorgetreten und griff nach der Schriftrolle. Beccaria drückte sie fest an seine Brust und starrte ihn entgeistert an. Die runden Augen schienen fast aus den Höhlen springen zu wollen. Der Kardinal lächelte immer noch milde.

„Was habt Ihr denn so Interessantes zu verbergen?“, fragte er mit gespielter Neugierde.

Beccaria blieb stumm, er sah durch den Kardinal hindurch. Atemzug um Atemzug wurde ihm bewusster, dass sein Spiel durchschaut, sein Traum zerplatzt und sein Schicksal besiegelt war. Massimo, dieser elende Bastard. Warum hatte er nur diesem Säufer vertraut? Langsam löste er seine Finger von der Rolle, bis sie zu Boden fiel. Eine der Wachen hob sie auf und reichte sie dem Kardinal. Massimo hatte ganze Arbeit geleistet. Die Handschrift Beccarias war meisterlich gefälscht.

Kapitel 39

Guiseppe hatte großes Glück gehabt. In einer Gaststätte etwa eine Tagesreise von Genf entfernt hatte er Leute belauscht, die von einem komischen Kauz gesprochen hatten, der unterwegs nach Toulouse war, um sich um eine Professorenstelle zu bewerben. Natürlich, Professor, was sonst, hatten sie sich lustig gemacht, doch Guiseppe war sofort klar gewesen, dass es sich dabei nur um einen handeln konnte. Eines der Lästermäuler hatte ihn dann sogar noch ein gutes Stück Weges mit seinem Ochsenkarren mitgenommen, und so war er nur wenige Stunden nach Giordano in Toulouse angekommen. Dort war es ein Leichtes gewesen, ihn zu finden. Aufmerksam hatte er einige Vorlesungen verfolgt, nachdem er sich an der Universität eingeschrieben hatte, auch waren ihm die Studenten, die immer wieder tuschelten, nicht entgangen. Er ahnte, dass sie nichts Gutes im Schilde führten, und nahm sich vor, sie zu beobachten. Die anderen Studenten klopften jedes Mal heftig auf die Pulte vor sich, als Zeichen, wie gut ihnen die Vorlesung gefallen hatte. Giordano nahm die Beifallsbekundungen stolz entgegen. Wie sehr hatte er sich danach gesehnt. Endlich konnte er sein Leben ganz der Wissenschaft widmen.

Guiseppe hatte ein paar Wortfetzen der drei aufnehmen können. „Melden müssen…, unerhört…, den holen…“ Nach der Einführungsvorlesung hatte er eigentlich mit Giordano Kontakt aufnehmen, das Versteckspiel beenden wollen. Er wusste, dass es nun ohnedies keinen Sinn mehr hatte, ihn zur Rückkehr zu bewegen. Auch sehnte er sich nach dem ruhigen, gefahrlosen Klosterleben. Doch die drei Kommilitonen schienen irgendetwas zu planen, und so fand er es ratsamer, erst ihnen zu folgen. Giordano würde ihm hier bestimmt nicht so schnell entwischen. Es sei denn, er schaffte es wieder einmal, in Windeseile alle Menschen um ihn herum gegen sich aufzubringen. Es wäre beileibe ja nicht das erste Mal gewesen. Eiligen Schrittes liefen die drei in Richtung der Hugenottenviertel. Seltsam, was taten sie an einer katholischen Universität? Behutsam folgte er ihnen. Die Einteilung der Viertel hatte ihm seine Zimmerwirtin bereits bei seiner Ankunft erklärt. „Nur ja nicht zu den Reformern hinüber, mein Junge", hatte sie gesagt. „Da bist du deines Lebens nicht sicher. Nun war er bereits mittendrin. Rein äußerlich war natürlich kaum ein Unterschied zu anderen Städten zu bemerken, die er besucht hatte. Die eng beisammenstehenden Fachwerkbauten ähnelten denen in Genf. Es war längst dunkel. Ab und zu begegnete ihm ein Nachtwächter, der aber keine Notiz von ihm nahm, zu sehr war er damit beschäftigt zu kontrollieren, dass nur ja alle ihre offenen Feuer und Kerzen löschten, bevor sie zu Bett gingen. Geschickt nutzte Guiseppe Mauervorsprünge und Hauseingänge und konnte so den dreien in nur wenigen Metern Abstand folgen. Ein Uhu begrüßte die Nacht. Katzen streunten auf der Suche nach Essensresten durch die engen Gassen. Ab und zu schlug ein Hund an. Endlich kamen sie an ein Haus, in dem die drei verschwanden. Guiseppe konnte ihnen nun nicht mehr folgen. Er wartete noch etwa eine Stunde, um dann unverrichteter Dinge den Heimweg anzutreten. Sollte er Giordano warnen? Warum eigentlich? Noch war nichts Außergewöhnliches geschehen, und dass die drei Böses im Sinn hatten, konnte er nur ahnen, aber nicht beweisen. Ausgelacht würde er werden.

Nein, es war zu früh. Lieber wollte er die nächsten Tage Augen und Ohren offen halten. Doch dazu sollte es nicht kommen.

***

Beseelt von seinem Erfolg, eilte Giordano nach Hause. Wie gern hätte er seinen Triumph mit jemandem geteilt. Mit der Witwe Lamaré oder mit dem kleinen Mönch Guiseppe. Seltsam, dass er immer wieder an ihn denken musste. Egal. Mit irgendjemandem, der sich mit ihm freute. Als Nächstes würde er sich mit der Kirche aussöhnen. Keine Experimente mehr mir den Reformern. Seine Exkommunizierung musste aufgehoben werden, dann konnte er beruhigt seinen wissenschaftlichen Forschungen nachgehen. Er zündete eine Kerze in seinem Zimmer an, las noch ein wenig, um sich auf die Vorlesung des kommenden Tages vorzubereiten, und schlief bald über seiner Lektüre ein.

***

Ein seltsames Fieber erfasste die Stadt. Allerorts kam es zu kleineren Übergriffen zwischen Katholiken und Hugenotten. Es gab bereits wieder Tote zu beklagen. In manchen Stadtteilen brannten Häuser, wurden Menschen ihrer Existenz beraubt, alles im Namen des Herrn Jesus Christus. Der Glaubenskrieg war zurückgekehrt. Auch Guiseppe hatte Fieber, das allerdings auf eine Erkältung, die er schon mehrere Tage mit sich herumtrug, zurückzuführen war. Er war andauernd müde, ab und zu schüttelten ihn kräftige Hustenanfälle. Seine Zimmerwirtin, Madame Bressault, kümmerte sich rührend um den

Kranken. Sie machte ihm Fußwickel und träufelte ihm heiße Milch mit Honig in den Mund, damit er einigermaßen bei Kräften blieb. In den umliegenden Bergen hatte es zum ersten Mal geschneit, zu früh für die Jahreszeit, doch der Schnee blieb noch nicht liegen. In den wenigen wachen Augenblicken machte Guiseppe sich Sorgen um Giordano. Als es ihm nach einigen Tagen besser ging, beschloss er, Madame Bressault einzuweihen und sie zu bitten, nachzuforschen, wie es dem Professor ergangen war. Die Zimmerwirtin verfügte über ein umfangreiches Netzwerk und erhielt rasch Informationen, sowohl aus dem Lager der Katholiken als auch aus dem der Hugenotten.

„Mein Junge, willst du erst die gute oder die schlechte Nachricht hören?" Madame Bressault machte ein ernstes Gesicht. Ihr mächtiger Busen wogte bei jedem Atemzug auf und ab. Guiseppe war zu schwach, um zu antworten, er deutete nur kurz mit der Hand, was die Zimmerwirtin als Zeichen verstand, einfach fortzufahren.

„Dem Professor geht es so weit gut. Seine Vorlesung ist gut besucht. Zu gut, wie die Hugenotten finden. Auch hat er wieder verstärkt begonnen, den Konflikt zwischen Philosophie und Theologie in seinen Vortrag einfließen zu lassen, was man ihm im Kollegium wohl schon übelnimmt." Guiseppe schüttelte schwach den Kopf und war zugleich verwundert, dass die Zimmerwirtin offensichtlich in diesen Themen bewandert war. Giordano, dieser Narr, er kann es einfach nicht lassen, fuhr es ihm durch den Kopf.

Madame Bressault sah man an, dass sie stolz auf ihre Informationen war. Ernst fuhr sie fort: „Die Hugenotten haben ihn auf die Liste der für sie gefährlichen Personen gesetzt. Wenn ich meinen Informanten glauben darf, schwebt dein Freund in höchster Lebensgefahr."

„Woher ..."

„Woher ich so gut Bescheid weiß?" Madame Bressault lächelte. „Mein Mann, musst du wissen, war ebenfalls Professor an der Universität. Nach der Bartholomäusnacht ...", sie zögerte kurz, da sie nicht wusste, ob Guiseppe ihr noch folgen konnte. „Also, nachdem in Paris und Umgebung Katholiken auf Befehl der Hexe Medici Tausende Hugenotten getötet hatten, ging auch hier das Gemetzel los. Das Haus meiner Schwiegereltern wurde angezündet, als diese friedlich schliefen. Wer es war, kam nie heraus. Jedenfalls hat mein Mann dann begonnen...", wieder hielt sie kurz inne, schluckte ein paarmal. Guiseppe sah Tränen in ihren Augen. „...begonnen, gegen diesen Wahnsinn anzukämpfen. Hat eine kleine Gruppe Gleichgesinnter um sich geschart, und eines Tages auf dem Nachhauseweg von der Universität haben sie ihn abgestochen wie ein Stück Vieh."

Guiseppe starrte sie entsetzt an. Er versuchte aufzustehen, wollte Giordano warnen, da er ahnte, welches Schicksal ihm drohte, doch er war zu schwach.

„Nun unterstützen wir uns gegenseitig gegen diese verblendeten Fanatiker", fuhr Madame Bressault wieder gefasster fort. „Aber sei beruhigt, die Stunde für deinen Professor ist noch nicht gekommen." Die Witwe hatte sich die letzten Tränen aus den Augen gewischt und lächelte wieder.

„Die Karten haben es mir gesagt", fuhr sie fort, als Guiseppe sie ungläubig ansah. Nicht sonderlich beruhigt, fiel er in einen tiefen, ohnmachtsähnlichen Schlaf.

Kapitel 40

Giordano hatte die Vorlesung an diesem Tag besonders großes Vergnügen bereitet, hatte er doch den Studenten mit einigen Tricks die Unvernunft der aristotelischen Philosophie nahegebracht. Dieses festgefahrene, vorherbestimmte Gefüge. Oben und Unten, vorherbestimmte Größen. Von der göttlichen Schöpfung festgelegte Hierarchien. Was für ein Schwachsinn. Er hatte dagegen die Ideen Platons zum Leben erweckt und das Lebendige in die Geisterwelt verbannt. Der Hörsaal hatte sich gebogen vor Lachen. Immer wilder hatte er es getrieben und sich manchmal sogar dazu verstiegen, Thomas von Aquin in das Gespött über Aristoteles mit einzubeziehen, aber sehr rasch an den zum Teil entsetzten Gesichtern der Studenten, denen plötzlich das Lachen im Hals steckengeblieben war, erkannt, dass er zu weit gegangen war. Er wusste sehr wohl, dass dies alles sehr riskant war, da es nicht mehr zu seinem Lehrauftrag gehörte, aber er konnte nicht anders, musste ausholen, wenn er nahe an dieses Thema herankam. Konnte es einfach nicht ignorieren. Aber sich über den heiligen Thomas lustig zu machen, würden ihm auch die liberalsten Studenten und Professoren hier nicht verzeihen. Rasch würzte er die Vorlesung mit einer gehörigen Prise Humor, es erhellten sich die Gesichtszüge der Studenten, und am Ende gab es ein besonders lange anhaltendes Klopfen auf die Schreibpulte. Nun, auf dem Nachhauseweg, befiel ihn eine gewisse Leichtigkeit. Er summte ein Lied, was er schon seit Ewigkeiten nicht mehr getan hatte. Die feuchte Kälte machte ihm nichts aus. Die Hände hatte er auf dem Rücken verschränkt. Drei Studenten, die ihm schon die letzten Tage immer wieder aufgefallen waren, folgten ihm heimlich. „Monsieur le Professeur, auf ein Wort." Einer der Studenten hatte ihn überholt, sich abrupt umgedreht und stand nun etwa einen halben Meter von ihm entfernt. Giordano erschrak kurz, erkannte dann aber den jungen Mann und hob fragend die Augenbrauen.

„Was gibt es, Valentin?" Der junge Mann war kurz irritiert, dass der Professor seinen Namen kannte. Er ahnte nicht, dass es für Giordano ein Leichtes war, sich die Namen all seiner Studenten einzuprägen und bei Bedarf abzurufen. Ein Spiel, das er mit sich selbst spielte, während er den Lehrstoff vortrug. Valentin murmelte etwas Unverständliches vor sich hin, seine beiden Kommilitonen schlichen sich von hinten an Giordano an. Beide hatten Messer in Händen. Doch als der Erste von ihnen die Hand hob, um zuzustechen, traf ihn ein Holzprügel mit voller Wucht auf den Hinterkopf. Ein Blutstrahl schoss aus der klaffenden Wunde hervor. Den Zweiten traf der Prügel mitten ins Gesicht, so dass das Brechen seiner Nase und des Jochbeins zu hören waren. Beide gingen sofort zu Boden. Guiseppe betrachtete ungläubig und zitternd vor Aufregung das blutige Stück Holz in seiner Hand. Noch nie hatte er einen Menschen tätlich angegriffen. Der Prügel glitt ihm aus der Hand und machte ein helles Geräusch, als er auf den gepflasterten Boden fiel. Das alles ging so schnell, dass Giordano immer noch mit verdutztem Gesicht mitten auf der Gasse stand, als sein Retter zum Aufbruch drängte, aus Angst, der geflohene Dritte, dieser Valentin, könnte wiederkehren und Verstärkung mitbringen. Über ihnen wurden hastig Fensterbalken geschlossen.

„Giordano!" Zwei fragende Augen sahen Guiseppe an, als er den Namen aussprach. Er erkannte ihn nicht!

„Giordano, ich bin es, Guiseppe, dein Mitbruder aus dem Kloster San Domenico Maggiore", keuchte er.

Ein heftiges Zucken um die Mundwinkel, den Blick starr auf ihn gerichtet, stand Giordano wie angewurzelt da. Drei, vier endlose Sekunden vergingen, dann machte er einen Schritt auf ihn zu, umarmte ihn und brach in heftiges Schluchzen aus. Die beiden Studenten lagen immer noch bewusstlos da. Erst jetzt erfasste Giordano die ganze Situation. Von seinen Gefühlen übermannt, ließ er ungehemmt seinen Tränen ihren Lauf.

Guiseppe fasst sich als Erster wieder. „Komm rasch weg hier. Du bist in Toulouse deines Lebens nicht mehr sicher." Willenlos ließ sich Giordano von ihm in Richtung des Hauses von Madame Bressault ziehen. Während sie mehr liefen als gingen, sprachen sie kein Wort miteinander. Am Haus der Zimmerwirtin erwartete sie deren Neffe François bereits. Er war es, der Guiseppe erzählt hatte, dass die Hugenotten planten, den Professor diese Nacht zu ermorden.

„Kommt, Monsieur le Professeur, Ihr müsst weg hier."

Madame Bressault nahm Giordanos Hände und hielt sie zum Abschied kurz fest. Auch hatte sie Guiseppes Wanderranzen bereits gepackt und drückte ihm diesen in die Hand. Die Ähnlichkeit der beiden war erstaunlich. Doch das lag wohl mehr an dem fast gleich langen dunklen Haar, dem Bart und der von Sonne und Wind während der langen Wanderschaft wie gegerbten Haut.

„Mein Neffe François wird Euch sicher aus der Stadt bringen, zu einem Freund, der Euch diese Nacht verstecken wird. Hier seid Ihr nicht mehr sicher."

Giordano ließ fast alles willenlos mit sich geschehen, nur als François sich anschickte loszugehen, sagte er: „Nicht ohne meine Schriften.“ Keinesfalls wollte Giordano sein bereits begonnenes Buch, eine Komödie in italienischer Sprache über einen Kerzenzieher, hier zurücklassen. „Nun gut.“ François zögerte etwas, da er um die Gefährlichkeit des Unterfangens wusste, in Giordanos Unterkunft zurückzukehren. Er schnallte sich seinen Degen um und drückte auch Guiseppe eine Waffe in die Hand, die dieser nur widerwillig annahm, fühlte er sich diesbezüglich doch immer noch als Mönch, der der Gewalt abgeschworen hatte. Madame Bressault sah die drei in der Dunkelheit verschwinden. Was für eine Ähnlichkeit. Sie dachte schweren Herzens an das Schicksal der beiden, das ihr ihre Karten verraten hatten.

Mehrmals mussten sich die drei in eine Hauseinfahrt oder Mauernische drücken, um nicht von marodierenden Gruppen der Hugenotten oder Katholiken entdeckt zu werden. Vor dem Haus, in dem Giordano Unterkunft gefunden hatte, stand eine größere Gruppe wild gestikulierender junger Männer. In letzter Sekunde konnte François den zu allem bereiten Professor zurückhalten, der einfach auf die Gruppe losmarschieren und sie vom Eingang fortjagen wollte.

„Seid Ihr noch bei Sinnen, Monsieur le Professeur? Das sind Hugenotten, die warten nur darauf, dass Ihr kommt, um Euch zu töten. Lasst mich das machen.“ François flüsterte Guiseppe ein paar Worte zu, löste sich dann aus der Dunkelheit und ging auf das Haus zu.

„Wen sucht ihr, Brüder?“ François wusste, wie er sich als Hugenotte ausgeben konnte, ebenso wie als Katholik, zumal sich nur ein Selbstmörder einer bewaffneten Meute mitten in der Nacht genähert hätte, wenn er nicht einer der ihren war.

„Professor Giordano Bruno, diesen verräterischen Hund. Dreien unserer Brüder ist er entkommen. Aber er ist nicht im Haus", riefen sie durcheinander.

„Was seid ihr doch für Hohlköpfe", schimpfte François. „Meint ihr, der Professor wird frisch und fröhlich anspaziert kommen, wenn er sieht, dass ihr vor dem Haus auf ihn wartet?"

Die Burschen nickten zustimmend. „Schnell, verteilt euch rund um das Haus, so dass er euch nicht sehen kann, wenn er nach Hause kommt. Ich selbst werde mich oben in seiner Kammer versteckt halten." Dabei schwang François drohend seinen Degen. Rasch taten die jungen Männer, wie ihnen geheißen. François eilte ins Haus, die Herbergsleute hielten sich aus Angst auf dem Speicher versteckt. Ungehindert gelangte er in Giordanos Zimmer und stopfte alles, was er an Schriften fand, in einen kleinen Ranzen. Es gab einen Hinterausgang, den die Hugenottentölpel nicht gefunden hatten. Durch den konnte er ungesehen zum Versteck der beiden Wartenden gelangen. Er flüsterte ihnen hastig Anweisungen zu, umarmte beide kurz und überließ sie dann ihrem Schicksal. Giordano wollte noch fragen, warum er das alles für sie tat, aber dafür blieb keine Zeit mehr. François selbst musste noch eine Weile bei den Hugenotten bleiben, um nicht als Verräter enttarnt zu werden.

Noch mehrere Male begegneten Giordano und Guiseppe kleineren Gruppen aus beiden Lagern, konnten aber ungehindert die Stadt verlassen. Erst als sie Toulouse lange hinter sich gelassen hatten, rasteten sie.

Giordano fand als Erster Worte. „Du bist ja richtig erwachsen geworden." Erstaunt und mit weit aufgerissenen

Augen lauschte er Guiseppe, der ihm von Anfang bis Ende erzählte, was ihm widerfahren war, als er dem Freund über Monate hinweg unerkannt gefolgt war, immer wieder unterbrochen von erstaunten Ausrufen Giordanos, dem so seine eigene Odyssee bewusst wurde. Froh darüber, endlich einen Gefährten gefunden zu haben, mahnte er nun zum Weitermarschieren, damit sie noch vor Anbruch des Tages das ihnen von Madame Bressault benannte Quartier erreichten. Es war eine stockdunkle Nacht, und ab und zu stolperte einer der beiden über einen größeren Stein oder Ast, den der Sturm auf den Weg gefegt hatte.

Als sie das besagte Steinhaus erreicht hatten, öffnete nach kurzem Klopfen eine hagere Gestalt, die sich, nachdem die beiden ein ihnen von Madame Bressault mitgeteiltes Losungswort sagten, als ein Vetter von ihr vorstellte. Der Morgen graute bereits. Über offenem Feuer köchelte ein Gemüseeintopf vor sich hin, den die beiden kurz darauf mit großer Freude gierig verschlangen. Der Alte nickte beifällig und freute sich über den Appetit der jungen Leute. Er stellte nicht viele Fragen. Sie wussten das Losungswort und brauchten Hilfe. Das genügte ihm. Auch er hatte Frau und Kinder verloren, als das Hugenottenpogrom über die Gegend um Toulouse hereingebrochen war. Katholiken hatten sie hingemetzelt, einfach so, ohne lange zu fragen. Sie hatten sie verdächtigt, flüchtende Hugenotten zu verstecken. Er selbst hatte als Einziger fliehen können. Seitdem half er, wo er konnte, Menschen, die diesem Wahnsinn entkommen wollten.

Unter dem Dach gab es eine Nische, in der sich die beiden zum Schlafen legen konnten. Man war übereingekommen, dass es erst einmal ratsam war, den Weg bei Dunkelheit weiterzugehen. Nach dem üppigen Mahl kletterten die beiden eine wacklige Holzleiter hinauf in den Verschlag, den Aristide, so hieß der Vetter, von außen mit Holzbalken so abdeckte, dass niemand einen Hohlraum dahinter vermuten konnte. Er löschte den Kienspan und legte sich dann selbst noch etwas schlafen.

„Giordano?"

„Ja", brummte der widerwillig und kurz angebunden, da er kurz vor dem Einschlafen war.

„Wo wollen wir denn eigentlich morgen hin?"

„Paris", war die knappe Antwort, und gleich darauf vernahm Guiseppe regelmäßige Atemzüge. Warum Paris? Was um alles in der Welt trieb ihn nun nach Paris? Er beschloss, sich solche Fragen nicht mehr zu stellen, solange er Giordano begleitete. Er gähnte einmal lang anhaltend und schlief dann ebenfalls ein.

***

Guiseppe erwachte als Erster von dem Lärm. Dem Stand der Sonne nach zu schließen, musste es kurz vor Mittag sein. Durch einen Spalt in der Mauer sah er, wie eine Gruppe von Männern den auf dem Platz vor seinem Haus knienden Aristide umringte. Es waren Hugenotten, das konnte Guiseppe erkennen. Sie waren auf Pferden gekommen, nur so waren sie in der Lage gewesen, die Gegend rings um die Stadt so rasch nach ihnen abzusuchen.

„Wo sind diese Bastarde? Wo hast du sie versteckt?" Einer der Männer hatte den Alten mit der linken Hand von hinten fest im Griff, mit der rechten drückte er ihm ein Messer an die Kehle, so fest, dass sich schon eine kleine Blutspur bildete.

„Zum letzten Mal: Wo sind sie?"

Aristide schüttelte heftig den Kopf und gab grunzende Geräusche von sich. Auf ein Zeichen des Anführers stieß ihn der mit dem Messer in den Staub, trat ihn noch einmal heftig gegen den Bauch und spuckte auf den sich am Boden Windenden. Dann eilte die Bande davon.

„Giordano, rasch, wach auf!" Guiseppe schüttelte seinen Reisegefährten, bis dieser wach war. Hastig kletterten sie aus ihrem Verschlag, um dem Alten zu helfen. Aristide hatte sich aufgerichtet und machte eine abwehrende Handbewegung.

„Fort, fort mit euch. Die Kerle geben nicht eher auf, als bis sie euch gefunden haben." Mühsam ächzend stand er auf. Die beiden halfen ihm ins Haus, legten ihn auf sein Bett, reinigten und verbanden notdürftig seinen Hals.

„Hinter dem Haus, im Wald …" Aristide konnte nur noch unter großer Anstrengung sprechen. „Zwei Esel …"

Er gab ihnen noch die Adresse eines Freundes, bei dem sie etwa einen Tagesmarsch von hier Unterschlupf finden würden, dann verließen sie ihn. Das Versteck mit den Eseln, in dem sich auch noch zwei Ziegen und drei Schafe befunden hatten, hatten sie rasch gefunden. Etwas ungelenk saßen die beiden nun auf den sattellosen Tieren. Giordano war der bessere Reiter. Man sah ihm an, dass er als Junge oft auf den Eseln über die Felder Nolas geritten war. Für Guiseppe hingegen war es das erste Mal überhaupt, dass er auf einem Reittier saß. Mehrmals drohte er auf den Boden zu fallen, und Giordano hätte um ein Haar laut aufgelacht, wäre die Situation nicht so ernst gewesen. Die Esel brachten sie rasch vorwärts, doch manchmal meinte Guiseppe, Hufgetrappel zu hören.

„Komm weiter", mahnte ihn Giordano, den er inzwischen als seinen Freund sah. „Wenn sie es wirklich sind, holen sie uns mit den Pferden schnell ein."

Sie mussten so rasch als möglich weg, um ihre Haut zu retten.

***

Giordano und Guiseppe ritten einen steinigen, schmalen Weg am Fuße eines Berges entlang. Immer wieder hatte Guiseppe sich umgedreht, da er etwas gehört zu haben glaubte.

„Sieh nur, Giordano, sieh!" Diesmal hatte er sich nicht getäuscht. Schnell kamen die Staubwolke und das Donnern der Hufe näher, und eine gelbbraune Rauchwolke war aufgestiegen. Eine dunkle Ahnung befiel ihn, doch sie wich rasch der Angst. Der Todesangst.

Kapitel 41

4. Juli 1598

Zufrieden rollte Bellarmin die Fälschung Massimos wieder zusammen. Eigentlich hätte er Beccaria, der immer noch wie irr stumm vor sich hin starrte, verhaften und sofort wegen Hochverrats hinrichten lassen können. Doch sein Plan war ein noch viel schrecklicherer. So leicht würde er es dem Ordensgeneral nicht machen.

„Nun, werter Signore Beccaria …" Sein Tonfall war härter geworden, er betonte jedes Wort einzeln. „Zum Inhalt dieser Schrift werdet Ihr doch sicher einiges zu sagen haben."

Beccaria ahnte, worauf der Kardinal hinauswollte. Unfähig, auch nur ein Wort zu sagen, suchte er Halt an der Kante seines Schreibtisches.

Bellarmins Stimme war nun so laut, dass ihn auch noch die am weitesten entfernt stehende Wache hören konnte.

„Ordensgeneral Beccaria, ich klage Euch der Ketzerei gegen Gott den Allmächtigen und die heilige römisch-katholische Kirche an. Bringt ihn in die Engelsburg."

Beccaria stöhnte auf. Er wusste nur zu gut, was das bedeutete. Kein rascher Tod, wie er gehofft hatte. Bellarmin würde ihn vorführen wie die Gaukler einen Tanzbären, er würde ihn verhöhnen und verspotten, und am Ende standen Folter und Tod. Der Ordensgeneral spürte einen Stich in der Herzgegend, zwei Wachen eilten herbei, stützten ihn. Zu Fuß musste er seinen schweren Weg zur Engelsburg antreten. Zum Glück war es Nacht, und die wenigen Menschen, die ihnen begegneten, erkannten ihn nicht, zumal er die Kapuze seines Umhanges tief in die Stirn gezogen hatte. Doch was spielte das jetzt noch für eine Rolle? Beccaria hatte das Gefühl, als würde er jeden Augenblick aus einem bösen Traum erwachen. Das durfte, konnte doch alles nicht sein! Sein Plan war doch zu genial gewesen. Verrat. Es konnte nur Verrat gewesen sein. Oh, wie schlecht waren doch die Menschen, ging es ihm durch den Kopf. Was hätte er für sie und die Religion nicht alles tun können. Er musste aufpassen, nicht zu stolpern. Die Wachen trieben ihn zur Eile an, seine Hände waren gefesselt. Aber nach Eile war ihm gar nicht zumute. Nur allzu gut wusste er, was ihn erwartete. Das Stechen in der Herzgegend war verschwunden. Er schwitzte. Ihm war heiß und kalt zugleich. Ein Zustand, den er oft bei zur Folter Verurteilten gesehen hatte. Nun verspürte er ihn am eigenen Leib, und zum ersten Mal in seinem Leben wusste er, was Todesangst bedeutete.

***

Bellarmin verließ zufrieden das Haus des Ordensgenerals. Durch diesen Schachzug würde er seine Stellung beim Papst wieder stärken, und als Nächstes würde er den Fall Giordano Bruno abschließen.

Kapitel 42

Mit heftigen Hieben trieben die beiden ihre Tiere an, wohl wissend, dass sie gegen die schnelleren Pferde so gut wie keine Chance hatten. Noch verdeckten Bäume die Sicht der Verfolger auf die Flüchtenden, doch je höher sie den Berghang hinaufritten, desto spärlicher wurde die Vegetation. Die Esel hielten sich tapfer, schienen in dem unwegsamen Gelände gegenüber den Pferden besser voranzukommen. Dennoch hörte Guiseppe bereits nahe Stimmen. Er begann leise zu beten. Giordano erkannte die einzige Chance, die sie hatten. Sie mussten in für die Pferde unzugängliches Gelände gelangen, und zwar so rasch als möglich.

„Da, da sind sie!" Die Hugenotten hatten sie endlich ausgemacht. Mit lauten Schreien und Peitschen trieben sie ihre Pferde an. Laut wiehernd schienen sich die ersten Tiere zu weigern, den felsigen Pfad in dem von ihnen geforderten Tempo weiter zu galoppieren. Giordano hieb so heftig auf das Hinterteil seines Esels, dass dieses zu bluten begann. Er wollte sein Leben nicht hier in den Bergen von Toulouse beenden, hingeschlachtet von ein paar halbwüchsigen Narren, die für irgendeine Idee, die sie ohnedies nicht verstanden, zu töten bereit waren. Guiseppe, immer noch kreidebleich vor Angst, ließ sich von dem Älteren leiten. Überleben, das war jetzt das Wichtigste, und noch etwas: Während er, so wie er es im Kloster gelernt hatte, seine Gebetsformeln murmelte, ohne mit den Gedanken dabei zu sein, sah er sie wieder vor Augen. Anna. Warum, um alles in der Welt, hatte er sie im Stich gelassen?

„Schneller, gleich haben wir sie!"

„Holt sie euch!"

„An den nächsten Baum mit ihnen!"

Wild schrien die jungen Männer durcheinander. Nur noch etwa fünfzig Meter trennten sie von den beiden Freunden. Hastig sah Giordano nach links und rechts. Wo war ein Ausweg? Rechts von ihnen ging es den Hang hinunter, links von ihnen ragten immer wieder steile Felszacken auf. Noch etwa dreißig Meter.

„Den Professor kriege ich!", rief einer mit hoher Stimme.

„Nein ich, ich häng ihn auf und schlitze ihm dann den Bauch auf!"

„Ich brate seine Eingeweide." Die Burschen lachten, waren sich ihres Sieges sicher.

Anna. Guiseppe hielt mit einer Hand die Zügel fest, mit der anderen umklammerte er seinen Degen, entschlossen, sein Leben so gut als möglich zu verteidigen – und noch einen Entschluss fasste er in seiner Todesangst. Er würde nach Genf zurückkehren und Anna retten.

„Den anderen spieße ich auf", rief wieder einer. Die Verfolger waren auf etwa zwanzig Meter herangekommen.

Es war Guiseppe, als könne er bereits den Atem der Verfolger spüren. Er folgte, ohne zu zögern, den Anweisungen Giordanos. Wie Hasen versuchten sie, die Verfolger mit Haken abzuschütteln. Die Pferde taten sich zunehmend schwerer. Dennoch ließen die Hugenotten nicht locker, es war fast wie ein Spiel für sie, so sicher waren sie sich der Beute. Ja, es schien, als legten sie es geradezu darauf an, ihren Opfern das Gefühl zu geben, doch noch eine Chance zu haben, um dann in letzter Sekunde gnadenlos zuzuschlagen. Die Katze und die Maus, die Katze und die Maus. Fieberhaft suchte Giordano nach einem Ausweg. Die Katze und die

Maus. Da sah er das Mauseloch. Eine kleine Spalte im Felsen. Gerade breit genug, als dass ein Mensch aufrecht durchgehen hätte können, oder ein Esel. Dahinter öffnete sich ein ausgetrocknetes Bachbett. Mit übermenschlicher Kraft trieben die beiden die Tiere an, sich durch den Spalt zu zwängen. Sie mussten ihre Beine anheben, doch es gelang. Die Pferde der Verfolger bäumten sich vor dem für sie unüberwindbaren Hindernis auf. Ihre Reiter hieben auf sie ein, doch ein Weiterkommen war unmöglich. Die Hugenotten stießen wilde Flüche aus, mussten aber einsehen, dass die beiden entkommen waren. Zu unwegsam war hier das Gelände, als dass sie mit den Pferden noch eine Chance gehabt hätten, sie einzuholen. Auch als sie schon längst außer Gefahr waren, trieben Giordano und sein Weggefährte ihre Tiere zu schnellem Lauf an. Geduldig ließen die Esel sich das gefallen. Erst nach etwa einer halben Stunde machten sie halt und fielen einander wortlos in die Arme.

Kapitel 43

Der Weg nach Paris war beschwerlich. Oft mussten sie Dörfer und Städte weiträumig umgehen, da sie entweder brannten oder dort heftige Kämpfe zwischen Katholiken und Hugenotten stattfanden.

„Narren, was für Narren, die einen wie die anderen.“ Giordano schüttelte unablässig den Kopf. Sein Backenzahn hatte ihm mehrere schlaflose Nächte hintereinander bereitet, und nur mit Mühe konnte er sich am Sattelknauf seines Esels festhalten. Guiseppe ritt knapp hinter ihm. Die beiden sahen nun nicht mehr aus wie Mönche, sondern trugen landesübliche Kleidung, die sie bei einem Schneider in Clermont-Ferrand gegen allerlei Schreibarbeiten erhalten hatten. Der Ältere hatte einen breitkrempigen Hut mit einer langen Pfauenfeder auf dem Kopf, der Jüngere ein schlichtes Barett gegen den immer schneidenderen Wind. Beide waren in lange Umhänge gehüllt. In Vichy wollten sie als Nächstes haltmachen, um sich Arbeit zu suchen, da die Esel endlich gegen zwei Pferde eingetauscht werden sollten.

„Dieser elende Zahn.“ Giordano unterdrückte ein Stöhnen. Ein Bauer hatte ihnen gesagt, es seien noch gut zwei Tage bis zur nächsten Stadt, und dem Leidenden eine Wurzel mit auf den Weg gegeben, die er zerkauen und deren Saft Linderung verschaffen sollte. Der Bauer hatte ihm auch strengstens aufgetragen, den Saft nur ja nicht zu schlucken, was Giordano ein ums anderen Mal vergaß, wenn er seinen Gedanken nachhing, und was zur Folge hatte, dass die Zahnschmerzen zwar weniger wurden, sich aber nun der Magen umso heftiger meldete.

„Zwei Tage also noch", brummte er vor sich hin. Reiter und Esel brauchten eine Rast. An einem Waldrand ließen sie sich nieder. Die sanft hügelige Landschaft erstreckte sich weit vor ihren Augen. Giordano litt, aber er hatte gelernt, mit Schmerzen umzugehen, und wollte sie vor allem vor dem Jüngeren, so gut es ging, verbergen.

„Hier, trink etwas." Er reichte Guiseppe den Beutel aus Ziegenleder, den er immer noch besaß, doch der schüttelte den Kopf.

„Danke, ich bin nicht durstig."

„Was hast du?" Giordano hatte längst bemerkt, dass seinem Freund etwas auf der Seele lag. Die letzten Tage hatten sie kaum miteinander geredet, obwohl er immer wieder versucht hatte, ein Gespräch zu beginnen. Nur wenn sie auf Italien zu sprechen kamen, hatten sich die Züge Guiseppes etwas erhellt, und erst recht, wenn Giordano von seiner unbeschwerten Kindheit in Nola erzählte. Vom Fischen und vom Jagen mit dem Vater, der ihm allerlei Kniffe beigebracht hatte, die ihnen auch jetzt zugutekamen. Etwa, wie man mit der bloßen Hand Forellen fing. Er war geradezu ein Meister darin, reglos in einem Bachbett stehend auszuharren, im richtigen Moment zuzupacken und den Fisch in hohem Bogen ans Ufer zu schleudern. Dann freuten sich beide wie kleine Kinder, saßen abends an ihrem Lagerfeuer, aßen den Fisch, verfolgten den Verlauf der Sterne und stellten Überlegungen über das Weltall an. Giordano gelang es in solchen Momenten sogar, sich zu beherrschen, wenn sein Gegenüber nicht sofort verstand, was er ihm erzählen wollte. Auch bei der Jagd hatten die beiden manchmal Glück, und es gelang ihnen, mit viel Geduld einen Feldhasen oder ein Rebhuhn in eine kunstvoll getarnte Grube zu locken. Beim Töten der Tiere war es wiederum Guiseppe, der sich unbekümmerter anstellte und mit einem raschen Hieb dafür sorgte, dass sie bald darauf einen leckeren Braten verspeisen konnten.

„Komm, sag mir, was dich bedrückt."

„Nichts, lass nur", winkte der Jüngere ab. Anna wollte ihm nicht mehr aus dem Kopf. Er fühlte sich schuldig, war hin- und hergerissen zwischen der Verantwortung, die er seinem Freund gegenüber empfand, und der Verpflichtung, der Frau, mit der er nur wenige Sätze bisher gesprochen hatte, in die er sich aber heftig verliebt hatte, zu Hilfe zu eilen.

Giordano wollte nicht weiter in ihn dringen, sondern versuchte, ihn abzulenken.

„Weißt du eigentlich, wie du dir ohne Mühe zwanzig verschiedene Begriffe merken kannst?"

Guiseppe hatte zwar von der Gedächtniskunst gehört, sich aber bisher nicht weiter damit auseinandergesetzt.

„Nehmen wir einmal an, es handelt sich um …" Er sah sich um, und da ihm gerade nichts Besseres einfiel und auf einem nahen Hügel eine Kapelle stand, fuhr er fort: „… es handelt sich um Gegenstände aus einer Kirche. Zwanzig an der Zahl. Unmöglich, sich so viele Dinge für einen längeren Zeitraum zu merken, wirst du sagen."

Guiseppe nickte gespannt. Auch er sah nun zu der aus grauem Stein errichteten, schlichten Kapelle, zwang sich, der Rede des Freundes zu lauschen und nicht seine Gedanken ins ferne Genf entschwinden zu lassen.

„Aber es ist ganz einfach. Hör zu! Stell dir ein Haus vor, ein möglichst großes. Du betrittst es durch das Tor und versteckst gleich hinter dem Eingang den ersten Gegenstand. Du gehst in das erste Zimmer, dorthin packst du den zweiten. In der Küche wird der dritte versteckt und in der Speisekammer der vierte. Dann gehst du über die Treppe in der ersten Stock."

Doch seine Gedanken waren nicht zu halten, hatten eben die Stadtmauern von Genf durchschritten, kurz bei seinem Wirt und der Magd haltgemacht und waren nun endlich am Haus des Richters de Leveré angelangt.

„In der Dachkammer versteckst du den dreizehnten Gegenstand in einer alten Wäschetruhe", fuhr Giordano unverdrossen fort.

Ob ihr Leben in Gefahr war? Der Richter würde wohl nicht zögern, auch seine eigene Frau bei der kleinsten Verfehlung gegen Calvins Gesetze zu verurteilen, und was das bedeutete, hatte er ja mit eigenen Augen mit ansehen müssen.

„Dann, nach sagen wir drei, vier Wochen, besuchst du einfach in deinen Gedanken wieder das Haus, gehst genau denselben Weg, den du zuvor gegangen bist, und holst einen Gegenstand nach dem anderen wieder aus seinem Versteck hervor."

„Das funktioniert?" Guiseppe war für einen Augenblick zu Giordanos Ausführungen zurückgekehrt.

„Gewiss. Du musst dich nur entschließen, die Gedächtniskunst jeden Tag zu üben, und du wirst sehen, schon bald gelingt es, dir die komplexesten Gebilde zu merken."

Der Mönch nickte. Ein Entschluss musste gefasst werden, das war ihm nun klar. Ein Entschluss, der möglichst bald in die Tat umzusetzen war.

Kapitel 44

24. Dezember 1598

Vier junge Priester trugen den Himmel über Papst Clemens VIII., als der greise Pontifex langsam den Petersdom durchschritt, um die Geburt Jesu Christi zu feiern. Die eiförmige Papstkrone auf dem Kopf, stützte er sich beim Gehen auf seinen Stab. Über fünfzigtausend Gläubige waren gekommen und säumten nun den Weg der Kirchenoberen zum Grab des heiligen Petrus. Gregorianische Choräle, gesungen von Mönchen und Kastraten auf den Emporen hoch oben in der Kuppel, erfüllten die Luft. Roberto Francesco Bellarmin, der mit den anderen Kardinälen direkt hinter dem Papst Einzug hielt, spürte die Erhabenheit, das Göttliche, das in der Luft lag. Er hatte sich in der Hierarchie der Kardinäle gegen den Neffen des Papstes, Pietro, und auch gegen dessen Vetter Cinzio Passeri Aldobrandini durchsetzen können und war somit der ranghöchste Geistliche nach Clemens VIII. Tausende von Kerzen tauchten den Dom in ein mystisches Licht, und es gab wohl niemanden unter den vielen Menschen, der von diesem Augenblick nicht ergriffen war. Als der Gesang verstummte, erfüllte majestätische Orgelmusik das riesige Bauwerk. Weihrauchschwaden zogen durch den Dom. Ein Zittern ging durch die Menschenmenge. Es war, als würde der Heiland nun zu ihnen herabsteigen. Abermals wurde es still. Nur ein rasches Räuspern war hier und da zu hören, dann kündigte das Läuten heller Glocken den Beginn der Messe an. Der Papst zelebrierte sie nach der im Trienter

Konzil unter Pius V. festgelegten Missale Romanum. Das Messbuch schrieb den Ablauf minutiös vor.

Die Kardinäle hatten links und rechts neben dem Stuhl des Papstes Platz genommen. Die breiten Krempen ihrer roten, flachen Hüte stießen fast aneinander. Andächtig lauschten sie wie all die anderen auch den Worten des Papstes, die allerdings nur dem Adel, der unmittelbar neben dem Klerus Platz genommen hatte, verständlich waren, da die gesamte Messe lateinisch gehalten wurde. Bellarmin war besonders zufrieden. Ausdrücklich hatte Clemens ihn vor dem Kollegium wegen seines unerbittlichen Vorgehens gegen Beccaria gelobt. Es würde der Kirche zur Ehre gereichen, wenn das gemeine Volk erfuhr, dass man keinen Unterschied im Stande bei der Bekämpfung der Ketzerei machte. Im Gegenteil, es war von immenser Bedeutung zu zeigen, dass selbst eine hochgestellte Persönlichkeit wie der Ordensgeneral der Gerechtigkeit nicht entging, wenn er sich der kirchlichen und damit der göttlichen Ordnung entgegenstellte und kirchenfeindliche Lehren wie die des Giordano Bruno unterstützte. Selbstverständlich würde man ihm, wie Bruno auch, Gnade gewähren, wenn er seine frevlerischen Taten einsah, gestand und Reue zeigte. Doch Beccaria hatte sich beharrlich geweigert zuzugeben, dass er mit dem Philosophen sympathisierte oder gar mit ihm gemeinsame Sache machte. Nein, er hatte sogar dreist behauptet, das Ganze wäre eine Intrige gegen ihn, eingefädelt, um ihn, den unbeugsamen Kämpfer für Recht und Ordnung in der heiligen römisch-katholischen Kirche, aus dem Weg zu räumen. Um die Ungeheuerlichkeit auf die Spitze zu treiben, beschuldigte er Kardinal Bellarmin selbst, diese Intrige geplant und ausgeführt zu haben. Papst

Clemens hatte mittlerweile den Sanctus abgeschlossen und sprach nun das Agnus Dei. Der römische Hochadel in der ersten Reihe trug seine prächtigsten Gewänder. Die hohen, mit bunten Federn geschmückten Kopfbedeckungen der Frauen raubten den dahinterstehenden Pagen und Kammerdienern die Sicht. Die Männer hatten, um die Ehrfurcht vor dem Göttlichen zu demonstrieren, ihre Hüte und Barette abgezogen, und manch einer nutzte die andächtig anmutende gesenkte Kopfhaltung für ein kurzes Schläfchen.

Erst als man Beccaria das erste Mal der Folter unterzog, hatte er die Anschuldigungen widerrufen, um so vielleicht den Kardinal milde zu stimmen, da er ja wusste, was ihm noch bevorstand. Der Vorsitzende des Offiziums hatte angeordnet, ihm alle Finger der rechten Hand mittels einer Daumenschraube zu quetschen. Beccaria hatte wie ein Hund gewinselt, und rasch war es mit seiner anfänglichen Halsstarrigkeit vorbei gewesen, so dass schnell klarwurde, dass er bei weiteren Folterungen all seine Untaten gegen die Kirche, begangen oder nicht, gestehen würde. Bellarmin hatte sich einige Monate Zeit gelassen, um seine Befragungen weiterzuführen. Der all seiner Titel verlustige Ordensgeneral sollte Zeit haben, sich zu besinnen, um dann vor dem Offizium zu bereuen und seinen Irrglauben zu widerrufen. Erst dann würde das Offizium entscheiden, ob man ihn für den Rest seines Lebens in ein fernes Kloster verbannen oder zum Schutze der Kirche auf dem Scheiterhaufen verbrennen würde.

Bellarmin roch durch die weihrauchgeschwängerte Luft den Alkohol, den ein Mitbruder neben ihm ausdünstete. Der kleine, rundliche Mann schien mit offenen Augen zu schlafen, und er stützte ihn, so gut er konnte, damit er nicht vor all den

Gläubigen vom Stuhl kippte. Nun stimmten die Mönche auf den Emporen wieder ihren Gesang an. Mit Giordano Bruno würde er sich noch etwas Zeit lassen. Auch war der Ketzer von der letzten Folter noch so mitgenommen, dass an weitere Verhöre vorerst nicht zu denken war. Die Ärzte hatten die Wunden so weit versorgen können, dass keine Lebensgefahr bestand, und auch die Folterknechte hatten ihre Arbeit so fachkundig getan, dass sie zwar höllische Schmerzen hervorrief, der Gefangene aber trotzdem überlebte.

Aber wie sollte es mit Bruno weitergehen? Der Kardinal sah wenig Hoffnung, den Unbelehrbaren noch einmal auf den rechten Weg zurückzuführen. Vielleicht war das auch gar nicht mehr nötig. An ihm und Beccaria konnte die Kirche und die heilige Inquisition einmal mehr demonstrieren, was mit denen geschah, die sich dem göttlichen Willen entgegenstellten. Es gab noch viel zu viele im Land, die sich der kirchlichen Ordnung widersetzten, die ketzerisches Gedankengut an den Universitäten oder im privaten Kreis verbreiteten. Ihnen allen sollten die beiden eine Mahnung sein. Es musste endlich Schluss sein mit dem törichten Gerede sogenannter Gelehrter, und man musste dem protestantischen Unwesen, das sich immer weiter in Europa auszubreiten drohte, einen Riegel vorschieben. Warum nicht das Philosophieren überhaupt verbieten? Das wäre doch eine Idee. Gleich bei seinem nächsten Zusammentreffen mit dem Papst und dem Kardinalskollegium wollte er diesen Gedanken erörtern. Die Philosophie verbieten. Zum Heil der Menschheit. Kardinal Bellarmin hatte ein neues Ziel.

Kapitel 45

Giordanos Zahnschmerzen waren immer unerträglicher geworden. In Vichy, der Stadt der Wunderquellen, gab es vielerlei Heilkundige. Sein Weggefährte und er mussten nicht lange suchen, gleich hinter dem Stadttor wurden Schröpfen, Aderlass und Zahnziehen, aber auch Haarschnitt und Rasur angeboten. Mehr oder weniger professionelle Dienstleister kümmerten sich um die Gäste aus nah und fern, die in der Hoffnung, lästiges Rheuma oder Leber- und Gallenprobleme loszuwerden, die Quellen von Vichy besuchten.

„Lass uns hier hineingehen.“ Die geschwollene Wange machte das Reden schwer. Guiseppe nickte und versorgte die Esel, während der Ältere den Kopf einzog, um durch die niedrige Tür in den von einigen Kerzen erhellten Raum zu treten. Der Bader, ein etwa fünfzig Jahre alter, nicht sehr großer, hagerer Mann, begrüßte ihn mit einem freundlichen Lächeln und bedeutete ihm, auf einen Stuhl nahe einem Kerzenständer Platz zu nehmen. Fachmännisch drückte er am Unterkiefer herum und ließ sich nicht durch Giordanos Wehklagen aufhalten.

„Mund weit aufmachen“, forderte er, keine Widerrede duldend. Der Leidende tat, wie ihm geheißen, und blitzartig schob ihm der Bader ein kleines Holzgestell in den Mund, das er selbst erfunden und konstruiert hatte. Die ausgeklügelte Konstruktion erlaubte es ihm, dem Patienten eine Art Maulsperre zu verpassen und so das reflexartige Zubeißen zu verhindern, wenn er sich mit seiner Zange an den kranken Zähnen zu schaffen machte. Von hinten umfasste er nun den sich heftig Wehrenden, umklammerte ihn fest mit der linken Hand, schob ihm mit der rechten die Zange in den Mund. Das rechte Bein auf Giordanos Stuhl abgestützt, stemmte er sich mit aller Kraft gegen ihn und rüttelte, zog und hebelte, um den festsitzenden Backenzahn auch nur einen Millimeter zu bewegen. Giordano spürte einen brennenden Schmerz. Dann meinte er ein Knacken zu vernehmen. Die Schmerzen wurden unerträglich. Guiseppe wollte die Prozedur nicht mit ansehen und wartete derweil auf der Straße. Erst jetzt nahm er ähnlich wimmernde Geräusche wie die, die sein Freund von sich gab, hinter verschlossenen Türen wahr. Humpelnde Menschen mit und ohne Krücken und solche, die ihren Kopf mit einem Tuch verbunden hatten und sich die schmerzenden Wangen hielten, zogen vorbei. Manch einer lächelte bereits wieder erleichtert, hatte er doch die Tortur erfolgreich überstanden. Am Haus gegenüber verabschiedete sich eine dieser gepeinigten Kreaturen, zählte dem Bader ein paar Gulden in die Hand und machte sich schleunigst davon. Der Arzt hatte einen speckigen Schurz um den Wanst und wischte sich darin seine blutigen Finger ab. Freundlich grüßte er herüber und fragte, ob er etwas für Guiseppe tun könne. Der winkte rasch ab und beschäftigte sich mit den Eseln, um nicht noch weitere derartige Angebote zu bekommen. Plötzlich hörte er ein Krachen und Poltern. Rasch betrat er den Raum, in dem Giordano nicht mehr auf seinem Stuhl saß, sondern mit diesem umgekippt war und nun auf dem Boden lag. Über ihm hielt sein Peiniger triumphierend die Zange mit dem darin festgeklemmten Backenzahn in die Höhe. Nachdem sich sein Opfer wieder aufgerappelt hatte, verabreichte er ihm eine Tinktur, die die Blutung stoppen sollte, verband ihm den Kopf und wünschte ihm, nachdem er seinen Obolus entrichtet hatte, einen schönen Tag.

Giordano bedankte sich höflich, obwohl ihm eher danach war, dem Alten eine Tracht Prügel zu verpassen.

„Halt, noch auf ein Wort."

Eben wollten die beiden sich mit ihren Reittieren auf Herbergssuche machen, als der Bader nach ihnen rief.

„Was wollt ihr für die beiden Esel haben?"

„Nichts", erwiderte Guiseppe bestimmt, „die brauchen wir nämlich noch für unsere Weiterreise."

„Wo soll's den hingehen, wenn man fragen darf?", blieb der Alte hartnäckig.

„Gen Norden, nach Paris, und nun adieu." Der Ältere war unruhig geworden, wollte weiter. Die Tinktur konnte den pulsierenden Schmerz im Unterkiefer kaum hemmen, und Giordano wollte so rasch wie möglich einen Platz finden, an dem er sich ausruhen konnte. Er mochte es nicht, wenn andere mitbekamen, dass er litt. In solchen Fällen suchte er die Einsamkeit und versuchte, mit Willenskraft des Schmerzes Herr zu werden, was auch oftmals gelang.

„Nun denn, dann habe ich euch einen Vorschlag zu machen."

„Was denn?" Guiseppe zeigte sich interessiert.

„Komm weiter." Etwas ungelenk schwang sich Giordano auf das kleine, treuherzig dreinblickende Tier.

„Ich habe hinter dem Haus zwei Pferde, die würde ich gerne gegen die Esel eintauschen."

Die beiden sahen ihn ungläubig an.

„Glotzt nicht so. Ich kann die Tiere nicht gebrauchen, da sie zur Feldarbeit nichts taugen. Eure Esel hingegen kämen mir da sehr gelegen." Er machte eine kurze Pause und fuhr dann fort: „Na, wie sieht es aus, schlagt ihr ein?"

Die beiden Freunde zögerten nicht lange. Das Angebot war viel zu verlockend. Mit Pferden würden sie Paris in nur wenigen Tagen erreichen können. Bevor es sich der Alte wieder anders überlegte, stimmten sie dem Handel zu. Die Tiere schienen in gutem Zustand zu sein. Sie schnaubten freudig, als die drei den kleinen Stallanbau hinter dem Haus betraten. Guiseppe klopfte den Pferden abwechselnd den Hals.

„Wenn ihr wollt, könnt ihr euch ein paar Tage bei mir ausruhen."

Dankbar willigten sie ein, nur den kalten Braten mit Cidre musste Guiseppe allein genießen. Der Ältere hatte sich vom Bader noch einen Becher Branntwein geben lassen und war daraufhin vom Alkohol betäubt in einen tiefen Schlaf gefallen.

Kapitel 46

„Sir, welche Nachrichten bringt Ihr?“

Francis Drake verharrte noch etwas in der tiefen Verbeugung, die er vor seiner Königin machte, ehe er sich aufrichtete.

„Majestät, die spanischen Vorbereitungen sind schon sehr weit gediehen. Walsinghams Spitzel rechnen mit einer Invasion in den nächsten sechs Monaten.“

Bedrückt sah Elisabeth zum Fenster hinaus. Halb Europa hatte sich gegen sie verbündet, und nun setzte der spanische König zum alles vernichtenden Schlag gegen das britische Königreich an. Sie bebte innerlich. Wut und Trauer machten sich in ihr breit. Die letzten Jahre waren sehr hart für sie gewesen. Mehrere Mordanschläge gegen sie hatten erst in letzter Minute vereitelt werden können. Ach, wenn nur Raleigh wieder zurück wäre. Er hätte gewusst, was zu tun war. Er wusste es immer. Drake traute sie nicht so recht über den Weg. Obwohl er sich ihr gegenüber immer loyal verhalten hatte, war etwas an ihm, das sie zweifeln ließ. Zu viele Enttäuschungen hatte sie in der Vergangenheit diesbezüglich bereits erlebt. Aber Drake gehörte neben Walter Raleigh, Francis Walsingham und Robert Dudley zu ihren engsten Beratern. Sie hatten ihre Königin damals gewarnt und ihr geraten, Maria Stuart in den Tower zu werfen, da sie davon überzeugt gewesen waren, dass diese, sobald sich eine Gelegenheit bot, nach dem Thron von England greifen würde. Mehrfach hatte sie verkündet, dass sie die eigentliche Thronfolgerin Englands sei, da der Papst die Ehe zwischen Elisabeths Vater Heinrich VIII. und Anna Boleyn nie legitimiert hatte und sie somit neben der kinderlosen Tochter Heinrichs, Maria I., Anspruch auf die Krone hätte.

Die Inhaftierung Marias hatte das katholische Europa gegen Elisabeth aufgebracht. Wie es der Gefangenen wohl ging? Die Königin musste oft an sie denken. Sie selbst war als junges Mädchen im Tower eingekerkert gewesen. Als Mitglied des Hochadels hatte sie natürlich allerhand Privilegien genossen, dennoch hatte die Gefangenschaft sie sehr belastet. Dudley, ebenfalls Gefangener, war ihr damals begegnet. Bei dem Gedanken an ihn erfüllte ein Leuchten ihre Augen. Sie fasste wieder Mut.

„Nun gut, sobald Sir Raleigh aus der Neuen Welt zurückgekehrt ist, werde ich meinen Rat zusammenrufen, und dann werden wir entscheiden, wie gegen die Spanier vorzugehen ist. Er kann sich jetzt zurückziehen."

Elisabeth hob die rechte Hand und bedeutete ihm zu gehen.

Abermals machte Drake eine tiefe Verbeugung und verließ den Audienzraum.

Philip II. hatte ihr einen Heiratsantrag gemacht. Das war schon einige Zeit her. Sie hatte ihn damals ausgeschlagen, hatte sich zu jung für die Ehe mit dem Monarchen gefühlt, und nun drohte er, mit seiner Armada die Seemacht England zu zerstören – und nicht nur das. Der Katholizismus sollte auch in ihrer Heimat wieder seine Vormachtstellung erlangen. Es war eine ungeheure Provokation für die Kirchenoberen gewesen, dass sie, noch dazu als Frau, sich zum Oberhaupt der anglikanischen Kirche hatte ausrufen lassen. Religiöser Fanatismus war ihr ein Greuel. Dass ihre Halbschwester Maria Protestanten hatte verfolgen lassen, widerte sie an.

„Wenn nur Raleigh schon wieder zurück wäre … ich bin gespannt, mit welchen Schätzen er uns dieses Mal wieder überraschen wird“, dachte sie. Als er von seiner letzten Reise Kartoffelpflanzen mitgebracht hatte, war sie anfangs enttäuscht gewesen. Noch immer hatte sie sich nicht an den Geschmack gewöhnt. Doch ihre Untertanen liebten die knollige Frucht und verstanden sich mittlerweile darauf, sie auf verschiedene köstliche Art und Weise zuzubereiten.

Kapitel 47

Gegen vier Uhr morgens weckte Giordano seinen Weggefährten. Der anfangs brennende Schmerz in seiner Backe war in einen pulsierenden übergegangen. In den vergangenen Nächten hatte er kaum geschlafen. Unruhe begleitete die Schmerzen. Er wollte weg aus Vichy. Paris. Dort wollte er vollenden, was er in Toulouse begonnen hatte. Gleich an die Sorbonne und sich den Studien widmen. Er hatte in den schlaflosen Nächten viel nachgedacht. Der Bader hatte ihm ein Buch von Kopernikus beschafft. De Revolutionibus Orbium Coelestium. Die Erde drehte sich also um die eigene Achse. Kopernikus hatte den Winkelabstand von Merkur und Venus zur Sonne gemessen und daraus geschlossen, dass sich die Erde um sich selbst drehte. Luther hatte ihn deshalb einen Narren geschimpft. Seltsam, dass sich Rom damit noch nicht beschäftigt hatte.

Es regnete in Strömen. Mürrisch hatte Guiseppe etwas vor sich hin gebrummt und sich dann nochmals zur Seite gedreht.

„Wach auf, alter Freund, wir müssen los!"

Lange waren sie am Vorabend wach gewesen. Hatten über Gott und die Welt gesprochen und auch über die Liebe. Guiseppe hatte von Anna erzählt und einen geduldigen Zuhörer gefunden, der nur ein paarmal stumm genickt hatte. Er hatte auch gestanden, dass er ihm im Auftrag des Klosters gefolgt und bereit gewesen war, ihn wenn nötig der kirchlichen Gewalt auszuliefern. Als er daraufhin beschämt den Kopf gesenkt hatte, hatte der Ältere ihm auf die Schulter geklopft.

„Nun hast du ja gesehen, dass ich kein Ungeheuer bin, von dem Gefahr für die rechtgläubige Christenheit ausgeht."

Guiseppe lächelte befreit, froh, sich endlich offenbart zu haben und dass der Freund so großmütig reagierte.

Der Bader hatte sie mit köstlichem Rotwein und einer herrlichen luftgetrockneten Wurst versorgt. Obwohl die Wunde im Zahnfleisch ein Kauen größerer Bissen kaum zuließ, hatte Giordano kräftig zugelangt. Der Alkohol hatte das Pulsieren im Zaum gehalten. Kurz vor Mitternacht hatte er den Jüngeren zu Bett gebracht und sich danach wieder an sein Buch gesetzt. Doch jetzt wollte er los. Die Pferde warteten bereits gesattelt und mit ihrem Gepäck versehen auf den Aufbruch. Nachdem Guiseppe keinerlei Anstalten machte, sich aus dem Bett zu erheben, beschloss der Ältere, zu drastischeren Mitteln zu greifen.

„He, was …?" Ein Spritzer eiskaltes Wasser löste das Problem, und wenig später saßen sie im Sattel. Vor sich hin dösend der eine, voller Hoffnung und Vorfreude auf das Neue der andere. Der Regen war stärker geworden. Beide waren in dicke Mäntel gehüllt, die alsbald zu triefen begannen und immer schwerer wurden. Ein Hund schlug an, als sie das Stadttor passierten, und war noch eine Zeitlang zu hören. Zum Glück hatten ihre Mäntel Kapuzen, so dass der Regen ihnen nicht den Nacken hinunterrinnen konnte. Es hatte stark abgekühlt. Gleich hinter der Stadt führte der Weg durch einen Wald. Es war stockfinster. Instinktiv fanden die Pferde sich zurecht.

Erst nach etwa zwei Stunden Ritt wurde es etwas heller. Giordanos Wange war geschwollen, was seinem sonst sehr hageren Gesicht das Aussehen einer Birne verlieh. Im Gegensatz zu seinem Gefährten tat ihm die Kälte gut. Das Ausatmen verursachte kleine, weiße Wölkchen vor ihrem Mund. Die

Temperatur sank, je weiter nördlich sie kamen. Ab und zu, wenn die aufreißende Wolkendecke es zuließ, waren schneebedeckte Berge zu sehen. Das Hufklappern wurde durch einen dichten Laubteppich gedämpft. Krähen kreisten über den kahlen Baumkronen.

Guiseppe war allmählich wieder zu sich gekommen. Vom Alkohol war ihm noch etwas schwindlig. Verkrampft hielt er sich an seinem Sattelknauf fest. Erinnerungsfetzen ihres Gesprächs in der vergangenen Nacht wehten durch seinen Kopf wie die tiefhängenden Regenwolken über ihnen. Was hatte Giordano gesagt? Er solle sich Anna aus dem Kopf schlagen. Er solle mit ihm kommen. Schöne Frauen gäbe es überall. Hatten sie darüber heftig gestritten? Er konnte sich nicht mehr erinnern. Anna aus dem Kopf schlagen? Mit ihm an der Universität arbeiten? Studieren? Forschen zum Wohle der Menschheit ... und überhaupt sei er ein kleines Mönchlein und habe sich von den Weibern fernzuhalten. Hatte er nach diesen Worten auf den Älteren losgehen wollen, oder hatte er das alles nur geträumt? Mönchlein? Nein, das war er schon lange nicht mehr, und zurück ins Kloster wollte er erst recht nicht. Anna? Warum er sich so sicher sei, dass sie die Strafe ihres Mannes nicht verdient hatte? Vielleicht habe sie ihn sogar hintergangen? Warum er, Guiseppe, so überzeugt davon sei, dass die junge Frau die Unschuld in Person sei? Ja genau, das hatte ihn in Rage versetzt. Gewissensbisse plagten ihn. Hatte er sich gegenüber Giordano ungebührlich benommen? Er schämte sich, ihn darauf anzusprechen. Er fühlte sich elend. Das Schaukeln des Pferderückens ließ Übelkeit in ihm aufsteigen. Die Kopfschmerzen, die ihn seit ihrer Abreise begleiteten, waren ebenfalls stärker geworden.

„Gior…“ Er würgte, schluckte, konnte es nicht mehr zurückhalten. Giordano ritt etwa zehn Meter vor ihm und sah nicht, wie sein Gefährte den Inhalt seines Magens in einem breiten Strahl auf den Waldboden erbrach. Der unangenehme, säuerliche Geschmack ließ sich auch mit einem Schluck Wasser aus seinem Beutel nicht vertreiben. Reiter und Pferde hatten nun bessere Sicht, so dass sie das Tempo erhöhen konnten. Der Ältere schien nichts bemerkt zu haben. Oder er hatte Mitleid mit Guiseppe und ließ sich nichts anmerken. Erst nach einer weiteren Stunde hielt er für eine kurze Rast an.

Kapitel 48

Elisabeth stöhnte kurz auf, als ihre Kammerzofe das Mieder festzurrte. Ihr flacher Bauch war gut verschnürt, die Brüste wurden durch das Mieder nach oben gedrückt. Zufrieden betrachtete sie sich im Spiegel. Der Teint blass, fast weiß von Puder. Die Haare hochgesteckt. Dicht waren sie wieder gewachsen. Es war noch gar nicht lange her, da waren sie ihr büschelweise ausgefallen. Ihre Ärzte konnten sich das nicht erklären. Fast kreisrunde, kahle Stellen hatten ihr Haupt verunziert, so dass sie ständig irgendeine Kopfbedeckung tragen musste. Das hätte noch gefehlt, dass die Königin an einer sonderbaren Krankheit litt. Wie Hyänen hätten sich alle auf sie gestürzt. Nicht einmal ihre engsten Vertrauten hätten sie zu retten vermocht. Elisabeth schluckte. Unmengen von Speichel sammelten sich plötzlich in ihrem Mund. Sie schluckte wieder. Wirre Gedanken schossen ihr durch den Kopf. Ihr Vater zupfte die Laute. Maria Stuart tanzte mit Walsingham. Der Speichel hörte nicht auf zu fließen. Ihr Puls begann zu rasen.

„Majestät?"

Ein Henker strich fast zärtlich über seine Axt. Das Volk schrie. Sie wollte etwas sagen, doch ihre Lippen bewegten sich, und kein Laut drang daraus hervor.

„Majestät? Was ist mit Euch?"

Die spanische Armada. Tausende und Abertausende weiße Segel vor der Küste Englands. Schweißperlen bildeten sich auf ihrer Stirn, vermischten sich mit dem Puder.

„Majestät?" Die Stimme ihrer Zofe klang ängstlich. Die Gesichter des Papstes und des spanischen Königs tauchten auf. Drohend das eine, lachend das andere. Nun tanzte Maria mit Philip, Walsingham und Drake klatschten den Rhythmus, ihr Vater Heinrich schlug immer noch die Laute dazu. Schwer atmend sank Elisabeth in einen Stuhl. Ihre Zofe fächelte ihr Luft zu.

„Schon gut, Marianne, schon gut", keuchte sie. Die Bilder verschwammen und verschwanden allmählich ganz.

„Das Mieder!"

Sofort machte sich Marianne daran, die Schnüre des Mieders zu lockern. Ob Raleigh heute kommen würde? England war in großer Gefahr, das wusste sie. Raleigh würde wissen, was zu tun war. Gemeinsam mit ihren Vertrauten würden sie einen Plan aushecken, wie sie ihre Heimat retten konnten. Die Zofe wischte ihr den mit Schweiß vermischten Puder ab, säuberte ihr Gesicht und begann sofort, neuen Puder aufzutragen. Elisabeths Gesichtsausdruck war nun wieder entschlossen wie zuvor. Nein, sie würde nicht aufgeben. Bis zum letzten Atemzug würde sie kämpfen. Niemals das Reich Maria Stuart und den Katholiken überlassen. Niemals.

„Majestät, die Schuhe." Umständlich machte die Zofe sich an Elisabeths Füßen zu schaffen. Wie viele Mordanschläge hatte sie bereits überlebt, und wie viele würden noch kommen? Wem konnte sie trauen? Wer war Freund, wer Feind? Der Puls hatte sich ebenfalls wieder beruhigt. Die Königin konnte wieder klare Gedanken fassen. Sie wusste, dass sie sich auf ihren Instinkt verlassen konnte. Das hatte sie von ihrem Vater geerbt. Es war ihr ein Leichtes, Menschen zu durchschauen. Speichellecker, Bücklinge, rückgratlose Gesellen. Das alles tummelte sich an ihrem Hof. Damit konnte sie leben. Zu offensichtlich war ihr Spiel. Leicht zu durchschauen und daher ungefährlich. Die Heimtückischen, Verschlagenen, nicht auf den ersten Blick zu Erkennenden, das waren die Gefährlichen, vor denen sie sich hüten musste, und natürlich die religiösen Fanatiker. Die waren unberechenbar. Jedes Mal, wenn sie mit ihrer Entourage zur Westminster Abbey zog, konnte so ein Verblendeter aus dem sicheren Schutz der am Rande jubelnden Menge auf ihre Kutsche zuspringen und sie vor den Augen aller töten.

Es klopfte. Einer von Elisabeths Kammerdienern steckte den Kopf zur fast zwei Meter hohen Tür herein.

„Majestät, darf ich bitten?"

Geduldig folgte ihm die Königin in den Empfangssaal.

„Majestät, es erbittet seine Aufwartung machen zu dürfen Euer ergebener Untertan, William Shakespeare."

Kapitel 49

Guiseppe wusste nicht mehr, wie viele Tagesreisen sie nun seit ihrer Flucht aus Toulouse bereits unterwegs waren. Ein leichtes Fieber hatte sich seiner bemächtigt. Giordano, dessen Wange wieder abgeschwollen war, hatte ihnen keine Ruhepause gegönnt. Selbst Schneestürme beim Überqueren von Pässen oder das bedrohliche Heulen naher Wolfsrudel hatte ihn nicht davon abgehalten, die Pferde unermüdlich voranzutreiben. Fast fünf Jahre waren nun vergangen, seit sie aus dem Kloster geflohen waren, und welch abenteuerliche Reise hatten sie bereits hinter sich gebracht! Es schien, als balanciere Giordano stets am Abgrund, und er, Guiseppe, musste ihn davor bewahren abzustürzen. Es gab keine Kompromisse für ihn, und gerade deshalb bewunderte er den Älteren. Doch Guiseppe wusste, dass sein Leben anders verlaufen musste. Er war nicht bereit, für eine fixe Idee ständig sein Leben aufs Spiel zu setzen. Er träumte von etwas ganz anderem.

„Es ist nicht mehr weit." Ein Bauer hatte ihren Pferden Stroh aus seinem Stall gegeben und ihnen angeboten, die Nacht in seinem Haus zu verbringen. Seine Kinder, Guiseppe zählte sieben, versuchten, sich hinter den weiten Rockschößen der Bäuerin zu verstecken, was angesichts des ausladenden Hinterteils durchaus erfolgreich gelang. Ab und zu lugte eins hervor, um sogleich wieder zu verschwinden. Alle sieben hatten rotblonde Haare, Sommersprossen und weit auseinanderstehende Vorderzähne, und alle glichen sie aufs Haar ihrem Vater, einem kleinen Mann mit einem draufgängerischen Grinsen im Gesicht und einer ansehnlichen Kugel als Bauch. Die Kinder mochten zwischen zwei und neun Jahren alt sein. Das Jüngste konnte noch nicht richtig laufen. Es schien den Menschen hier nicht schlecht zu gehen. Alle sahen sie wohlgenährt aus. Der süßliche Duft gekochter Milch verdrängte den Geruch von Geräuchertem. Auf einer Holzstange neben dem großen Ofen hingen Würste und eine Seite Speck. Dankbar ließen sich die Reisenden an einem großen, fast quadratischen, klobigen Tisch nieder. Entlang der Wand waren Holzbretter als Sitzbank befestigt. Eine Marienstatue und ein Kruzifix zierten die Ecke. Guiseppe gefielen die Kinder. Als er eines der Kleinen zu fassen bekam und hochhob, spürte er, dass das Stofftuch, das das Kind um seinen Po gewickelt hatte, bereits übervoll war. Erst jetzt nahm er auch den süßlich herben Geruch wahr und ließ das Kind sofort wieder los. Die Bäuerin lachte, als sie dies bemerkte, und schickte die Älteste in die Speisekammer, um Brot, Wurst, Käse und eingelegtes Kraut zu holen. Der Bauer brachte zwischenzeitlich einen Krug mit frischem Wasser aus dem Brunnen vor dem Haus. Mit seinen ungewöhnlich großen Händen trug er den schweren Krug vor sich her. Die Fingernägel waren zum Teil abgebrochen und starrten vor Schmutz. Die Bäuerin hatte Holzteller und Messer aufgetan, und während ihre Gäste hungrig zulangten, baute sich die Familie vor ihnen auf, um ihre Mahlzeit mit wohlwollendem Grinsen zu begleiten. Die Kinder hatten die Scheu verloren, und die frechsten von ihnen krochen nun unter den Tisch, um die beiden zu necken. Giordano schenkte all dem keine Beachtung. Gedankenverloren kaute er an Brot und Wurst. Er wunderte sich kurz über das säuerliche Kraut, das er zum ersten Mal aß, und starrte dann wieder wie geistesabwesend auf die Madonnenstatue neben ihm. Guiseppe gefiel das neckische Treiben der Kinder, und er tat, als fange er eines von ihnen unter dem Tisch, worauf sie laut kreischend davonstoben. Bauer und Bäuerin standen immer noch grinsend da. Die feisten, rötlichen Backen aufgebläht, schienen sie mit sich und der Welt im Reinen. Des Bauers Nase war anzusehen, dass er ab und zu einen Krug Wein zu sich nahm, aber auch die Bäuerin machte den Eindruck, als sei sie dem nicht abgeneigt.

„Gibt es hier in der Gegend Hugenotten?"

Wie ein Blitz fuhr Giordanos Frage in das Idyll. Die Bäuerin erschrak und scheuchte die Kinder aus der Stube. Der Bauer setzte sich rasch an den Tisch und fragte mit Unschuldsmiene: „Wie kommt Ihr denn darauf?"

Giordano ahnte, dass er in ein Wespennest gestochen hatte. Verstohlen sah er Guiseppe an, der sich unbekümmert dem Essen widmete.

„Wir hatten heuer eine sehr gute Ernte." Der Bauer versuchte, die Gedanken des Gastes zu zerstreuen.

„Möchte noch jemand Brot?" Die Bäuerin war zurückgekehrt, nachdem sie den Kindern befohlen hatte, sich nicht mehr aus ihrer Kammer zu rühren. Giordano wusste, dass sie sich auf katholischem Gebiet befanden, doch irgendetwas an den beiden hatte ihn stutzig gemacht. War es die offen zur Schau gestellte Unbekümmertheit? Die Heiligenfiguren?

„Heraus mit der Sprache!", befahl er unwirsch und befühlte seinen Degen unter dem Mantel, wie um sicher zu sein, dass er sich bei einem Angriff jederzeit verteidigen konnte. Erst jetzt begriff Guiseppe. Der Bauer war bleich wie der Weichkäse, der vor ihnen auf dem Tisch stand. Die Bäuerin begann zu zittern. Ihr Blick wurde glasig. Sie faltete ihre Hände, und man sah es ihr an, dass sie in diesem Augenblick am liebsten laut schreiend davongelaufen wäre.

„Nun?“, fragte Giordano noch einmal herrisch nach. Sein Weggefährte legte ihm besänftigend seine Hand auf den Unterarm. Für einen Augenblick herrschte Totenstille im Raum. Giordano war angespannt und erwartete nach den Erfahrungen der letzten Monate, dass jeden Augenblick die Tür aufging und eine Horde Protestanten hereinstürmte, um ihn und Guiseppe kurzerhand zu ermorden.

Der Bauer blickte stumm zu Boden, dann begann er stotternd zu erzählen: „Verzeiht, Herr, verzeiht! Es ist nun schon über zehn Jahre her …“ Er verstummte wieder. Man sah ihm an, wie die Erinnerung an das Geschehene ihm die Kehle zuschnürte.

„Es hat in den umliegenden Dörfern begonnen. Sie haben uns gewarnt“, fuhr er fort. Seine Frau saß schweigend neben ihm, starrte mit versteinerter Miene ins Leere. Das Zittern war verschwunden.

„Es war im August. Wir waren den ganzen Tag auf den Feldern. Es war sehr heiß. Meine Eltern haben auf die Kinder aufgepasst.“

Bevor Giordano fragen konnte, erklärte er: „Wir hatten damals schon acht Kinder. Das älteste, ein Junge, war gerade neun Jahre alt geworden. Er war der Einzige, der mit uns auf dem Feld arbeitete. Ein Gewitter zog auf. Wir wollten zum Haus zurück. Mein Bruder und seine Frau gingen voraus. Auch sie haben mit ihren sechs Kindern unter unserem Dach gewohnt.“

Der Blick der Bäuerin ruhte auf Giordano, doch sie schien durch ihn hindurchzusehen.

„Wären wir nur auch früher …“ Der Bauer stockte kurz und erzählte dann weiter.

„Wir sahen sie schon von weitem. Reiter. Sechs oder sieben. Sie kamen aus Richtung Paris. Wir packten unsere Sachen und liefen so schnell wie möglich zu unserem Haus. Auf dem Hügel davor angekommen, sahen wir, wie ein Mann vor die Tür trat, unser Neugeborenes bei den Füßen hielt und es dann mit voller Wucht mit dem Kopf gegen die Hauswand schlug."

Wieder herrschte für kurze Zeit unerträgliche Stille im Raum.

„Meine Frau schrie, und mehrere Männer kamen nun aus unserem Haus. Von ihren Messern troff das Blut. Wir liefen, so schnell wir konnten, in einen nahen Wald. Erst jetzt bemerkten wir, dass unser Ältester, anstatt uns zu folgen, in Richtung Haus gelaufen war. Ich lief zurück und sah, wie ihn einer der Reiter im Galopp auf sein Pferd hob, ihm mit einem Messer die Kehle durchschnitt und ihn dann wie einen Sack wieder auf den Boden warf."

Giordano bedauerte, so forsch gewesen zu sein. Die beiden schienen die Gedanken an das schreckliche Ereignis verdrängt gehabt zu haben, und er hatte sie wieder ausgegraben, hatte die Fröhlichkeit aus ihren Gesichtern vertrieben.

„Wir haben uns zwei Tage und zwei Nächte in den Wäldern versteckt. Mehrere Male wären wir fast entdeckt worden. Erst dann haben wir uns wieder in unser Haus zurückgetraut."

Guiseppe wollte etwas sagen, schluckte die Worte aber wieder hinunter.

„Meine Frau wollte, dass wir wegziehen, doch ich habe sie davon überzeugt zu bleiben. Wo sollten wir denn auch hin? Erst viel später haben wir erfahren, dass in dieser Nacht allein in Paris und Umgebung mehrere tausend Menschen hingemetzelt wurden. Katholiken und Protestanten."

„Und weil es in eurer Gegend mehr Katholiken als Protestanten gibt, habt ihr euch entschlossen, allen Fremden vorzutäuschen, ihr wärt Katholiken?“

Der Bauer sah wieder zu Boden. Er wusste, dass er diese Frage nicht zu beantworten brauchte. Stumm verließ die Bäuerin den Raum. Sie wollte weinen, doch die Tränen waren vor langer Zeit versiegt.

Am nächsten Morgen verließen die beiden Gefährten früh das Bauernhaus. Stumm ritten sie nebeneinander auf der Straße Richtung Paris. Beide hatten prallgefüllte Säcke vor sich am Sattelknauf befestigt: Speck, Würste, Käse und Brot und für Giordano extra ein kleines Tongefäß mit eingelegtem Kraut. Es dauerte eine Weile, bis sie die Sprache wiederfanden, doch sie unterhielten sich über Banalitäten und nicht über das, was sie am Vorabend gehört hatten. An einem kleinen Seitenarm der Seine machten sie halt, ließen die Pferde trinken und ruhten sich am Ufer des Flusses aus. Der Frühling war ihnen mit Riesenschritten entgegengekommen. Ein paar Mücken tanzten um sie herum, und erste Blumen kämpften sich durch die stellenweise noch braunen Wiesen. Die Luft war milder als an den Tagen zuvor, und die Sonne schien täglich an Kraft zu gewinnen. Das grünbraune Wasser des Flusses waberte träge an ihnen vorüber. Kleine Wellen warfen hin und wieder sich kräuselnden Schaum auf. Eine Schar Wildgänse setzte lärmend zur Landung an, bremste den Flug auf der Wasseroberfläche ab, indem sie die Füße mit den roten Schwimmhäuten hochstellte, und kam wenig später gänzlich zur Ruhe. Die Gänse ließen sich eine Weile treiben, um danach ebenso lärmend, auf dem Wasser laufend und dabei heftig mit den Flügeln schlagend wieder abzuheben. Guiseppe warf gelangweilt Steine in den Fluss und beobachtete dabei die Kreise, die ihr Eindringen in die feuchte Materie hervorrief. Ein paar Fische verirrten sich in Ufernähe, und Guiseppe sah rasch zu seinem Freund, doch der schien dieses Mal keine Lust zu verspüren, in das kalte Nass zu springen, um sie zu fangen.

Nach einem etwa eineinhalbstündigen Ritt sahen sie von einem Hügel herab die Stadt vor sich liegen. Paris. Giordano machte halt und sprang vom Pferd. Der Rappe wieherte, und sein Reiter tätschelte ihm beruhigend den Hals. Der Louvre und die Kirche Notre Dame waren in der sich im Fluss spiegelnden Abendsonne klar und deutlich zu erkennen. Ein paar Boote trieben träge dahin. Das Leben in der etwa dreihunderttausend Einwohner zählenden Stadt war von hier oben nur zu erahnen. Giordano atmete tief durch. Sollte diese Stadt endlich den ersehnten Frieden, die Möglichkeit ungestörter Forschung und eines sorgenfreien Lebens bieten? Ein Zentrum der Welt ähnlich wie Rom lag vor ihnen. Kultur und Wissenschaft, reiches Bürgertum und mittendrin ein König, der sich in diesem Glanz badete. Giordano war bereit, wollte eintauchen in das neue Leben. Er breitete die Arme aus und wandte sich um, um seinen Weggefährten zu beglückwünschen, dass sie es unbeschadet bis hierher geschafft hatten. Doch als er Guiseppes Augen sah, wusste er, was kommen würde. Er ging auf den Freund zu und umarmte ihn.

„Ich danke dir, dass du mir bis hierher ein so treuer Weggefährte warst. Du sollst wissen, dass ich dich wie einen Bruder liebe und immer lieben werde."

Guiseppe fühlte Tränen in sich aufsteigen. Fest drückte er den Älteren, der ihm mehrfach auf die Schultern klopfte.

„Ich danke dir, Giordano, dass du mir die Augen geöffnet und mir den rechten Weg gewiesen hast."

„Geh schon. Gib acht auf dich und tue, was dein Gewissen dir befiehlt."

„Es ist nicht das Gewissen, Giordano, es ist das Herz." Mit diesen Worten stieg er in den Sattel und jagte in Richtung Süden davon.

Kapitel 50

Heinrich furzte zweimal so laut, dass alle glaubten, der Louvre würde einstürzen. Darauf folgte lautes Gelächter, und die Jagd ging weiter. Wo hatte er sich nur versteckt? Begleitet von einem kleinen Orchester zog die Jagdgesellschaft durch die Zimmerfluchten des Schlosses. Der König hatte Büsche und Sträucher in riesigen Töpfen aufstellen lassen, und so wirkten die einzelnen Säle wie kleine Wälder. Da endlich wackelte hinter einem Kanapee eine Pfauenfeder verräterisch. Nein, es war der Marquis de Relois, der sich sturzbetrunken hierhin zurückgezogen hatte, um sich etwas auszuruhen. Doch die Jagdgesellschaft, allesamt Damen aus umliegenden Etablissements, die der König zu sich ins Schloss hatte bringen lassen, waren unerbittlich. Sie zogen den armen, nur mit einem Federschurz und einer Federkrone bekleideten Marquis hoch, fesselten ihn an den Händen und zogen ihn mit lautem Gejohle hinter sich her. Die Frauen trugen Jagdröcke und Hüte, ansonsten waren sie nackt. Ein Jagdhorn verkündete die erfolgreiche Gefangennahme. Wieder hörten sie ein Geräusch, diesmal schien es aus der Wand zu kommen. Leise pirschten sie sich an und entdeckten schließlich die Tapetentür. Mit einem Ruck rissen sie sie auf, und heraus purzelte ein junger Mann, der nur eine braune Maske und ein darauf befestigtes Hirschgeweih trug. Sofort stürzten die Frauen sich schreiend auf ihn. Wieder ein Gefangener mehr und noch immer kein Lebenszeichen von Heinrich. Die neuen Gefangenen wurden in einen eigenen Raum gebracht, wo sich bereits Wildschweine, Hasen, Fasane und Rehböcke befanden. Alle wurden sie von ihren leichtbekleideten

Aufseherinnen mit der Hand gefüttert. Gebratene Kastanien, Hähnchenkeulen, Weintrauben, allerlei exotische Früchte. Den Champagner mussten sie allerdings aus Eimern trinken, die ihnen vors Gesicht gehalten wurden. Gierig versuchten sie, mit ihren Zungen das prickelnde Getränk zu erreichen. Einige der als Tiere verkleideten Männer waren so betrunken, dass sie kopfüber in die Eimer fielen. Andere griffen sich einfach eine der Aufseherinnen und begannen, sich in irgendeiner Ecke ungeniert mit ihr zu vergnügen. Die kleine Kapelle folgte ihnen auf Schritt und Tritt und spielte Menuette. Ein als Fuchs verkleideter Mann übergab sich geräuschvoll auf den Parkettboden. Diener eilten herbei und säuberten den Raum, um sodann wieder diskret zu verschwinden. Die Jagdgesellschaft mochte aus etwas dreißig, vierzig Menschen bestehen. Einige Gruppen irrten noch ziellos durch die Zimmerfluchten, aber der König blieb verschwunden. Ein junges Mädchen, keine sechzehn Jahre alt, versuchte, vor einem Eber zu fliehen, doch als sie stolperte, fiel der Mann auf sie und nahm sie unter den anfeuernden Rufen einiger Aufseherinnen. Der korpulente, mit einer Wildschweinmaske verkleidete Mann kam dabei mächtig ins Schwitzen. Eine der Aufseherinnen peitschte sein nacktes Hinterteil, das sich rhythmisch hob und senkte. Diejenigen, die noch einigermaßen gehen konnten, kamen nun in den etwa vier Meter hohen Saal und feuerten den Eber und die Aufseherin mit der Peitsche mit lauten Rufen an. Einige imitierten das Heulen eines Wolfes oder das Grunzen eines Wildschweines. Auch das Röhren eines Hirsches war zu vernehmen. Der Saal war rundum mit Spiegeln ausgekleidet. Einige Männer und Frauen zogen sich, durch die Darbietung angeregt, zwischen die künstlich geschaffenen Büsche zurück. Immer noch spielte die Musik zu diesem grotesken Schauspiel.

Der König hatte, nachdem er längere Zeit nicht gefunden worden war, die Lust am Spiel verloren und wollte sich mit zwei Jägerinnen in seine Privatgemächer zurückziehen. Doch sosehr sich beide auch mühten, es klappte nicht mit einer Erektion, und nachdem er noch einen kräftigen Schluck Champagner aus einer Karaffe neben seinem ausladenden Himmelbett getrunken hatte, schlief er laut furzend und schnarchend ein.

Kapitel 51

Giordano ritt den Hügel hinab und gelangte über das Osttor in die Stadt. Er kannte bereits die riesigen Ausmaße Roms, aber Paris schien ihm noch um einiges gewaltiger. Ja, hier könnte seine neue Heimat sein. Er ritt durch eine Marktstraße, in der links und rechts auf Wagen Berge von grünen und blauen Trauben angeboten wurden. Die Früchte waren so reif, dass sie schier zu platzen drohten. Äpfel, so rot und groß, wie er sie noch nie gesehen hatte, wechselten sich mit Kohlköpfen ab, die es in runder und in spitzer Form gab. Auf einem Wagen gab es lebende Perl- und Rebhühner in kleinen Holzkäfigen. Fasane hingen kopfunter an einer Stange. Zwischen den Wagen hockte hie und da eine zerlumpte Alte, die geklöppelte Decken oder Spitzen feilbot. Kinder trugen Körbe voller Pilze. Ein Duftgemisch, das Giordano gierig in sich einsog, kämpfte gegen den beißenden Geruch von Pferdemist und Urin. Einige der Händler streckten ihm ihre Waren entgegen. Ein paar Bauern hatten es sich auf Weinfässern gemütlich gemacht und begannen, auf ihren mitgebrachten Instrumenten zu musizieren. Es waren neuartige Töne für den Italiener, aber sie gefielen ihm sehr gut. Ein wenig bedauerte er den jähen Verlust seines treuen Freundes Guiseppe, aber er war sich sicher, dass er hier bald neue Bekanntschaften würde schließen können. Ein Stand voller wagenradgroßer Käse zog die Mägde und Köchinnen aus den Bürger- und Adelshäusern ringsum an. Gleich nebenan gab es Wildhasen, Wildschweine und Rehe. Einige von ihnen mussten erst an diesem Morgen erlegt worden sein. Blut tropfte auf den gepflasterten Straßenboden. Unzählige Fliegen umschwirrten die toten Tiere. Ab und zu huschte eine wohlgenährte Ratte zwischen den Wagenrädern hervor, um gleich darauf wieder in einem der Abfallhaufen aus Obstresten und Gemüseschalen zu verschwinden. Neben einem Stand mit großen braunen und weißen Eiern briet ein älterer Mann mit langem, schlohweißem Haar, das er zu einem Zopf gebunden hatte, Froschschenkel und Forellen. Giordano, der die kleinen Tiere nur quicklebendig aus Tümpeln kannte, ließ sich einen Froschschenkel hochreichen. Der alte Mann grinste breit, so dass nur ein paar schwarze Zahnstumpen zu sehen waren. Seine Hände und die abgebrochenen Fingernägel waren vom Ruß des offenen Feuers geschwärzt. Giordano roch skeptisch an dem Bein, und nachdem ihn der Alte heftig gestikulierend ermuntert hatte, biss er herzhaft zu. Das Fleisch war sehr zart und erinnerte ihn etwas an die gebratenen Hühnchen, die es manchmal an Festtagen zu Hause gegeben hatte. Er wusste nicht so recht, was er von dieser neuen Speiseerfahrung halten sollte. Zwei, drei Bissen, dann war er bereits am Knochen angelangt, den er im hohen Bogen auf die Straße warf, nachdem er dem Alten eine Münze gereicht hatte. Da gefielen ihm die Pasteten in Blätterteig, die eine junge, feiste Bäuerin auf ihrem Bauchladen vor sich hertrug, schon wesentlich besser. Giordano achtete aus Anstand darauf, nicht zu sehr auf den Busen der jungen Frau zu starren, der aus dem enggeschnürten Mieder zu hüpfen drohte, als er sich von seinem Pferd herabbeugte, um sich eine gelb-bräunliche Teigtasche zu greifen. Das Markttreiben gefiel ihm sehr und erinnerte ihn trotz der vielen neuen Dinge, die es hier zu sehen gab, an seine Heimat. Doch, hier würde er es aushalten können. Endlich wollte er sein Leben so gestalten, wie er es mochte. Ein Zimmer nahe der Sorbonne war rasch gefunden. Das Wirtspaar war mittleren Alters und versprach, sich gegen ein paar Francs auch um den Gaul zu kümmern. Das Zimmer, das im zweiten Stock lag, war hell und verfügte neben dem Bett und einem Schrank auch über einen kleinen Schreibtisch. Man war hier bestens auf die Studenten und Lehrenden, die von überall herkamen, vorbereitet. Neben dem Bett befand sich ein Waschtisch, darunter ein Nachttopf. Aus dem Fenster konnte er, wenn er sich weit genug hinausbeugte, die Türme von Notre Dame sehen. Obwohl müde vom langen Ritt, wusch er sich notdürftig, um sogleich zur nahen Universität zu eilen.

Voller Ehrfurcht betrat er das imposante Gebäude, durchquerte eine große Halle und kam so in den großräumigen Innenhof. Über einige Treppen gelangte man zum Eingang der Universitätskapelle, deren Vordach von sechs Säulen gestützt wurde und deren großräumige Kuppel den Bau dominierte. Der Eingang zum Kollegium lag direkt gegenüber. Ohne zu zögern, eilte Giordano zum Rektorat, um seine Dienste als Lehrender anzubieten. Er klopfte an die große, schwere, mit reichlich Ornamenten verzierte Eichentür und betrat den Raum, in dem ein älterer Herr gebückt vor seinem Schreibpult stand. Der Mann schien offensichtlich überrascht ob des Besuches. Er trug eine dieser neuartigen Brillen, die man an der Nase festklemmen konnte und über die er nun Giordano fragend ansah. Der Raum war dank der überaus großen Fenster lichtdurchflutet. Giordano sah überall Stapel mit Skripten, Büchertürme drohten einzustürzen. Schreibgeräte aller Art waren fein säuberlich auf Kathedern geschichtet: Federkiele und Tintenfässer in unterschiedlichen Größen.

In einem Regal im hinteren Teil des Raumes befanden sich ausgestopfte Tiere und Reptilien in Gläsern. Das Modell eines Segelschiffes thronte darüber. Ein Globus von etwa einem Meter Durchmesser in einem Holzgestell nahe dem Fenster wurde von einer furchterregenden Holzskulptur bewacht. Die Skulptur trug mehrere grimmig dreinblickende Köpfe übereinander. Den letzten Kopf zierten Adlerflügel. Giordano hatte so etwas noch nicht gesehen. Die Figur war grell bemalt und hätte sicher so manches fromme Bäuerlein in die Flucht geschlagen, wenn er es zu Gesicht bekommen hätte.

„Totempfahl."

Giordano sah den älteren Mann mit großen Augen an. Erst jetzt merkte er, dass sein Gegenüber eine schwarze Samthose, Kniestrümpfe – vermutlich aus Seide –, glänzende Lederschuhe und einen ebenfalls schwarzsamtenen Gehrock trug. Er schien kein armer Gelehrter zu sein, der sich hierher verirrt hatte.

„Ein Totempfahl", wiederholte der Mann mit sonorer Stimme, die aus seinem runden, sich über den breiten, den Gehrock schließenden Ledergürtel wölbenden Bauch zu kommen schien.

„Ich verstehe nicht", stammelte Giordano verlegen.

Der Mann, der etwa fünfzig Jahre alt sein mochte, lachte dröhnend.

„Das ist ein Totempfahl, junger Mann. Ein Geschenk an unsere Majestät König Heinrich aus der Neuen Welt, das er dankenswerterweise der Universität zu Forschungszwecken vermacht hat."

„Was ist das, ein Totempfahl?"

„Wie wäre es, wenn Ihr Euch erst einmal vorstellt?"

Der Alte blickte streng über seine Brille hinweg, um so den Jüngeren auf sein ungehöriges Benehmen aufmerksam zu machen.

„Oh, pardon, selbstverständlich, verzeiht. Mein Name ist Giordano Bruno aus Nola."

„Was will denn Giordano Bruno aus Nola hier an unserer ehrwürdigen Universität?"

„Euch meine Dienste anbieten, mein Herr."

„Oha, glaubt er, er kann hier einfach hereinspazieren und um eine Anstellung bitten?"

„Nein, das glaubt er nicht", gab Giordano trotzig zurück, „er weiß nur, dass er der Universität von großem Nutzen sein kann."

Der Alte stutzte. Solche Widerworte hatte er selten gehört. Aber der kecke Bursche gefiel ihm.

„Ich kann Eure Studenten in Astronomie, Astrologie, Philosophie, Theologie und in …" Giordano zögerte etwas.

„In …?"

„In Gedächtniskunst unterrichten."

„So, so, Gedächtniskunst, und was soll das sein, Eure Gedächtniskunst?"

Zwar hatte der Alte schon einiges darüber gehört, doch er wollte Genaueres darüber in Erfahrung bringen.

„Ihr kennt doch sicher Meister Lullus …" Nun war Giordano in seinem Element. In einem nicht enden wollenden Redeschwall erklärte er, was er sich in den vergangenen Jahren an Wissen über die Kunst des Memorierens angeeignet hatte. Irgendwann winkte der alte Mann ermattet von der Fülle an Informationen ab.

„Wann könnt Ihr anfangen?"

„Anfangen?“ Giordano hatte schon intelligenter dreingesehen.

„Na, hier bei uns, als Lehrender an der Sorbonne.“

Die Augen weit aufgerissen, gelangte er langsam wieder in die Realität zurück.

„Heißt das …“ Er hielt kurz inne, wagte nicht, weiter zu fragen. Freudig erregt erhöhte sich sein Pulsschlag.

Der Alte lachte gutmütig.

„Ja, das bedeutet, ich stelle Euch als Lehrenden bei uns ein. Das heißt …“, er hob mahnend die Hand, „natürlich nur, wenn das Kollegium zustimmt.“

Es folgte angespannte Stille. Betroffen sah der Jüngere zu Boden.

„Nun schaut nicht so betreten. Das wird schon.“

Jäh hellten sich Giordanos Gesichtszüge wieder auf.

„Wann? Sagt mir, wann ich beginnen kann.“

„Kommt morgen um dieselbe Zeit, damit wir die Details besprechen können – und nun adieu. Ich habe zu tun.“

Mit einer raschen Handbewegung bedeutete er Giordano, sich zu entfernen. Dieser machte eine tiefe Verbeugung und schickte sich an zu gehen. Kurz vor der Tür machte er halt und drehte sich noch mal um.

„Noch auf ein Wort.“

Der Alte sah ihn ungeduldig an.

„Nun, da Ihr mich kennt, wie wäre es, wenn Ihr Euch vorstellen würdet?“ Giordano hatte seine Selbstsicherheit wiedergefunden.

Sein Gegenüber schluckte mehrmals und schaute verdutzt drein. Was erlaubte sich dieser Kerl? So war schon lange keiner mit ihm umgesprungen. Doch dann entspannten sich seine Züge. Untertäniges Kriechen, wie er es nur allzu oft von anderen Professoren und Studenten erlebte, konnte er auf den Tod nicht leiden. Da waren ihm die Kecken, Selbstbewussten schon viel lieber.

„Ihr habt ja recht, Monsieur. Nehmt Eurerseits meine Entschuldigung an. Meine Name ist Professor Lotair, Rektor der Universität.“ Gespannt beobachtete er, welchen Eindruck seine Worte auf Giordano machten. Doch der war mit seinen Gedanken schon längst bei seiner ersten Vorlesung. Noch einmal ließ er seinen Blick durch den Raum voller Kuriositäten wandern.

„Hocherfreut, Monsieur. Vielleicht habt Ihr nun auch noch die Güte, mir zu erklären, um was es sich bei diesem Totempfahl handelt?“

Nun war es an Professor Lotair, sein gesammeltes Wissen über indianische Sitten und Gebräuche loszuwerden. Ausführlich erzählte er, der selbst noch nicht in der Neuen Welt gewesen war, was ihm Forschungsreisende an Informationen über die Sitten und Gebräuche der Wilden übermittelt hatten. Welch seltsame Kleidung sie trugen und dass manche gar fast nackt herumliefen, dass sie als Nomaden lebten und in Zelten wohnten. Er berichtete über ihren heidnischen Glauben und dass sie mit allerlei schaurig anmutenden Tänzen und Gesängen versuchten, die Götter gnädig zu stimmen, und, so schloss er seine Ausführung, dass es wohl eine ganze Weile dauern würde, bis die zivilisierte Welt die Wilden zum wahren Glauben und christlichen Lebenswandel bekehrt haben würde. Tief beeindruckt und ganz in Gedanken verließ Giordano den Saal, raschen Schrittes eilte er Richtung Haupttor. An der Treppe angekommen, stieß er mit einem

Herrn, der etwa fünfzehn bis zwanzig Jahre älter sein mochte als er und der ein dickes Bündel Bücher schleppte, das sogleich mit lautem Poltern zu Boden fiel, zusammen.

„Verzeiht, Monsieur, verzeiht." Eifrig bemühte er sich, die Bücher und teilweise losen Blätter wieder aufzusammeln.

„Schon gut, lasst nur." Der Ältere schien keineswegs verstimmt, wie man hätte erwarten können. Giordano hielt ihn für einen der Professoren, obwohl er dafür zu festlich gekleidet schien. Die hohe Stirn war fast kahl, nur links und rechts über den Ohren war noch etwas penibel gestutztes Haupthaar zu sehen. Ein Bärtchen zierte Kinn und Oberlippe. Die Augen strahlten Neugier aus. Ein permanentes Lächeln umspielte die Mundwinkel. Den Hals verbarg eine weiße Krause. Ein purpurner Gehrock, graue Kniebundhosen, weiße Strümpfe und hellbraune Lederschuhe ließen eher auf einen Edelmann denn auf einen Gelehrten schließen.

„Gestatten, Michel de Montaigne. Seid Ihr Lehrbeauftragter an der Universität?" Der Ältere war ihm mit der Frage zuvorgekommen.

Giordano sah kurz verlegen zu Boden. „Ja, schon bald", wollte er sagen, doch irgendwie schien ihm das noch etwas verfrüht. Er erheischte einen kurzen Blick auf eines der Bücher. „Les Essais" war da zu lesen. Monsieur de Montaigne erfreute die Neugierde des Fremden.

„Hocherfreut, Monsieur. Mein Name ist Giordano Bruno aus Nola."

„Ah, si, si, ein Italiener. Ich komme gerade aus Eurer Heimat, Signore. Ein schönes Land, fürwahr. Wie war doch gleich der Name?"

„Giordano Bruno aus Nola", wiederholte dieser.

Monsieur Montaigne, mittlerweile wieder mir seinen Büchern beladen, trat mit geöffnetem Mund einen Schritt zurück.

„Ihr seid Giordano Bruno, der Mönch aus Neapel." Ungläubigkeit spiegelte sich in seinem Gesicht. Als sein Gegenüber nickte, fuhr er fort: „Ich habe mir Euch ganz anders vorgestellt. Ihr müsst wissen, dass ich auf meinen Reisen so manches Kloster und so manchen Fürstenhof besucht habe, und allenthalben kam das Gespräch auf Euch und die ketzerischen Lehren, die Ihr im Lande verbreitet habt", fügte er rasch hinzu. Giordano wollte etwas erwidern, doch Montaigne erzählte weiter: „Keine Angst, wir hier sind etwas liberaler als Eure Landsleute. Wir schlagen uns zwar gegenseitig die Schädel ein, weil unsere obersten Adeligen …", er hielt kurz inne und schaute nach links und nach rechts, lächelte aber sogleich wieder, „… meinen, jeweils ihre Glaubensrichtung dem Volk aufzwingen zu müssen. Aber wir werfen nicht gleich jeden auf den Scheiterhaufen, und schon gar nicht hier an der Sorbonne."

Von diesem de Montaigne ging etwas Beruhigendes aus. Giordano vertraute ihm, hörte ihm weiter zu.

„Ich habe auch vernommen, dass man angestrengt nach Euch sucht, um Euch nach Rom an die Inquisition auszuliefern. Also wenn Ihr mich fragt, so macht Ihr um Eure Heimat in Zukunft besser einen großen Bogen, denn da erwartet Euch gewiss nichts Gutes."

„Seid versichert, Monsieur de Montaigne, dass ich vorhabe, nie mehr nach Italien zurückzukehren. Ich weiß, dass das Holz für meinen Scheiterhaufen bereits gestapelt liegt, doch ich werde den Pfaffen den Gefallen nicht tun, mich brennen zu sehen." Giordanos Stimme klang bestimmt. Natürlich war ihm klar, dass ein Weg zurück für ihn nicht möglich war, aber es schmerzte ihn doch, dies so ausdrücklich von jemandem zu hören, der offensichtlich erst vor kurzem mit seinen Widersachern zu tun gehabt hatte.

„Gut, gut, Signore Bruno." Das Italienisch de Montaignes war ganz ordentlich, ebenso wie das Französisch Giordanos, und so versuchte sich der eine in der Muttersprache des anderen.

„Aber seid auch hier auf der Hut. Der König unterstützt die Katholiken. Seiner Mutter zuliebe, wie es heißt. Doch die Hugenotten unter Führung Heinrichs von Navarra werden immer stärker, und es kann täglich zu neuen, schweren Auseinandersetzungen im Land kommen. Aber wenn Ihr Euch nicht politisch, sondern wissenschaftlich betätigen wollt, seid Ihr hier am besten Ort der Welt. Der Rektor, Monsieur Lotair, genießt hohes Ansehen, sowohl bei den Katholiken als auch bei den Protestanten, so dass die Universität für viele ein Hort freien Denkens und Forschens geworden ist."

Giordanos Herz hüpfte vor Freude. Am liebsten hätte er den eben noch völlig Fremden umarmt und geküsst. Endlich, endlich ein Ort nach seinem Geschmack. Hier nun sollte sich sein Schicksal erfüllen. Hier wollte er bleiben und unter Gleichgesinnten, wie dieser Monsieur de Montaigne offenbar einer war, leben und arbeiten.

„Aber nun sagt mir, mon ami, wenn Ihr keinen Lehrauftrag habt, was führt Euch dann hierher?"

Rasch erzählte Giordano von seiner Begegnung mit Professor Lotair und dass er schon bald seine erste Vorlesung halten würde, um sich sodann alsbald für eine Professur zur bewerben. Das gefiel de Montaigne sehr, und er beglückwünschte Giordano zu seinem Entschluss.

„Was ist mit Euch, Monsieur? Was treibt Euch an diesen Ort?“

„Nun, der König selbst hat mich von meinen Reisen zurückbeordert, da ich in meiner Abwesenheit zum Bürgermeister von Bordeaux gewählt worden bin. Nicht, dass ich – unter uns gesagt – dieses Amt angestrebt hätte. Aber andererseits gibt es Schlimmeres auf dieser Welt. Lasst Euch gesagt sein, die Frauen und der Wein bei uns, à la bonne heure.“ Montaigne führte die spitzen Finger zum Mund und schien sie laut schnalzend zu küssen. Giordano gefiel Monsieur de Montaigne immer besser.

„Aber nun muss ich hier meine Sachen ordnen und warten, bis der König mich zu sehen wünscht. Erst dann werde ich nach Bordeaux reisen und mein Amt antreten. Hier.“ Mit diesen Worten überreichte er Giordano den Band mit den Essais. „Ich werde sicher noch einige Zeit in Paris sein, und Ihr könnt mir das Buch ja bei Gelegenheit zurückgeben.“

Giordano war hocherfreut, sowohl über das Gespräch als auch über die Leihgabe.

„Seid Ihr denn ein Philosoph, Monsieur de Montaigne?“

„Um Gottes willen, nein, das bin ich ganz und gar nicht“, winkte der Ältere ab. „Ich beobachte die Menschen und ziehe meine Schlüsse aus ihrem Verhalten. Aber Ihr, verehrter Giordano Bruno – nach allem, was ich von Euch gehört habe, seid Ihr ein Philosoph. Au revoir, ich sehe Euch hier an der Universität.“

Mit diesen Worten schickte sich Monsieur de Montaigne an, weiterzugehen. Nach einigen Metern drehte er sich um. „Vielleicht treffen wir uns ja bald einmal auf ein Glas Wein, und Ihr erklärt mir Eure Philosophie?“

Kapitel 52

Nie mehr zurück nach Italien. Die Begegnung mit Monsieur de Montaigne hatte Giordano sehr erfreut, aber auch sehr nachdenklich gestimmt. Insgeheim hatte er sich gewünscht, dass sich die Aufregung über ihn in der Heimat irgendwann einmal legen würde. Zumal er nun schon seit über drei Jahren von Italien fort war. Gewiss, dass er nach Genf nicht mehr zurückkehren konnte, war ihm klar. Auch nach Toulouse zog es ihn nicht mehr. Aber Neapel, Nola? Das alles sollte ihm für immer verwehrt bleiben? Nie mehr Vater und Mutter sehen? Nie mehr den Vesuv, den Golf? Was hatte Montaigne gesagt? Höchste Lebensgefahr drohe ihm, wenn er zurückkehre, die Inquisition lauere auf ihn? Giordano sah zum Fenster hinaus. Das Dunkel der Nacht hatte sich auf die Stadt gesenkt. Der Gedanke, seine Eltern nie mehr zu sehen, schmerzte ihn. Durch das geschlossene Fenster drang Straßenlärm. Er öffnete es und beugte sich hinaus, konnte aber über den Dachansatz die Gasse unter ihm nicht sehen. Die Luft war kühl, aber würzig. Begierig sog er sie ein, vergaß seine Traurigkeit über dem pulsierenden Leben draußen, das er zwar nicht sehen, aber spüren konnte. Die Krallen der Pest hatten sich gelockert und nur noch vereinzelt in den Vororten Opfer gefunden. Die Menschen schienen begierig nach Leben zu sein. Lachen und Fröhlichkeit wehte durch die Gassen, und auch der Geruch nach gebratenem Fleisch, nach Brot und Wein. Giordano hatte Hunger. Er lehnte das Fenster an und machte sich auf den Weg zu seinen Wirtsleuten, um nach etwas Essbarem zu fragen. Er hatte Glück. Die Familie saß um einen klobigen, länglichen Tisch versammelt. Giordano zählte fünf Kinder, das älteste mochte neun oder zehn Jahre alt sein. Eine Greisin, die sich rührend um das jüngste, wohl eben erst geborene kümmerte und es mit einer Art Brei fütterte, saß zahnlos dabei. In der Mitte des Tisches befand sich eine große Schüssel, deren Inhalt herrlich duftete. Die Hausfrau winkte Giordano näher, als sie ihn am Treppenabsatz verharren sah. Rasch war ein Teller für ihn mit einer köstlichen Hühnerbrühe gefüllt. Dazu gab es frisches Wasser und einen Wein, dessen Geschmack Giordano zuerst an den Schweiß seines Pferdes erinnerte. Doch nach und nach entfaltete der Wein sein volles Aroma. Die Familie und der Gast langten eifrig zu, und bald schwatzten alle fröhlich durcheinander. Die Sehnsucht nach der eigenen Familie und der Heimat war vergessen, die Freude auf das künftige Leben in der neuen Stadt machte sich breit. Dem Hausherrn, Hugo Valentin, schien der Gast ebenfalls zu gefallen, und er schenkte ihm eifrig nach. Die Kinder hatten ihre anfängliche Scheu überwunden und benutzten Giordano, nachdem die Suppenschüssel und Teller von den älteren artig abgetragen worden waren, als Klettergerüst. Der ließ das willig geschehen und freute sich mit den Kleinen, die laut gluckten, wenn er eines von ihnen packte und in die Luft hob. Madame Valentin hatte mittlerweile Käse, Brot, Nüsse und Weintrauben aufgetragen und verscheuchte nun die Kinder, damit der Gast sein Mahl in Ruhe fortsetzen konnte. Ein Glücksgefühl wie schon lange nicht mehr durchströmte Giordano. Als der Käse gegessen war, gab es noch Selbstgebackenes, und Monsieur Valentin holte eine Bastflasche, in der sich eine stark nach Alkohol riechende bräunliche Flüssigkeit befand. Er ließ Giordano erst an der großen, bauchigen Flasche riechen, bevor er dem Gast ein Glas voll eingoss.

„Cognac", pfiff es durch die Zahnlücken. Giordano dachte an seinen Termin am nächsten Morgen an der Sorbonne. Aber er wollte nicht unhöflich sein, und so ließ er sich ein kleines Glas dieses fruchtig duftenden Gebräus einschenken. Vorsichtig nippte er erst daran und trank darauf das Glas in einem Zug aus. Er verzog das Gesicht und schüttelte dann kurz den Kopf.

„Non, non, Monsieur, so trinkt man das nicht." Monsieur Valentin lachte über seinen tölpelhaften Gast.

„Es ist Zeit, ich muss zu Bett." Giordanos Zunge war schwer. Er musste sich konzentrieren, die Worte richtig auszusprechen. Als er sich erhob, musste er sich kurz an der Tischkante festhalten, da ihm schwindlig war. Er bedankte sich für das reichhaltige Mahl und verabschiedete sich. Als er die Treppe zu seinem Zimmer hinaufsteigen wollte, musste er sich an der Wand abstützen. Erst in seinen vier Wänden ging es ihm wieder einigermaßen gut. Er setzte sich auf sein Bett, zog die Schuhe aus und wollte sich schon zur Ruhe begeben, da fiel sein Blick auf das Buch, das Monsieur de Montaigne ihm liebenswerterweise ausgeliehen hatte.

„Die Göttin, ihre Arme weiß wie Schnee, umschlingt gelind Vulkan, den Zögernden", las er da. Giordano schmunzelte. Wer wohl der glückliche Vulkan war? Was wäre, wenn er sich jetzt selbst an seiner Stelle befände, mit einer Göttin oder ihrem Gegenteil? *„Und schon durchdringt die altvertraute Flamme, altvertraute Glut des bebend Hingestreckten Mark und Bein und Blut."* Monsieur de Montaigne, diese Zeilen stammen doch wohl nicht von Euch? Ah, hier steht es, Vergil hat sie erdacht. *„Die Wolken spaltet so des Blitzes jäher Strahl, mit Donner Feuergaben sprühend sonder Zahl."* Giordano

machte eine Pause, da er die Kerze wechseln musste. Die Art des antiken Dichters gefiel ihm. Er hatte zwar schon manches dieser Art gelesen, doch diese Zeilen waren ihm neu. „*Vom Liebesdienst die Glieder schlaff, nun regungslos und wohlig hingegossen in der Gattin Schoß.*" Doch warum zitierte Monsieur de Montaigne diese Zeilen in seinem Buch? Worauf wollte er hinaus? Giordano las weiter, und sogleich wurde ihm klar, was sein neuer Bekannter damit ausdrücken wollte. Erstaunt las er, dass Montaigne der Meinung war, dass in der Ehe diese wilden Begierden, wie sie zwischen Vulkan und seiner Gattin Venus beschrieben wurden, nicht mehr stattfänden, da das Eheleben der Leidenschaft eher abträglich sei. Liebe und Leidenschaft könnten sich nur da entfalten, postulierte er, wo die Liebenden einander völlig zweckfrei träfen.

Giordano hatte sich bisher mit diesem Thema noch nicht auseinandergesetzt, fand nun aber Vergnügen daran und las weiter. Eine gute Ehe solle also lieber reine Freundschaft, eine sanfte Lebensgemeinschaft voller Beständigkeit und Vertrauen mit einer unendlichen Zahl nützlicher und handfester wechselseitiger Dienste und Pflichten sein. Seltsam. Irgendwie konnte er diese Worte mit dem Wesen seiner neuen Bekanntschaft gar nicht in Einklang bringen. Die Ehe also ein Dienstvertrag, der auf Wechselseitigkeit beruhte? Doch dann, als er weiterlas, musste Giordano laut auflachen. „Ausschweifende Naturen wie die meine, der jede Art von Bindung und Zwang zuwider ist, sind jedoch für die Ehe wenig geeignet", stand da geschrieben. Die Augen wurden ihm nach und nach schwerer. Das Lesen machte ihm Mühe. Das Kerzenlicht flackerte im Wind, der durch das immer noch geöffnete Fenster drang. Giordano atmete noch einmal tief ein, bevor er es schloss, wusch sich das Gesicht und zog seine Kleider aus. Unter seinem Zimmer hörte er, wie sich die Familie der Hausleute zum Schlafen begab. Obwohl müde von der Reise und dem langen Tag, konnte er nicht sofort einschlafen. Der Wind schob immer wieder Wolkenfetzen vor den hellen Halbmond. Sterne leuchteten, und manchmal war es ihm, als flackerten sie. So wie die Kerze noch vor einer Weile. Seine Gedanken trugen ihn durch die Nacht. Zurück nach Neapel. Zurück in eine ferne Zeit. Ins Kloster. Die Erinnerungen verschwammen. Die Augen wurden schwer. Fielen zu. Jäh weckte ihn Lachen aus einem Nebenraum. Das Lachen wurde lauter, immer schriller. Giordano kramte träumend in den Untiefen seiner Erinnerungen. Wie war das gewesen, kurz nachdem er ins Kloster eingetreten war? Ein Knabe noch von kaum fünfzehn Jahren. Er hatte durch eine Mauerritze gelauscht. Dann hatte er mit der Hand das linke Auge zuhaltend durch den Mauerriss gespäht und war entsetzt zurückgefahren. Vier Nonnen, drei Mönche und der Ordensgeneral hatten sich in dem Raum befunden. Der General hatte nur ein Wams und ein Samtbarett mit einer langen Pfauenfeder getragen. Er hatte ein Schwert umgebunden und torkelte. Die Mönche und die Nonnen hatten derweil ihre Ordensgewänder getauscht. Sie hatten Wein direkt aus Tonkrügen getrunken. Den Nonnen war der rote Saft links und rechts aus den Mundwinkeln gelaufen, wenn sie den Krug ansetzten. Der Ordensgeneral hatte eine der jungen Nonne gepackt und auf eine Bettstatt geworfen. Die anderen hatten gelacht und ihn angefeuert. Betrunken, wie sie war, hatte sie alles mit sich geschehen lassen. War es so gewesen, oder spielte ihm die Erinnerung im Traum einen

Streich? Nein, er war ganz sicher, so war es gewesen. Nie würde er vergessen, was er damals zu sehen bekommen und nie zuvor gesehen hatte. Der General hatte die Mönchskutte über den Kopf der Nonne geschlagen. Als lese er andächtig in einem Messbuch, hatte er die Hinterbacken der Nonne auseinandergezogen. Giordano keuchte. Er schwitzte. Das Vergangene wurde zur Gegenwart. Die Erinnerung, war sie real oder ein Traum? Dem Sinnlichen entsagend, nur das Schöne und Gute anzustreben. Das war sein Ziel. Für immer. Der Traum verflüchtigte sich. Tiefer Schlaf obsiegte.

Der Hausherr öffnete vorsichtig die Tür zu Giordanos Zimmer. Er meinte, Geräusche gehört zu haben. Doch alles, was er nun vernahm, war Giordanos lautes, gleichmäßiges Schnarchen.

Kapitel 53

Guiseppes Hinterteil war wundgescheuert. Die vergangenen zwölf Stunden hatte er sich kaum eine Rast gegönnt. Zu groß war seine Sorge um das Schicksal des geliebten Wesens. Nie würde er es sich verzeihen, wenn er zu spät kam. Wenn der grausame Richter seine Art von Gerechtigkeit an ihr übte, bevor er eingreifen konnte. Er hatte weder Augen für die gepflegte Landschaft noch für die terrassenförmig ansteigenden Weingärten und Obstplantagen oder die schmucken Dörfchen, in denen er ab und zu haltmachte, um dem Gaul etwas Wasser und sich etwas von dem Proviant, den ihm die Bauersleute mit auf den Weg gegeben hatten, zu gönnen. Er sah auch nicht die arbeitsamen Menschen, die sich nach einem langen, strengen Winter daranmachten, ihre Felder aufzubereiten. Er sah nicht die Erleichterung in manchen Gesichtern, dass die Pest nun vorüber schien und sie mit heiler Haut davongekommen waren und die eisigen Winterstürme auch das gegenseitige Abschlachten im Namen des Herrn gedämpft hatten. In Guiseppes Brust schlugen rasend zwei Herzen. Er hatte kein gutes Gefühl dabei gehabt, Giordano alleine zurückzulassen. Er wusste um die Hitzigkeit des Freundes, um seine ungestüme, manchmal unbeherrschte Art und dass er sich in philosophischen Disputen kaum im Zaum halten konnte und wenn es sein musste, um Kopf und Kragen redete. Aber er spürte, ja wusste, dass Anna in höchster Gefahr war. Anna ... bei dem Gedanken an sie wurde ihm warm. Er lächelte und trieb sein Pferd zu Höchstleistungen an. Er mochte nur noch gut drei Tagesritte von Genf entfernt sein. Braver Gaul. Treuer Weggefährte. Über Stock und Stein trug ihn das Tier seinem Ziel näher. Was war mit Neapel? Dem Kloster? Keinen Gedanken hatte er daran mehr verschwendet. Im Geiste war er schon lange kein Mönch mehr, und im wirklichen Leben erst recht nicht. Ab und zu betete er noch, aber es war ein anderer Gott geworden, an den er seine Worte richtete. Es war ein Gott, den ihm sein Freund Giordano gezeigt hatte, und es war ein anderer Glaube, zu dem er sich nun hingezogen fühlte. Ein Gott, der sich überall offenbarte. In dem Tier, auf dem er ritt, in den Wäldern und Tälern, die er durchquerte, in den hohen schneebedeckten Bergen, den Rehen und Hirschen, den Regentropfen und im Wind und ganz besonders in den Menschen, die ihm begegneten. Das alles zusammen, das war Gott. Nicht der egoistische, nur für den Einzelnen verfügbare Gott, wie man ihn im Kloster lehrte. Ein Wesen, irgendwo da oben versteckt zwischen den Sternen, das nur dann gütig und hilfreich war, wenn man es genügend anbetete. Nein, das war es nicht. Ein eifersüchtiger, alter Mann. So hatte er ihn sich in seiner Klosterzelle manchmal vorgestellt. Ein grausamer Geist, der zuließ, dass seine Geschöpfe gefoltert und auf den Scheiterhaufen geworfen wurden. Der es zuließ, dass in seinem Namen Kriege geführt wurden, die Not und Elend über die Menschen brachten. Nein, das sollte sein Gott nicht mehr sein.

Es war dunkel geworden. Guiseppe wusste, dass er nur noch wenig Geld besaß, und beschloss daher, im Freien zu übernachten. In einem kleinen Waldstück am Fuße eines Berges fand er eine Felsnische, die, den Knochen nach zu schließen, die verstreut herumlagen, vor ihm wohl schon ein Tier bewohnt hatte. Er band das Pferd an einen nahen Baum und gab ihm aus seiner Wasserflasche zu trinken. Äste und

Laub waren so feucht, dass es ihm nur mit Mühe gelang, ein Feuer zu entzünden, an dem er sich die Nacht über erwärmen konnte. Die Decke, in die er sich hüllte, war noch warm vom Körper des Pferdes, und wenig später schlief er an einen Felsen gelehnt ein. Zwei-, dreimal vernahm er Geräusche, die ihn aus dem Schlaf aufschrecken ließen. Vermutlich waren es die eigentlichen Bewohner der Felsnische, die sich nun wegen des Feuers nicht mehr in ihr Versteck zurücktrauten.

Mit der ersten Dämmerung verließ Guiseppe sein ungastliches Lager. Stocksteif sattelte er das Pferd und ritt weiter Richtung Südosten.

Kapitel 54

Giordanos Schädel brummte noch, als ihn der Lärm der vor seiner Zimmertür spielenden Kinder weckte. Er hatte es gerade noch geschafft, Gehrock und Hosen auszuziehen. Nur mit Socken bekleidet, sah er etwas albern aus. Es klopfte. Zweimal, dreimal.

„Signore Bruno!"

Die Stimme kam ihm bekannt vor. Er spürte ein Pochen hinter der rechten Schläfe. Erneut klopfte es.

„Signore Bruno, macht auf!"

Das war doch … Umständlich richtete er sich auf.

„Wartet. Ich komme!"

Rasch schlüpfte er in den am Vorabend achtlos abgestreiften Gehrock und öffnete die Tür.

„Monsieur de Montaigne?"

Giordano war verblüfft.

„Wie ich Euch gefunden habe? Ganz einfach!"

Michel de Montaigne führte den noch etwas Benommenen zu seinem Fenster und wies auf die gegenüberliegende Straßenseite.

„Da, das dritte Fenster von links. Dort wohne ich."

Was für ein Zufall. Giordano freute sich über den unerwarteten Besuch. Etwas verlegen schlug er das Buch Montaignes zu.

„Hat Euch Monsieur Valentin von seinem vorzüglichen Cognac zu trinken gegeben?"

„Allerdings." Giordano war dankbar, dass er sich nicht zu erklären brauchte.

„Ich werde Madame Valentin bitten, Euch einen starken Kaffee zu brauen, und dann rasch zur Universität. Ihr werdet schon erwartet."

Giordano wusch sich und zog sich an. Der Kaffeeduft schlich die Treppe hinauf bis in sein Zimmer. Er verbrannte sich Zunge und Gaumen, da er zu hastig trank. De Montaigne war zur Gänze in Schwarz gekleidet. Dazu trug er eine weiße Halskrause, wie es sich für den künftigen Bürgermeister von Bordeaux geziemte. Giordanos Oberbekleidung war schlicht und in Brauntönen gehalten. Dazu trug er ein weißes Leinenhemd und weiße Socken. Um den Hals hatte er ein beiges Tuch geschlungen.

„Habt Ihr denn keine Unterlagen?"

Giordano tippte mit dem Zeigefinger an seine Stirn.

„Alles hier drinnen."

Die Stadt schien überzulaufen vor Menschen. Zum Glück befand sich die Universität nicht weit von der Straße, in der sie wohnten. Dennoch hatte Giordano Mühe, den raschen Schritten seines neuen Freundes zu folgen. Im Vorübergehen konnte er die offenen, freundlichen Gesichter der Pariser sehen. Die Frauen hielten seinem Blick stand und senkten nicht andauernd das Haupt, wie er es in Genf beobachtet hatte. Einige von ihnen waren ausnehmend hübsch, und er musste an das am Vorabend Gelesene und danach Geträumte denken. Am Abend wollte er mit de Montaigne darüber diskutieren. Auch über dessen Ansichten über die wilden Völker wollte er reden. Doch vorerst galt seine ganze Konzentration der nun bevorstehenden Vorlesung. Einige Studierende standen im Wandelgang der Universität und musterten den Neuankömmling neugierig. Manche grüßten de Montaigne, als wäre er ein alter Bekannter. Als sie vor dem Auditorium Maximum standen, war die große Holztür verschlossen. Kein Laut war zu hören. Giordano war enttäuscht. Ein paar interessierte Studenten und Professoren hatte er schon erwartet. Er sah nicht, wie sich de Montaigne hinter ihm lächelnd die Hände rieb. Missmutig drückte er die schmiedeeiserne Klinke und wäre um ein Haar über einen auf dem Fußboden sitzenden Studenten gestolpert. Der Hörsaal war übervoll. Die Studenten saßen auf den Gängen bis unter das Rednerpult. Die, die einen Sitz in den Bankreihen ergattert hatten, klopften mit den Knöcheln ihrer Finger auf die Schreibpulte. Einige johlten. Manche steckten ihre Finger in den Mund und pfiffen.

„Ihr seht, Euch eilt ein gewisser Ruf voraus."

De Montaigne lächelte zufrieden, als er das verdutzte Gesicht des Gelehrten sah. Er verriet ihm allerdings nicht, dass er ein wenig nachgeholfen und unter den Studenten hatte verbreiten lassen, dass der große Gedächtniskünstler Giordano Bruno aus Nola an diesem Morgen einen Einblick in seine übernatürlich anmutenden Fähigkeiten geben würde. Vielleicht war ja auch Magie im Spiel? Ein Zauberwort, das die Studenten erst recht früh aus den Federn und in den Hörsaal trieb. Magie war derzeit in aller Munde, und so mancher hatte sich auf die Suche nach dem Stein der Weisen gemacht. Die Vorlesungen in Alchemie waren überrannt, aber auch Astrologie und Astronomie erfreuten sich nicht nur an der Universität, sondern auch am Königshof größter Beliebtheit. Giordano fasste sich rasch wieder, erklomm das Podium und breitete die Hände vor sich aus, um seine Hörer zu beruhigen.

„Silentium!“

Kaum begann er zu reden, verstummte der Saal wie auf ein Kommando. Zur Einführung gab er seine jüngsten Erkenntnisse zum Thema Astrologie zum Besten, mischte sie mit kopernikanischem Wissen und eigenen Überlegungen und zog eine Schleife um Aristoteles, um ihn sogleich der grenzenlosen Torheit und Ignoranz zu zeihen, was erstaunte Ausrufe zur Folge hatte. Nach etwa einem einstündigen, immer wieder von spontanem Applaus unterbrochenen Vortrag hieß er dreißig Studenten aufstehen und ihm rasch irgendeine Zahl zurufen und sich diese zu merken. Als der letzte seine Zahl genannt hatte, drehte er sich theatralisch um und senkte den Kopf. Dann wirbelte er mit ausgestreckter rechter Hand und Zeigefinger herum, deutete auf einen jungen Mann in der fünften Bankreihe und rief: „Hundertfünfundsiebzig.“

Der junge Mann lachte erstaunt auf.

„Stimmt, Monsieur le Professeur.“

Eitel und zufrieden nahm Giordano die Ehrerbietung auf. Einem nach dem anderen rief er nun die von diesem genannte Zahl zu. Ab und zu machte er eine Pause, tat so, als käme er nicht auf die Zahl, und erhöhte somit die Spannung im Saal. Als er die letzte Zahl genannt hatte, tobte die Menge. Aus den Augenwinkeln sah er, wie auch de Montaigne in die Beifallsbekundungen mit einstimmte. Einige Jesuitenmönche in den hinteren Reihen beobachteten argwöhnisch das Schauspiel. Einer murmelte etwas von Hexenwerk und Zauberei. Giordano genoss seinen Erfolg. Auch der Rektor hatte der Vorlesung beigewohnt und erklomm nun ebenfalls applaudierend das Podium. Er beglückwünschte den Vortragenden und bat ihn, am nächsten Tag um dieselbe Zeit zu ihm zu kommen, da er ihn dem Kollegium vorstellen und mit ihm über eine mögliche Professur sprechen wollte. Da war sie wieder, die Gelegenheit, der er hinterherjagte. Doch seltsam, anders als zuvor versetzte ihn der Gedanke daran nicht mehr in Aufregung. Im Gegenteil. Mit einer gewissen Gelassenheit willigte er ein. Die Menge hatte sich inzwischen beruhigt. Giordano bat noch einmal um Ruhe.

„Nun verrate ich euch meinen Trick."

Ein Raunen ging durch die Bankreihen. Dann trat erwartungsvolle Ruhe ein.

„Nun, ganz einfach. Es waren nicht die Zahlen, die ich mir merken musste, sondern eure Gesichter."

Ein Tuscheln und Zischeln hob an. Gesichter? Nicht Zahlen? Ungläubige Blicke trafen ihn.

„Ja. Ihr habt richtig gehört. Gesichter. Denn die sind leichter zu merken, habe ich sie doch dauernd vor mir."

„Wie ist das aber nun mit den Zahlen?", rief ein vorlauter Student.

„Ganz einfach. Auf jedes eurer Gesichter habe ich in Gedanken eine Mütze mit der Zahl daraufgesetzt. So wurden Gesicht und Zahl eines."

Die Studenten sahen einander erst irritiert an, dann begann hier einer zu lachen, dort einer auf sein Pult zu trommeln, bis ein tobendes Lachen und Trommeln anhob und den ganzen Hörsaal erschütterte. Giordano winkte noch einmal in den Saal hinein und verließ ihn gleich darauf, gefolgt von Rektor Lotair und Monsieur de Montaigne.

„Chapeau, Signore Bruno!"

De Montaigne war begeistert und meinte, zu Monsieur Lotair gewandt: „Ich denke, Ihr habt hier einen großen Gelehrten für Eure Universität. Geht behutsam mit ihm um, nicht dass er es sich noch anders überlegt und eine andere Universität mit seinem Wissen erfreut."

Das Getöse verfolgte sie noch eine ganze Weile. Studenten und Professoren waren aus den umliegenden Hörsälen getreten, um zu sehen, was es mit dem Lärm auf sich hatte. Auch die Jesuiten, die seit einiger Zeit versuchten, Einfluss auf die Sorbonne zu gewinnen, beobachteten den Triumphzug des Neuankömmlings, ahnend, dass dieser ihren Bestrebungen im Wege stehen würde, zumal sie auch beim Großteil der Professorenschaft und bei vielen Studenten auf Widerstand stießen.

Giordano hörte die freundlichen Worte de Montaignes nicht. Im Geiste bereitete er bereits die nächste Vorlesung vor. Im Grunde war ihm der Professorentitel mittlerweile egal. Die Begeisterung seiner Hörer trieb ihn an und die Freiheit, lehren zu dürfen, was er für richtig hielt – und noch etwas ging ihm durch den Kopf. De Montaignes freizügige Art des Schreibens hatte ihn seltsam berührt. Ja, er hatte eigentlich schon einen Entschluss gefasst. Als Nächstes würde er anstatt einer philosophischen Abhandlung seine schon lange geplante Komödie über einen Kerzenzieher fertigstellen.

Kapitel 55

11. September 1599

Giordano war nach der letzten Folter nur langsam genesen. Zwar hatten die von der Inquisition beauftragten Ärzte ihre gesamte Kunst aufgebracht, doch die Wunden waren zu tief gewesen, und so hatte er über Wochen und Monate vor sich hin gedämmert. Er war kaum fähig, Nahrung aufzunehmen, und die ersten Woche nach der Tortur erbrach er sie sofort wieder, oder sie rann dünnflüssig und übel riechend wieder aus ihm heraus. Durch ein mit Gitterstäben versehenes Guckloch in der Kerkertür beobachtete Kardinal Bellarmin ihn eine Weile. Er sah, dass der Ketzer bei Bewusstsein war, obwohl er apathisch in eine Ecke starrte. Was mochte in diesem Gehirn nur vor sich gehen? Warum nur nahm er das Angebot der Kirche nicht an, widerrief und bereute dann seine Sünden im Kreise seiner Mitbrüder in einem Kloster? Warum nur? Bellarmin konnte ihn nicht verstehen. Er musste doch wissen, dass seine Beharrlichkeit den sicheren Tod bedeuten würde.

Nach dem neuen Kalender war es bald Neujahr. Es war feucht und kalt im Kerker. Bellarmin befahl den Wachen, Giordano eine Decke zu bringen. Tod in der Haft oder unter Folter war das Schlimmste, was ihnen passieren konnte. Dann war das Opfer umsonst gestorben, konnte nicht als mahnendes, abschreckendes Beispiel für die anderen dienen, die sich mit ketzerischen Gedanken trugen. Als Giordano wieder zu Bewusstsein gekommen war, hatte man sogar seiner Bitte Folge geleistet, ihm einen Tisch, einen Stuhl, Papier und Tinte in die Zelle zu bringen. Auch Kerzen gab es nun. In ihrem schwachen Licht konnte der Kardinal die bleiche Haut, die sich um Kiefer- und Wangenknochen spannte, erkennen. Der einstmals große, stattliche Mann war bis auf das Skelett abgemagert. Haar und Bart waren unregelmäßig geschnitten, und der Reihe nach begannen ihm bereits Zähne auszufallen. Eine Schleimkruste zog sich vom rechten Nasenloch bis zur Oberlippe. Der Blick war glasig, und er atmete stoßweise. Keine der Zeilen, die er in den wenigen Stunden, die er einigermaßen bei Kräften war, zu Papier gebracht hatte, enthielt ein Wort des Bedauerns oder gar des Widerrufs. Bellarmin sah noch einmal in das leere, ausdruckslose Gesicht des Sünders und erkannte, dass es wohl kaum noch Hoffnung für ihn gab.

***

Beccaria schien bereits auf Bellarmins Besuch gewartet zu haben. Auch er hatte Schreibzeug erhalten und hatte mittlerweile eine große Anzahl an Widerrufen verfasst. Er grüßte wie jedes Mal untertänig Richtung Tür und tat dann so, als würde er eifrig seine Sünden zu Papier bringen. Der Kardinal wusste nur zu gut, dass Beccaria alles tun würde, um nicht noch einmal gefoltert zu werden und der drohenden Hinrichtung zu entgehen. Er betete fleißig, zeigte sich kooperativ, wo er nur konnte. In einem seiner Schreiben hatte er della Mirandola der Mitwisserschaft an der geplanten Ermordung des Kardinals beschuldigt. Diesen Vorwurf aber, nachdem man ihm gedroht hatte, die Wahrheit mittels Folter herausfinden zu wollen, rasch wieder fallengelassen. Immer mehr ritt er sich durch seine kläglichen Verteidigungsversuche in sein Unglück. Längst war klar, dass eine Begnadigung für ihn kaum mehr in Frage kam. Der Kardinal hatte längst mit dem Papst vereinbart, dass die Scheiterhaufen im Rom zur Verteidigung des wahren Glaubens und der heiligen katholischen Kirche bald wieder brennen würden.

Kapitel 56

Elisabeth hielt sich den Bauch vor Lachen, als ihr Shakespeare einige Szenen aus einer seiner neuen Komödien vorspielte. Sie schätzte den Dichter sehr, auch wenn er manchmal etwas ins Derbe abglitt, und wusste, dass ihre Untertanen ihn verehrten. Erst kürzlich war sie mit einer ihrer Zofen heimlich und verkleidet in ein Theater nahe dem Königshof geschlichen, um zu erleben, wie ausgelassen und fröhlich das Volk Shakespeares Stücke feierte. Ja, feiern war das richtige Wort. Denn anders als bei den Aufführungen im Palast, wo der Hofstaat stocksteif in Reih und Glied hinter ihrem Rücken saß oder stand, tanzten die Menschen ausgelassen zu den Versen, aßen und tranken oder zogen sich zu zweit in dunkle Ecken zurück, animiert von anzüglichen Textpassagen, und vergaßen die Welt rings um sich herum. Der Geruch von Bier und gebratenem Hammelfleisch verfolgte sie noch lange nach dem Besuch einer solchen Aufführung, und es war eine gute Gelegenheit, unerkannt mehr über ihre Untertanen zu erfahren. Der Dichter selbst hatte mitgespielt und das Publikum zu Lachstürmen hingerissen. Nun kroch er auf allen vieren vor der Monarchin, das lange Haar hing wirr links und rechts von seinem Kopf. Auf der Stirnglatze standen Schweißperlen. Seinen Gehrock hatte er geöffnet, auf seinem Leinenhemd zeichneten sich Schweißflecken ab.

„Bravo, bravo!"

Walsingham hatte den Raum betreten und sah die letzten akrobatischen Verrenkungen des Künstlers, denen er nun applaudierte. Auch er war von dessen Talent angetan und genoss die Abwechslung, die ihm die Darbietungen der Schauspieltruppe immer wieder bot.

„Wie geht es der Frau Gemahlin? Wie man hört, wird sie bald niederkommen."

„Ja, das ist richtig, Mylord. Bald wird unser erstes Kind das Licht der Welt erblicken."

Williams Frau Anne war rasch nach der Hochzeit schwanger geworden, ein Umstand, der den Dichter noch mehr in seiner Arbeit beflügelt hatte. Er schrieb ganz seiner Gemütslage entsprechend heitere Stücke und Gedichte und traf damit den Nerv des Publikums, das erheiternde Abwechslung suchte, da man allerorts die Angst vor einer möglichen spanischen Invasion spürte.

„Er kann jetzt gehen." Elisabeth bedankte sich bei Shakespeare, wollte nun aber mit Walsingham allein sein.

Der Dichter zog sich zurück. Als sich die Tür hinter ihm geschlossen hatte, wandte sich die Königin an ihren Berater.

„Bringt Ihr Neuigkeiten, Mylord?"

„Wir haben zwei Spione gefasst. Sie stammen aus Italien. Unter der Folter haben sie ausgesagt, sie seien im Auftrag des Papstes gekommen, um Euch zu ermorden."

„Das ist nun bereits das vierte Mal in diesem Monat." Elisabeth sah betroffen zum Fenster hinaus. Ihr Blick blieb an einer kleinen Gruppe Kinder hängen, die im nahen Park unbekümmert spielten.

„Es scheint, als würde das katholische Europa alles daransetzen, mich aus dem Weg zu räumen."

„Exzellenz, wenn ich mir die Bemerkung erlauben darf, ich vermute, Maria Stuart steckt hinter den Anschlägen."

„Ja, ja, Maria.“ Elisabeth nickte mehrmals und sah dann wieder den spielenden Kindern zu. Nie hatte ihre Schwester Maria es verwunden, dass Elisabeth ihr in der Thronfolge vorgezogen worden war. Sie sah sich immer noch als die eigentliche Herrscherin Englands. Durch ihre frühere Ehe mit dem französischen Thronfolger Franz II. hatte sie immer noch beste Verbindung nach Europa. Da sie sich aber mit ihrer Schwiegermutter, Katharina von Medici, überworfen hatte, hatte sie nach Franz' unerwartet frühem Tod das Land wieder verlassen müssen und war nach Schottland zurückgekehrt.

Walsingham, Mitglied des House of Commons, hatte in den vergangenen Jahren ein weitreichendes Spionagenetz aufgebaut, so dass er frühzeitig informiert war, wenn ein Anschlag auf seine Königin geplant wurde. Er gehörte gemeinsam mit Sir Walter Raleigh und Sir Francis Drake zum engsten Vertrautenkreis der Königin. Er hatte in Padua Rechtswissenschaften studiert und war von seiner Königin nach Paris gesandt worden, um die Hugenotten bei ihren Verhandlungen mit dem französischen Königshaus zu unterstützen. Seine Erfahrungen während der Bartholomäusnacht hatten ihn geprägt, als vor der Verfolgung Flüchtende spätnachts an sein Tor klopften, um in seinem Haus Unterschlupf zu finden, er aber nur eine beschränkte Anzahl aufnehmen konnte und viele in den sicheren Tod schicken musste. Er wusste auch, dass Maria Stuart ihrer Widersacherin nach dem Leben trachtete und dass sie über viele starke Verbündete im katholischen Lager in ganz Europa verfügte. Solange sie am Leben war, war seine Königin in ständiger Gefahr. Nur ihr Tod konnte Elisabeth von dieser Seite Sicherheit gewährleisten, zumal die noch viel größere Gefahr für das Reich im Süden in Person des spanischen Königs Philipp II. lauerte.

Walsingham bekam wöchentlich Berichte von seinen Agenten, die sich in Spanien aufhielten, und war so bestens über den Fortschritt des Ausbaus der spanischen Flotte unterrichtet. Philipp war mit der englischen Königin Maria Tudor verheiratet gewesen, die, da kinderlos geblieben, von ihrer Halbschwester Elisabeth I. abgesetzt worden war. Im Volk trug sie den Beinamen „Bloody Mary", da sie sich besonders bei der Verfolgung und Hinrichtung britischer Protestanten hervorgetan hatte. Nach ihrem Tod hatte Philipp versucht, sich an Elisabeth heranzumachen. Elisabeth war über seine Avancen empört gewesen und hatte ihn wissen lassen, dass sie niemals auch nur daran denke, seine Ehefrau zu werden. In seiner Ehre gekränkt, hatte Philipp Rache geschworen. Er hatte eine Tochter Katharina von Medicis und die katholische Kirche ermuntert, wieder mit aller Härte gegen Abtrünnige und Ketzer vorzugehen.

„Ihr solltet …"

„Das kann ich nicht", unterbrach Elisabeth ihren Vertrauten schroff. Nur zu gut wusste sie, dass er einmal mehr die Hinrichtung Marias vorschlagen würde.

„Ich kann es nicht, und ich will es nicht. Das gegenseitige Morden muss einmal ein Ende finden. Wie soll England je zur Ruhe kommen, wenn wir nicht als Vorbild dienen? Der ganze Kontinent soll sehen, dass wir tolerant auch anderen Religionen gegenüber sind."

„Sehr wohl, Exzellenz", seufzte Walsingham. Wie oft hatte er diese Diskussion mit der Monarchin bereits geführt. Auch noch ein anderes Thema hatte er schon mehrfach angesprochen. Gewiss, sie war stark. Sie war gebildet und sie war schön. Ihr Volk liebte sie. Aber noch lieber hätte es einen starken Mann an ihrer Seite gesehen. Raleigh wäre solch ein Mann gewesen. Vom Volk als Held verehrt, und auch die Königin selbst schien eine gewisse Schwäche für ihn zu haben. Doch einer schien ihr außerordentlich gut zu gefallen, Francis Bacon, der Sohn ihres Lord Keepers of the Great Seal, Sir Nicholas Bacon. Sie bewunderte den über zwanzig Jahre jüngeren Gelehrten, der sich gleich nach seinem Studium der Rechtswissenschaften den Naturwissenschaften und insbesondere der Philosophie gewidmet hatte. Elisabeth hatte den jungen Mann oft zu sich in den St. James Palace gebeten und ihn seine Theorien von der philosophischen Erkenntnis, die man nur über das exakte Wissen über die Natur erlangen könne, vortragen lassen. Walsingham hatte jedes Mal ein Glänzen in ihren Augen bemerkt, wenn der großgewachsene, hagere Francis mit ausholenden Bewegungen vor der Königin auf und ab schritt und seine neuesten Theorien zum Besten gab. Er hatte von wissenschaftlichen Experimenten berichtet, denn das Ziel der Wissenschaft sei es, so wurde er nicht müde zu betonen, die Natur zu beherrschen, und dazu musste man sie richtig interpretieren können. Walsingham war bei diesen Begegnungen auch nicht entgangen, dass der junge Bacon lieber mit den Kammerdienern scherzte als mit den Zofen, die sich allesamt um seine Gunst bemühten.

Kapitel 57

Heinrich verzog sein Gesicht vor Schmerz, als er sich zum wiederholten Male mit der Ledergeißel über den Rücken schlug. Die Haut war bereits aufgeplatzt, vor allem an den Stellen, die er sich erst zuletzt nach einem besonders ausschweifenden Bacchanal blutig geschlagen hatte. Als er schwer verkatert, die Hose bis zu den Knien hinuntergezogen und mit entblößtem Glied erwacht war, hatte er als Erstes die Kurtisanen durch Hiebe mit seinem Ledergürtel vertrieben. Er wusste nur zu gut, dass seine Mutter das Treiben der vergangenen Nacht vor Wut bebend in ihren Gemächern verfolgt hatte. Tränen der Scham rannen über seine Wangen, verwischten die dick aufgetragene Schminke zu einem grotesken Farbgebilde auf seinem Gesicht. Seine Mutter würde ihn wieder für Wochen nicht zu sich vorlassen. Ob sie ihn überhaupt noch liebte? Noch ein Schlag. Das Blut spritzte auf das zerknüllte Laken und färbte die dort befindlichen Champagnerflecken bräunlich.

„François!"

„Eure Majestät wünschen?"

Heinrichs Kammerdiener hatte mit seinen Kollegen bereits zwei Stunden zitternd vor der Tür des Schlafgemachs des Königs gewartet. Normalerweise war er es, der als Erstes die Schläge des oftmals noch betrunkenen Monarchen abbekam, wenn diesen die Reue über sein schändliches Tun überkam. François kannte das nun folgende Zeremoniell. Erst musste er Heinrich mit kaltem Wasser den blutigen Rücken reinigen. Wenn er es besonders toll getrieben hatte und noch von Champagner und Cognac benebelt war, befahl er ihm, ihn mit Salz zu bestreuen. Dabei schrie er aus Leibeskräften. Die anderen Kammerdiener zuckten zusammen, und die Kurtisanen und Adeligen suchten, soweit sie dazu in der Lage waren, rasch das Weite. Sie wussten, dass sie dem König nach so einer Nacht nicht unter die Augen kommen durften. So manch einer hatte seinen Rausch in einer Zelle des Schlosskerkers ausschlafen müssen. Wenn der Rücken einigermaßen gereinigt war, zog Heinrich sich eine Mönchskutte aus grobem Leinen über, die bei jeder Bewegung über die offenen Wunden scheuerte. Zuvor musste François ihm aber helfen, ein Dornenband an seinem Oberschenkel zu befestigen. Heinrich stöhnte auf, als die Stacheln sich in das weiche Fleisch gruben. Danach humpelte er, gestützt von seinem Kammerdiener, in die Schlosskapelle, wohin er sich mehrere Tage ohne feste Nahrung, nur mit einem Krug Wasser, zurückzog. François musste vor der Kapellentür Wache halten und konnte sich erst ausruhen, wenn auch der Monarch vor Erschöpfung auf dem kalten Marmorboden der Kapelle eingeschlafen war. Heinrich verließ die Kapelle nur, um rasch im Freien seine Notdurft zu verrichten, war aber streng darauf bedacht, dass sich außer François niemand in seiner Nähe befand. Zwei, drei Tage dauerte die Buße meist, danach widmete sich der König mit Eifer und Hingabe Studien aller Art. François musste täglich neue Bücher aus der umfangreichen Schlossbibliothek herbeibringen, und er ließ Professoren aus der Sorbonne herbeizitieren, die ihm bei seinen wissenschaftlichen Untersuchungen helfen sollten. Die Teilnehmer an den orgiastischen Ausschweifungen hielten sich vom Königshof fern. Sie wussten, dass die Phasen der Einkehr und der Buße irgendwann ein Ende hatten und dass der König sie alle wieder zu sich rufen lassen würde, um sie erneut den Göttern der Wollust zu opfern. Sie wussten zudem, dass der König ihnen gegenüber loyal war, solange sie sich ebenfalls an das unausgesprochene Schweigegelübde hielten. Zwar machten in der Bevölkerung allerlei Gerüchte über Ausschweifungen, bei denen junge Knaben und Tiere im Spiel waren, die Runde, doch diese wurden nur hinter vorgehaltener Hand weitergegeben.

Heinrich spürte die Wunden. Die betäubende Wirkung des Alkohols ließ allmählich nach. Die Schmerzen halfen ihm über die Scham hinweg, ließen ihn sein gestriges Tun vergessen. Aber er wusste, dass irgendwann der Drang nach Exzessen wieder in ihm aufsteigen würde, auch wenn er es sich in diesem Augenblick nicht eingestehen wollte. Bußfertig legte er sich mit seitwärts ausgestreckten Armen auf den Boden der Kapelle. Er betete, wiederholte im Geist immer wieder dieselben lateinischen Verse. Endlich war es ihm gelungen, das abschätzig dreinblickende Gesicht seiner Mutter aus seinen Gedanken zu vertreiben. Er wusste, dass sie ihn für seine Taten verachtete. Er hatte aber auch Mittel und Wege gefunden, ihre Gunst wiederzuerlangen. Etwa, als er den Kardinälen versichert hatte, seine Soldaten würden nicht eingreifen, wenn sie ihre Glaubensanhänger gegen die Hugenotten losschickten. Einige tausend waren in nur einer Nacht in Paris abgeschlachtet worden. Seine Mutter hatte die Berichte darüber wohlwollend zur Kenntnis genommen, und Heinrich hatte danach ein Wochenende mit ihr auf einem ihrer Jagdschlösser verbringen dürfen. Sie hatten lange Spaziergänge unternommen. Seine Mutter hatte sich bei ihm untergehakt und ihn mit Kosenamen aus seiner frühen

Kindheit bedacht. Den Köchen hatte sie aufgetragen, all seine Lieblingsspeisen zu kochen, und wenn er abends ein Bad nahm, hatte sie die Kammerdiener weggeschickt und ihm selbst den Rücken und die Haare gewaschen, wie sie es getan hatte, als er noch ein kleiner Junge gewesen war. Kein Wort hatten sie über die schrecklichen Ereignisse in jener Nacht in Paris verloren. Er wusste, dass seine Mutter die Protestanten hasste und sie am liebsten mit Stumpf und Stiel ausrotten wollte. Er selbst hatte anfangs sogar Sympathien für die neue Glaubensrichtung empfunden, aber sobald er gemerkt hatte, dass er sich damit in krassem Gegensatz zu seiner geliebten Frau Mama befand, hatte er sich ihren Ansichten bedingungslos angeschlossen.

„Die Gnade hebt die Natur nicht auf, sondern vollendet sie." Heinrich wusste nicht, wie lange er auf dem Steinboden gelegen hatte. Durch das Aufstehen hatte die rauhe Kutte wieder einige Wunden aufgerieben. Er saß gekrümmt auf einer Kirchenbank, eine Kerze neben und ein Buch von Thomas von Aquin vor sich. *„Die Gnade hebt die Natur nicht auf, sondern vollendet sie."* Lange brütete er über diesen Satz. Er verehrte Thomas und hatte alle Schriften von ihm, derer er hatte habhaft werden können, in den Louvre bringen lassen.

„Alles, was existiert, muss eine Ursache dafür haben, dass es existiert, und diese Ursache wiederum muss von einer höheren Ursache stammen. Folglich muss es eine erste Ursache geben, am Ende dieser Kette, und diese Ursache heißt Gott." Heinrich las die Ausführungen immer und immer wieder. Hier war der Beweis, dass Gott existierte, und Thomas hatte ihn erbracht.

„Das höchste Wissen von Gott, das wir in diesem Leben erlangen können, besteht darin, zu wissen, dass er über allem ist, was wir von ihm denken."

„Das leuchtet ein", dachte Heinrich. „Wir können nur bis zu einem bestimmten Punkt denken, über diesen Punkt hinaus, das ist Gott. Schade, dass dieser große Geist nicht mehr unter uns weilt." Er hätte ihn an seinen Hof gebeten. Er hätte ihm eine lebenslange Stelle als Hoftheologe und -philosoph angeboten. Mit ihm hätte er die verderbten Gedanken des Protestantismus aus den fehlgeleiteten Köpfen mancher seiner Untertanen vertreiben und die Einheit der Religion unter dem siegreichen Banner des Katholizismus wiederherstellen können.

Noch ein anderer Gedanke faszinierte ihn. Er wollte mit Hilfe der Magie mächtiger als seine Mutter werden, und er hatte gehört, dass an der Sorbonne ein junger Gelehrter Gedankenexperimente vorführte, die man sich nur durch Zauberei erklären konnte. Ein Italiener soll es sein. Ihn wollte er so rasch wie möglich in den Louvre holen lassen.

Kapitel 58

„*Ich finde*“, las Giordano, „*dass nach dem, was mir berichtet wurde, die Eingeborenen in jener andern Welt nichts Barbarisches oder Wildes an sich haben.*“ Er hatte schon einige Berichte über die Entdeckungen in der Neuen Welt gehört und verschlang nun begierig de Montaignes Überlegungen dazu. Insgeheim bewunderte er den Mann, dessen Gedanken zu Gott und der Welt so leichtfüßig daherkamen, während sie bei ihm selbst schwer und tief waren und ihn nicht selten in eine längere Phase der Depression stürzten. Er erfreute sich an den lebensbejahenden Ideen und den philosophischen Analysen des menschlichen Daseins, die aber nie nur an der Oberfläche verharrten, und sosehr de Montaigne auch abstritt, Philosoph zu sein, so sehr war er es für Giordano in dem Ausmaß, dass es ihm mühelos gelang, sein bisher sich gefestigt habendes Weltbild gehörig ins Wanken zu bringen. Er las weiter die Berichte von Menschenopfern, die man brachte, um die Götter für bevorstehende Ernten oder kriegerische Auseinandersetzungen gnädig zu stimmen. Er las, dass man den Unglücklichen das Herz bei lebendigem Leibe aus der Brust holte, er las, dass man ihnen, darunter auch Frauen, die Haut abzog, um die Priester damit zu maskieren und die noch Lebenden briet und nicht selten sogar Teile von ihnen verzehrte. Dies alles beschrieb de Montaigne, um dann aber zu schlussfolgern, es sei keineswegs weniger barbarisch, Menschen der Folter zu unterwerfen und sie sodann noch lebendig auf dem Scheiterhaufen zu verbrennen, und dies alles unter dem Deckmantel der Frömmigkeit und Gläubigkeit. Giordano hielt kurz inne. Sah zum Fenster hinaus. Der Mond tauchte immer wieder hinter Wolkenfetzen auf. Hunde heulten in den Gassen. Ein Betrunkener schien mit einer Dirne in Streit geraten zu sein. Er konnte ein kleines Stück des Louvre erkennen. Der Palast schien hell erleuchtet. Offensichtlich feierte der König ein Fest.

Giordano gruselte es bei den Gedanken an die Kannibalen, doch wie hatte de Montaigne geschrieben? Ihren eigenen Vorfahren waren diese Gebräuche nicht fremd. Teils aus spirituellen Gründen, teils um das nackte Überleben zu sichern, hatten sie Menschen gegessen. Wie konnte man also diese Menschen aus einer fremden Welt verurteilen? Sie als barbarisch und wild bezeichnen, ohne sich selbst zu bezichtigen?

Der Streit in der Gasse hatte aufgehört, nun waren es Katzen, die lärmten und deren brunftiges Jaulen an das Schreien kleiner Kinder erinnerte. Giordano rieb sich die Augen. Auch er würde sich wohl bald Gläser anschaffen müssen. Teilweise verschwammen die Zeilen. Das flackernde Kerzenlicht tat sein Übriges. Er schlug das Buch zu und ging ein paar Schritte auf und ab. Eigentlich hatte er gehofft, mit seinem Nachbarn heute Abend bei einem Schoppen Wein das eine oder andere philosophische Gespräch zu führen, und noch mehr hatte er insgeheim gehofft, vom Älteren für seinen überragenden Erfolg am Morgen an der Universität gelobt zu werden. Es klopfte. Der älteste der Valentin-Söhne brachte ihm einen Krug.

„Verzeihung, Monsieur. Das schickt Euch der Herr Papa und wünscht Euch eine gute Nacht."

Dankbar nahm ihm Giordano den Krug mit frischem Bier aus der Hand, das der Junge vermutlich gerade aus einer nahen Gaststube geholt hatte. Er lächelte und tätschelte dem Knaben das Haupt. Obwohl er sich nichts aus dem Gerstensaft machte, tat ihm die kühlende Flüssigkeit gut und beflügelte seine Gedanken. Warum war de Montaigne nicht zu Hause gewesen? Hatten sie nicht sogar vereinbart, sich am Abend zu treffen? Er konnte sich nicht mehr erinnern. Abermals öffnete er das Buch, und wieder zog es ihn zum Kapitel über die Sinnlichkeit und die Liebe hin. De Montaigne schrieb, man solle den verehrungswürdigen und geheiligten Ehebund nicht durch die maßlosen Ausschweifungen der Sinnesbrunst entehren. Ja, die Ärzte seien der Meinung, dass durch allzu heftige und hitzige Wollust der Samen verdorben und die Empfängnis somit verhindert würde. Meinte sein Nachbar das wirklich so, wie er es da schrieb, oder las er da einen ironischen Unterton? War Monsieur de Montaigne eigentlich verheiratet, oder verspottete er in seiner Schrift nur jene Unglücklichen, die auf Gedeih und Verderb dem Entgegenkommen des eigenen Weibes ausgeliefert waren und sich so lieber gleich vom Gedanken eines zügellosen Ehelebens verabschieden sollten? Er las weiter. Was stand da über die Gemahlin des römischen Kaisers Claudius? Sie solle in nur einer Nacht fünfundzwanzig Männer empfangen haben. Über die Königin von Aragonien las er, sie habe die gesetzliche Begrenzung des Geschlechtsaktes auf sechsmal täglich festgelegt, um so die der Ehe gebührende Mäßigung und Zurückhaltung gegenüber dem Ehegatten zu gewährleisten. Die Königin habe dabei den eigentlichen Bedarf ihres Geschlechts aufgeopfert und ihn auf ein Maß reduziert, welches leicht einzuhalten sei. Giordano war entsetzt und belustigt zugleich über die Offenheit, mit der sein Nachbar sich in seinen Schriften äußerte. Fürwahr, er hatte im Kloster hautnah jene Doppelmoral miterlebt, mit der die Mönche die ausschweifendsten Dinge trieben, um sodann dem einfachen Volk die ewige Keuschheit in die Gehirne zu predigen und ihm die Furcht vor dem Fegefeuer in die Seelen zu brennen, sollte es auch nur unkeusch denken. Doch das, was er hier las, schien ihm schon sehr weit zu gehen. Umso begieriger wurde er mit jedem Satz, den er las, mit de Montaigne darüber zu diskutieren. Einige Seiten weiter beschrieb der Autor seine eigenen Gemütszustände, was Giordano nie im Leben gewagt hätte. Sein Herz klopfte heftiger nach den ersten Zeilen. Darin plädierte de Montaigne selbst fürs Maßhalten, dafür, den naturgegebenen Verstand und das Urteilsvermögen zum Wohle der Frauen und zum eigenen einzusetzen. Aber keine Raserei. Schrieb Montaigne von seinen Geliebten? Keine Extreme. Immer den Mittelweg wählen. Ein weiser Mann, schien es Giordano. Wenn es den Frauen wohl erging, so hatte er selbst auch seine Freude daran. Solche Gedanken hatte er sich nie gemacht. Um wie vieles derber als die des klugen Mannes waren seine Vorstellungen von den Frauen? Besonders gefiel ihm der Satz: „*Wer Genuss nur am Genuss findet, wer nur alles oder nichts gewinnen will, wer an der Jagd nur die Beute liebt, der hat in unserer Schule nichts zu suchen.*“

Das klägliche Schreien der Katzen vor seinem Fenster schien erhört worden zu sein. Ein Uhu ließ sich vernehmen, ansonsten kehrte allmählich Stille in der großen Stadt ein. Wieder sah er aus dem Fenster, Glocken läuteten in der Ferne. Es musste Mitternacht sein. Die Lichter im Louvre brannten immer noch. Um wie viel klüger und erfahrener schien ihm der Autor der eben gelesenen Zeilen, und wie wenig wusste er selbst. Was war das bisschen Gedächtniskunst? Ha, wenn die Menschen wüssten, wie einfach man sich das alles aneignen konnte! Sein Wissen über Astronomie und Astrologie? Alles angelesen, alles Gedanken anderer Menschen, und er maßte sich an, darüber zu referieren. Freilich, die Studenten liebten seine mit viel Witz und allerlei Geschichten angereicherten Vorträge. Doch im Grunde bediente er sich nur des Intellekts anderer. Was von all dem, was er vortrug, war seinen eigenen Anstrengungen entsprungen? Selbst dort, wo er selbst zur Feder gegriffen hatte, hatten anderer Leute Ideen ihn geleitet. Giordano kam sich mit einem Mal klein und erbärmlich vor. Um wie vieles größer war doch Monsieur de Montaigne! Ein Genie in all seiner Bescheidenheit. Ein Poet, ein Philosoph, und er, Giordano? Ein Stümper, ein Dilettant. Nichts weiter als ein billiger Kopist, der durch Plagiate zu zweifelhaftem Ruhm und Ehren gekommen war. Die Selbstzweifel bohrten sich immer weiter in sein Herz. Am Morgen würde ihm der Rektor eine Professur anbieten. Aber konnte, durfte er sie überhaupt annehmen? Er würde sich auf jeden Fall Bedenkzeit erbitten und ganz bestimmt seinen neuen Freund um Rat fragen. Wenn es denn nur endlich zu einer Aussprache käme! Wie viel konnte er von ihm lernen? Er war doch hoffentlich nicht überraschend abgereist? Oder gar krank geworden? Nein, am Morgen hatte er noch ganz munter mit ihm im Hörsaal gestanden. Hatte er nicht gesagt, er warte auf eine Audienz beim König? Vielleicht war er just zu dieser Stunde im Palast und feierte ein ausgelassenes Fest, während er hier in seiner Kammer hockte und Trübsal blies. „Halt ein, Giordano, du vergaloppierst dich", sagte er sich. „Natürlich bist auch du ein Gelehrter. Hast deine Theorien von der Unendlichkeit des Universums, die einzig und allein die Allmächtigkeit Gottes bestätigen, selbst entwickelt. Ohne fremde Hilfe, von niemandem kopiert, und dort, wo die Freiheit des Geistes herrscht, hört man dir begeistert zu. Es ist nichts Falsches daran, von Erfahreneren zu lernen, ihren Wissensschatz zu nutzen und dem eigenen hinzuzufügen. Das Selbstbewusstsein war wieder zurückgekehrt. Der Himmel hatte sich geklärt. Die Sterne funkelten. Er nahm sich vor, de Montaignes Erfahrungsvorsprung mit dem anderen Geschlecht endlich einzuholen und gleich am nächsten Morgen an die Sorbonne zu gehen und die Professur, die man ihm anbieten würde, auszuschlagen.

Kapitel 59

Giordano hatte tief und fest geschlafen. Mit dem ersten Tageslicht war bereits Leben in die engen Gassen von Paris eingekehrt. Marktleute, Hoflieferanten, sie alle waren unterwegs, um ihre Waren zu verkaufen oder abzuliefern. Ein Transport mit Gefangen fuhr unter lautem Wehklagen von der Bastille zur Hinrichtungsstätte. Giordano hörte die schmerzlichen Rufe der Angehörigen, die den Transport begleiteten. Für einen kurzen Augenblick fühlte er sich an Genf erinnert. Ob der gute Guiseppe schon heil angekommen war? Wenn ja, würde es ihm wohl gelingen, die Frau des Richters zu retten? Wenig später heiterte Kinderlachen seine Gemütslage wieder auf. In der Küche der Valentins herrschte emsiges Treiben, die Familie wollte Verwandte auf dem Land besuchen und natürlich sehen, ob sie das ein oder andere gute Stück Wildbret bekommen konnte, wie Monsieur Valentin am Abend noch mitzuteilen gewusst hatte. Giordano fröstelte leicht, als er aus dem Bett schlüpfte. Rasch zog er Socken über, schlüpfte in die Holzpantoffeln, gähnte, streckte sich und machte sich auf den Weg Richtung Abtritt, wo die Kinder in einer Schlange warteten, bis sie an der Reihe waren. Artig wollten sie dem Gast den Vortritt lassen, doch der winkte ab, hob das jüngste hoch und warf es kurz in die Luft, wo es vor Freude juchzte. Giordano verfügte über eine gesunde Verdauung und war immer wieder überrascht, welch außerordentliche Einfälle ihm ein ausgedehnter Stuhlgang bescherte. Dieses Mal überlegte er, gleich nach seinem Besuch an der Universität einen geeigneten Platz für seine künftigen Vorlesungen zu suchen. Für die Unterrichtung in der Gedächtniskunst würde er Eintrittsgeld verlangen, und wenn sich das, was er gestern im Hörsaal erlebt hatte, wiederholen ließ, konnte er recht rasch ein hübsches Sümmchen erwirtschaften. Genug, um sich irgendwo selbst ein kleines Häuschen zu kaufen, und vielleicht würde er bald morgens hinter seinen eigenen Kindern anstehen. Der Gedanke erheiterte ihn. Zurück in seinem Zimmer, goss er Wasser aus einer Kanne in ein Waschbecken, zog sein Nachtgewand aus und wusch sich gründlich. Das kalte Wasser ließ ihn mit den Zähnen klappern, mehrmals schüttelte er heftig den Kopf und machte dabei ein prustendes Geräusch. Als er angezogen war, klopfte Monsieur Valentin, um sich zu verabschieden. Sie würden ein paar Tage fortbleiben. In der Speisekammer seien ausreichend Nahrungsmittel, und wenn er wolle, könne er sich gerne bei seinem Cognac bedienen. Giordano bedankte sich, suchte ein paar Unterlagen zusammen und machte sich auf den Weg Richtung Sorbonne. Einige junge Männer grüßten unterwegs. Sie waren wohl am Vortag in der Vorlesung gewesen. Vor dem Haupteingang der Universität stand eine Gruppe Jesuiten tuschelnd beisammen. Es versprach, ein schöner Tag zu werden. Die Sonne stand schon hoch, und die Bäume in den Hinterhöfen trugen erste Knospen. Sein Weg führte durch einen Park, und er bestaunte die zu Torbogen gestutzten Bäume, unter denen er durchgehen musste. Manche Sträucher waren zu Kugeln geformt, andere stellten Kegel dar, so als hätte ein Mathematiker hier geometrische Berechnungen angestellt. Möwen waren auf dem Weg zur nahen Seine und begleiteten ihren Flug mit lautem Geschrei. Die Blumenbeete waren von Steinen umrandet, zwei junge Männer gruben mit spitzen Stangen Löcher in die Erde.

***

„Ich kann Euch leider nicht ganz folgen, Monsieur Bruno." Monsieur Lotair zeigte sich maßlos enttäuscht ob der Weigerung Giordanos, eine Professur an der Universität anzunehmen. Auch die anderen Mitglieder des Kollegiums zeigten sich erstaunt, einige flüsterten miteinander, andere schüttelten nur den Kopf. So etwas hatte es in der Geschichte des Hauses nicht gegeben. Noch nie hatte jemand eine Professur ausgeschlagen. Niemals.

„Mein Entschluss steht fest, Monsieur Lotair, so schwer es mir auch fällt, aber ich habe mich entschlossen, mit meiner Wissenschaft einen anderen Weg zu beschreiten."

„Sind wir Ihnen nicht gut genug?", rief ein Professor dazwischen.

„Aber nein, Monsieur, das ist es nicht. Im Gegenteil. Ich fühle mich durch Euer Angebot über die Maßen geehrt." Giordano bemühte sich, fand aber irgendwie nicht die richtigen Worte. Seine Stimme klang arrogant. Er merkte in den Gesichtern der Professoren, dass sie ihn nicht verstanden, und eigentlich wusste er selbst nicht so genau, warum er die Chance ausschlug, an einer der berühmtesten Universitäten Europas Professor zu werden. Aber irgendetwas sagte ihm, er solle es bleibenlassen, würde sich als Privatgelehrter seine Unabhängigkeit bewahren und sich seine Freiheit erhalten können. Er sah, dass es keinen Sinn mehr hatte, etwas zu sagen, er würde nur seine und die Zeit der Professoren verschwenden. Er verbeugte sich tief und verließ unter lautem Murren den Kollegiumssaal. Als er die schwere Tür hinter sich schloss, atmete er tief durch. Ein einsames Klatschen hallte durch den Säulengang. Giordano sah nach links, nach rechts, eine Gestalt löste sich aus dem Schatten der Säulen.

Die Sonne schien durch ein hohes Fenster im Rücken, so dass er den Näherkommenden nicht sofort erkannte.

„Chapeau, Monsieur Bruno!"

„Monsieur de Montaigne, Ihr? Wo …?"

„Wo ich gestern gewesen bin, fragt Ihr? Nun, Monsieur Bruno …"

Giordano fiel auf, dass er ihn nicht mehr auf Italienisch ansprach wie zu Beginn ihrer Begegnung.

„… seit geraumer Zeit plagen mich schwere Nierenkoliken. Gestern Abend war es wieder so weit. Die Schmerzen sind unerträglich. Kein Arzt konnte mir bisher helfen. Nach einer Weile vergeht der Schmerz, und man fühlt, wie das Leben zurückkehrt. Zumal dann, wenn man so einer Vorstellung wie der Ihren eben beiwohnen darf."

„Wie? Ihr wart …?"

„Ja, ich war im Kollegiumssaal, ganz hinten, und bin dann, als ich sah, dass es Euch ernst war, durch eine Seitentür hinaus, und ich kann Euch zu Eurer Entscheidung nur beglückwünschen."

De Montaigne trug einen schwarzen Umhang, der seinen ganzen Körper verhüllte. Auf dem Kopf hatte er einen breitkrempigen Hut, das Haar hing strähnig links und rechts darunter hervor. Er war blass im Gesicht. Die Augen lagen tief in den Höhlen, die Lippen waren schmal, und er war schlecht rasiert. Dennoch strahlte er Zufriedenheit aus.

„Es tut mir aufrichtig leid, das zu hören, Monsieur de Montaigne. Aber wie darf ich das verstehen, dass Ihr mich zu meinem Entschluss beglückwünscht? Ich hatte den Eindruck, das gesamte Kollegium hält mich für einen Narren, und vermutlich bin ich tatsächlich einer."

„Das seid Ihr gewiss nicht, Monsieur Bruno. Schon nach der ersten Silbe Eurer Vorlesung gestern wusste ich, dass Ihr nicht hierhergehört. Zwar berufen sich viele der Professoren darauf, freie Geister zu sein. In Wahrheit herrscht hier aber eine ganz strenge Hierarchie. Argwöhnisch achtet man darauf, dass niemand der Jüngeren den älteren Professoren ihren Rang streitig macht. Sie kämpfen zwar gegen den Einfluss der Jesuiten, aber nur, um ihren kleinen Staat im Staate zu schützen. Ihr, Monsieur Bruno, seid nicht wie sie. Sperrt man Euren Geist in einen Käfig, verkümmert er. Legt man Euch Fesseln an, verdorrt Ihr wie eine Blume ohne Wasser. Verordnet man Euch Regeln, müsst Ihr dagegen rebellieren. Vorschriften jedweder Art sind Euch ein Greuel, und die gesamte Universität ist eine einzige Anhäufung von Vorschriften, Geboten und vor allem Verboten."

De Montaigne fuchtelte mit den Armen vor dem Gesicht Giordanos herum.

„Außerdem, werter Monsieur Bruno, nehmt Euch in Acht. Nicht alles, was sich Euch unter dem Deckmantel der Liberalität nähert, ist auch wirklich liberal. Überall lauern Missgunst und Neid. Ich selbst bin ob meiner Schriften mehrmals denunziert worden und durfte auch schon so manche Nacht in der Bastille verbringen. Oder meint Ihr, meine Schriften werden nicht mancherorts voll Argwohn betrachtet? Mehrmals hat man mir schon Ketzerei vorgeworfen. Aber, und dies sei mein Rat an Euch, es ist mir gelungen, meine Texte als das harmloseste Geschreibe auf der Welt darzustellen. Fürwahr, ich habe mächtige Fürsprecher." Er deutete dabei mit dem Kopf Richtung Louvre. „Doch die Mutter des Königs ist mächtig, und sie hasst alles Abweichlerische, alles, was nicht der katholischen Norm entspricht, und glaubt alles, was ihr die Vasallen des Papstes einflüstern. Aber so seid ihr Italiener vermutlich, alle papsttreu bis in den Tod." De Montaigne schmunzelte.

„Nun, gerade darüber wollte ich gestern Abend mit Euch reden, Monsieur de Montaigne." Giordano nutzte die Sprechpause des Älteren. „Vielleicht können wir heute …?"

„Aber gerne, es ist mir eine Freude", fiel ihm de Montaigne ins Wort. „Es sei denn ...", er stutzte einen Augenblick und fasste sich an den Rücken, „… meine Nieren lassen mich wieder im Stich. Ihr wisst ja, wo ich wohne. Am besten seht Ihr nach Einbruch der Dämmerung zu mir herüber, ob Licht brennt. Wenn ja, so kommt einfach vorbei. Ich habe auch ein paar gute Flaschen Rotwein aus Bordeaux bei mir. Aber wie gesagt, die Nieren …"

Giordano nickte.

„Ihr wisst ja, es kommt nicht so sehr darauf an, was man isst, sondern mit wem. Als kommt vorbei, wenn Ihr Licht seht."

Giordano nickte erneut.

„Noch etwas …" De Montaigne nahm den Jüngeren am Oberarm und lenkte ihn Richtung Haupteingang. „Meidet in Zukunft die Sorbonne. Wenn das eintritt, was ich erwarte, nämlich, dass Ihr als Privatgelehrter große Erfolge in der Stadt erzielen werdet, werden einige Professoren nicht eher ruhen, bis Ihr entweder aus der Stadt vertrieben seid oder in den Kerkern der Bastille landet. Missgunst und Neid sind gefräßige Tiere, ständig auf der Suche nach neuer Nahrung. Und für manche seid Ihr ein willkommener Leckerbissen. Auch am Königshof nehmt Euch in Acht. Die Professoren scharwenzeln ständig da herum, um eine Audienz beim König zu erhalten."

„Königshof?" Giordano sah ihn mit großen Augen an.

„Ach, ich vergaß ganz, Euch zu sagen, dass der König von Eurem gestrigen Vortrag erfahren hat." De Montaigne schmunzelte dabei, so dass Giordano sofort klar war, von wem der König davon erfahren hatte.

„Morgen Abend wünscht Seine Majestät Euch im Louvre zu sehen." Damit ließ er den Erstaunten stehen und eilte in Richtung Königspalast davon.

Kapitel 60

Es brannte tatsächlich noch Licht in den Wohnräumen Monsieur de Montaignes. Bis spät in die Nacht saßen sie, redeten und tranken. Anfangs war das Essen ihr Thema. Der Freund erklärte ihm, er esse gerne Fleisch, am liebsten schwach gebraten, aber gut abgehangen. „Wildgeflügel zum Beispiel gerne mit Hautgout", sagte er und fuhr sich dabei genüsslich mit der Zunge über die Lippen. „Nur zäh darf das Fleisch nicht sein, auch nicht bei Fisch." Was dazu führte, dass er am Markt – er erzählte auch, dass er gerne selbst einkaufen ging – oft unter dem Staunen der Marktfrauen nach dem etwas älteren Fisch fragte. „Ich liebe Fisch", fuhr de Montaigne fort. „Viel mehr noch als Fleisch. Zudem ist er viel leichter verdaulich." Wieder fuhr die Zunge über die Lippen. Ein Schluck Bordeaux, und weiter gingen die kulinarischen Ausführungen. „Als Kind habe ich Naschereien verabscheut, was meine Erzieher dazu angetrieben hat, sie mir nur noch stärker aufzuzwingen, betrachteten sie es doch als unnatürlich und als trotziges Verhalten, dass ein Kind keine Süßigkeiten mochte. Also war mir schon früh klargeworden, dass eigensinniges Verhalten nur zu Missstimmungen im menschlichen Miteinander führt. Jedenfalls habe ich es durch Selbstdisziplin geschafft, schließlich an allem Essbaren irgendeinen Gefallen zu finden, außer an Bier. Besonders die Melonen haben es mir als Kind angetan. Sonst waren Salat und Obst nicht unbedingt zu meinen Lieblingsspeisen zu zählen."

Giordano war fasziniert von der Leidenschaft, mit der sein Freund über Essen und Trinken und dessen Auswirkung auf

Leib und Seele des Menschen fabulieren konnte. Besonders angetan war dieser vom Essen in Italien. Die Frauen übrigens auch, wie er immer wieder so ganz nebenbei einwarf. Orangen, Zitronen, Oliven, Quittengelee auf den Märkten, Feigen, das alles hatte ihn trotz seiner verhaltenen Liebe zu Obst und Gemüse vor allem ob der Größe und der Intensität der Farben sehr beeindruckt. Am besten hatte ihm auf seinen Reisen allerdings die deutsche Küche behagt. Mit Apfelringen bedeckte Suppen, Kohl in verschiedenen Varianten, Pflaumenkompott als Beilage zum Fleisch, Eier, immer hart gekocht und geviertelt auf den Salat und alles immer in reichlichem Übermaß. De Montaigne selbst war der Meinung, dass der Körper gesund sei, wenn es ihn nach all diesen Leckereien gelüste, und er verfluchte die Ärzte, die einem Schonkost und Diäten verschrieben, um irgendwelche Leiden zu vertreiben.

„Man kann doch nicht Übel mit Übel bekämpfen, mein lieber Giordano", sagte er.

Der Jüngere nickte heftig und überhörte den schweren Zungenschlag de Montaignes geflissentlich.

Bevor de Montaigne trunken vom Rotwein, den zu loben er nicht müde geworden war, ins Bett fiel, hatte er zu einer letzten Rede angehoben. „Ich verabscheue Krieg und Folter, da vor allem die Folter zutiefst unmenschlich und obendrein sinnlos ist. Ich verabscheue überhaupt jede Art von Menschen- und Tierquälerei, da ich einen Hass auf alle Grausamkeiten habe." De Montaignes Stimme bebte leicht, als er fortfuhr.

„Ich schäme mich für meine Landsleute, wenn ich sehe, wie sie vor allem zurückscheuen, was neu für sie ist und was nicht ihren Verhaltensweisen entspricht, und ich verabscheue die Vernichtung der Wilden und ihrer Kulturen, da wir sie selbst in ihren schlimmsten Barbareien noch übertreffen."

Endlich war er erschöpft auf seinen Stuhl gesunken, und Giordano half ihm, sich auszuziehen, und brachte ihn zu Bett.

Kapitel 61

„Giordano Bruno, Majestät!"

Heinrich winkte den Gelehrten näher. Giordano näherte sich dem Monarchen in leicht gebückter Haltung. Er hatte sich dem Anlass entsprechend neu eingekleidet. De Montaigne hatte ihm einen Schneider in der Nähe ihres Quartiers genannt, und glücklicherweise hatte der passende Kleidung in Giordanos Größe lagernd gehabt. Dem neuen Freund folgend, hatte er einen schwarzen Gehrock mit ebensolchem Umhang und Hut gewählt. Gleich in der Nähe der Schneider hatten sich die Schuster niedergelassen, und so hatte sich auch noch die Gelegenheit ergeben, ein neues Paar Stiefel zu erwerben. Giordanos Müdigkeit war der Aufregung gewichen, die ihn beim Anblick des Königs von Frankreich befiel.

Er war froh, dass er seinem Freund beim Leeren der Flaschen nicht allzu sehr beigestanden hatte. Er wollte bei ihm einen guten Eindruck hinterlassen, denn er wusste, dass gute Beziehungen zum Monarchen eine wichtige Lebensversicherung und vor allem auch ein wichtiger Beitrag zum wirtschaftlichen Auskommen waren. Nicht zuletzt deshalb hatte er sein letztes Erspartes in die Anschaffung neuer Kleider gesteckt. Zwar war er gewiss, dass er durch seine Vorlesung schon bald wieder Geld würde einnehmen können, um so Kost und Logis zu begleichen, doch es war ihm nicht ganz wohl bei dem Gedanken, kein Geld mehr in der Tasche zu haben.

„Verehrter Monsieur Bruno. Ich habe gar Famoses von Euch vernommen." Huldvoll lächelte der Monarch von seinem Thron herab. Links und rechts von ihm standen bewaffnete Wachen, daneben hatte sich sein engster Hofstaat aufgestellt. Einer der Adligen fiel ihm besonders auf, da er unablässig wohlwollend nickte. Er war groß gewachsen, trug einen Backenbart, Pluderhosen und hielt ein Barett vor der Brust. Auch einige Professoren aus dem Kollegium der Sorbonne waren anwesend.

„Sieh an, die Schmarotzer", dachte Giordano in Erinnerung an die Worte de Montaignes. Als der König ihn aufforderte, ein Beispiel seiner Künste zum Besten zu geben, bediente sich Giordano seiner Lullusschen Scheibe, mit deren Hilfe er Sätze verändern und sie logisch neu zusammensetzen konnte. Er hatte die Scheibe neben einigen seiner Schriften am Morgen eingepackt und vermachte sie nun dem König als Geschenk. Heinrich war sehr angetan und hieß ihn am nächsten Tag wiederkommen. Giordano sah die argwöhnischen Blicke der Professoren. Mit stolzgeschwellter Brust verließ er den Audienzsaal. Erst jetzt hatte er Augen für die Weitläufigkeit des Palastes. Riesenhafte Gobelins und Gemälde mit biblischen Darstellungen begleiteten ihn auf seinem Weg hinaus. Manche der Räume, die er, geleitet von zwei Wachen, durchschritt, waren ganz mit Marmor verziert, andere wiederum mit Unmengen von Spiegeln versehen. Einen Raum zierten Fresken, in einem anderen schmückte Blattgold die Wände. An den Decken befanden sich zumeist Stuckmalerei und Sgraffiti.

„Monsieur Bruno!"

Giordano war fast am Haupttor angelangt, als jemand seinen Namen rief. Er drehte sich um und sah den Edelmann, der ihm die ganze Zeit über zugenickt hatte.

„Gestattet, dass ich mich vorstelle: Michel de Castelnau, französischer Gesandter am Hofe der englischen Königin." Er deutete eine kurze Verbeugung an. „Darf ich Euch ein Stück begleiten?"

„Aber gern, Monsieur." Giordano war immer noch gut gelaunt, da er wusste, dass sein erster Auftritt beim König ein voller Erfolg gewesen war.

„Ihr müsst wissen, ich habe schon viel über Euch gehört."

Giordano zog die Brauen hoch und sah den Gesandten fragend an.

„Wir haben einen gemeinsamen Freund. Monsieur de Montaigne ist ein langjähriger Bekannter von mir."

De Castelnau lenkte die Schritte des Gelehrten Richtung Stadtzentrum. Vor einer Gaststätte machte er halt. „Gestattet Ihr mir, Euch zu einem Essen einzuladen?"

Ohne eine Antwort abzuwarten, betrat er die düstere Wirtsstube. Einige Studenten saßen bereits in feuchtfröhlicher Runde beisammen. Es wurde viel gelacht, und Zoten flogen durch die Luft. Ein bärbeißiger Wirt mit Oberlippenbart füllte die Bierkrüge der jungen Leute immer wieder unaufgefordert nach. Die beiden ließen sich nahe dem Ausgang nieder. De Castelnau rief den Wirt und fragte, was es in der Küche gäbe.

„Monsieur, wir haben heute Morgen frische Rebhühner bekommen. Meine Frau bereitet sie in einer Sauce aus Weißwein und Senfkörnern zu." Der dickliche, kleine Mann rieb ständig seine Hände und wippte mit den Fersen.

„Das klingt doch vorzüglich. Was meint Ihr, Monsieur Bruno?"

Giordano nickte nur. Er dachte an de Montaigne und daran, dass er ihn am Abend wieder aufsuchen würde, um ihr Gespräch vom Vortag fortzusetzen.

„Dazu bringt Ihr uns einen Krug von Eurem besten Weißen!“

„Selbstverständlich, Monsieur, Ihr werdet Eure Wahl nicht bereuen.“ Nach einer raschen Verbeugung eilte der Wirt Richtung Küche davon.

„Sehr gut, sehr gut. Wie Ihr seht, Monsieur Bruno, kann ich einer köstlichen Mahlzeit und einem guten Tropfen nur sehr schwer widerstehen.“ De Castelnau strich sich über sein ganz ansehnliches Bäuchlein. Nach dem zweiten Krug Wein erzählte Giordano über seine abenteuerliche Reise von Neapel bis hierher nach Paris. De Castelnau hörte aufmerksam zu, nickte manchmal zustimmend, lächelte über heitere Begebenheiten und schwieg betroffen, wenn er es für angebracht hielt. Ab und zu unterbrach er den Redefluss des Erzählers, stellte Fragen oder kommentierte Aussagen. Giordano würzte seine Rede mit allerlei philosophischen Einwürfen, bemühte sich aber, nicht zu sehr abzuschweifen. Doch selbst als er genüsslich an einem Bein des Rebhuhns nagte, hielt er nicht inne. Der Wirt hatte nicht zu viel versprochen. Gar köstlich schmeckte das Geflügel. Mit Weißbrot tunkten sie die Sauce. Es schien Giordano, als sei de Castelnau von ähnlichem Zuschnitt wie Monsieur de Montaigne. Auch er hatte diese Art, das Leben von der heiteren Seite zu betrachten, sich den sinnlichen Genüssen nicht zu verschließen, aber auch der Ernsthaftigkeit ihren Platz zu lassen. Alles zu seiner Zeit. Leben und leben lassen. Zum Nachtisch brachte der Wirt Apfeltarte und servierte dazu

Calvados aus einer großen, bauchigen Flasche. Nun war es aber an der Zeit, nach Hause zu gehen. Giordano wollte sich etwas schlafen legen und war danach mit dem Eigentümer eines Stadtpalais verabredet, der die großen, weitläufigen Räume für Privatvorlesungen vermietete. Später wollte er in der Umgebung der Sorbonne Anschläge anbringen, in der er seine Vorlesung ankündigte.

„Darf ich Euch noch ein paar Schritte begleiten?"

Giordano willigte gerne ein. Sein Begleiter tat einen mächtigen Furz und schnaufte hernach zufrieden. Die Akkuratesse der Parkanlagen und die frische Frühlingsluft machten, dass er sich trotz des üppigen Mahles leicht fühlte. Man sprach über dies und das, und de Castelnau empfahl ihm im Vorübergehen die eine oder andere Gaststätte. Mal waren es die Muscheln und anderen Meerestiere, die er lobend erwähnte, mal das frische Wild, und er vergaß natürlich nie, auf den guten Wein hinzuweisen – und falls er, Giordano, einmal ganz andere Gelüste hätte, so gäbe es für einen Mann seiner Herkunft und seines Aussehens reichlich Abwechslung in der Stadt. Die schönsten Kurtisanen, darin stimme er allerdings mit Monsieur de Montaigne überein, gäbe es jedoch nur in Italien.

„Ihr Italiener müsst glückliche Männer sein, ihr habt die hübschesten Mädchen überhaupt."

Giordano konnte nur nicken, und wieder wurde ihm schmerzlich bewusst, dass er diesbezüglich über keinerlei Erfahrungen verfügte.

„Sie verstehen sich auf ihr Handwerk, wenn Ihr wisst, was ich meine, Monsieur." Castelnau lächelte verschmitzt. In der Nähe von Giordanos Unterkunft trennten sich die beiden und vereinbarten, sich am nächsten Tag nach der Vorlesung wieder zu treffen.

Giordano spürte nun die Müdigkeit in seinen Gliedern und freute sich auf eine kleine Nachmittagsruhe. Als er die Tür zu seiner Kammer öffnete, sah er einen Brief auf dem Fußboden. Jemand musste ihn durch den Türspalt geschoben haben. Leicht erregt öffnete er ihn und entspannte sich sogleich wieder. Der Brief war von Michel de Montaigne.

„Hochverehrter Monsieur Bruno, lieber Freund! Wenn Ihr diese Zeilen lest, bin ich bereits auf dem Weg nach Bordeaux, wohin mich dringende Amtsgeschäfte treiben. Es war mir eine große Ehre, aber auch ein außerordentliches Vergnügen, einen so brillanten Geist wie den Euren kennenlernen zu dürfen. Lasst mich als den Älteren Euch einen Rat auf den weiteren Lebensweg mitgeben. Versucht, dem Leben auch die heiteren Seiten abzugewinnen. Schwer ist es von alleine. Ich bin davon überzeugt, dass in hundert, vielleicht auch erst in zweihundert Jahren die Menschen klüger sein werden als heute. Sie werden die Angst vor dem Neuen, dem Fremden verlieren, die Scheu davor, Dinge kennenzulernen, die sie nicht sogleich verstehen, und sie werden erkennen, dass Gott nicht für kriegerische Auseinandersetzungen taugt. Dass Religion niemals ein Grund sein darf, sich gegenseitig abzuschlachten. Sie werden einsehen, dass die Folter grausam und unmenschlich ist, und wer weiß, vielleicht werden sie sogar einsehen, dass die Erde nicht der Mittelpunkt aller Schöpfung ist. Mein lieber Freund, ich hoffe sehr, dass sich unsere Wege in nicht allzu ferner Zukunft wieder kreuzen werden und wir bei einem guten Tropfen unsere fruchtbaren Dispute fortführen werden.

Bis dahin bin ich Euer sehr ergebener Michel de Montaigne."

Giordano freute sich über die Zeilen und bedauerte zugleich, dass ihm der neu gewonnene Freund bereits wieder abhandengekommen war. Rasch entkleidete er sich, schlüpfte in sein Bett und dachte nochmals über die Zeilen de Montaignes nach. Er fühlte sich wohl in einer Umgebung, in der es mehr Menschen gleichen Geistes gab. Menschen, durch die er im intellektuellen Widerstreit vielleicht noch etwas lernen konnte, die aber auch an seinen Ideen interessiert waren. Sollte Paris nun doch zu seiner neuen Heimat werden? Er fiel in einen leichten Schlaf.

Etwa zwei Stunden später erwachte er und machte sich auf den Weg zu seiner Verabredung. Man war rasch handelseinig. Monsieur de Coreur, ein alter, alleinstehender Adliger, der der Wissenschaft sehr zugetan war, verlangte zwanzig Prozent des Eintrittsgeldes, das Giordano für den Besuch seiner Vorlesung einheben wollte. Das Stadtpalais verfügte im Untergeschoss über drei etwa gleich große Säle, in denen Privatgelehrte Vorlesungen hielten. Giordano lauschte an den Türen, doch was er hörte, verleitete ihn nicht dazu, den Vorlesungen beizuwohnen. Er bedankte sich bei Monsieur de Coreur und verabschiedete sich. Mit Nägeln und einem kleinen Hammer befestigte er die Vorlesungsankündigung in der Nähe des Palais und der Universität und machte sich daraufhin auf den Weg Richtung Notre Dame. Der Duft von Weihrauch umfing ihn sofort, als er die Kathedrale betrat. Es war düster, nur ein paar meterhohe Kerzen warfen ihr karges Licht in die Dunkelheit. Hie und da knieten in Andacht versunkene Menschen in den Bankreihen. Mönche übten gregorianische Choräle. Einige Beichtstühle waren besetzt. Giordano drehte sich um und sah die riesige Rosette über dem Haupteingang. Ein unbehagliches Gefühl befiel ihn. Das Flackern der Kerzen schien den auf Stelen an den Wänden stehenden Heiligenfiguren Leben einzuhauchen. Giordano drehte sich, und mit ihm drehten sich die Kerzen, die plötzlich immer mehr zu werden schienen. Die Heiligen verschwanden hinter den Flammen, ja es schien, als würden sie von diesen verschlungen. Es war ihm, als brenne die Kathedrale. Ihm war schwindlig. Er musste die Augen schließen und sich an einer Bankreihe festhalten. Giordano atmete mehrmals tief aus und ein und verließ dann raschen Schrittes das Gotteshaus, ohne sich noch einmal umzudrehen. Eine strahlende Abendsonne empfing ihn und ließ ihn die düsteren Gedanken sofort wieder vergessen. Er lenkte seine Schritte Richtung Montparnasse, dorthin, wohin ihm Monsieur de Castelnau geraten hatte zu gehen, falls es ihn einmal nach Abwechslung gelüste. Abwechslung konnte er nun gut gebrauchen.

Kapitel 62

Nervös wartete Giordano am Haupteingang des Palais. Es war kurz vor neun Uhr morgens. Eigentlich war er sicher, dass viele Interessierte zu seiner Vorlesung kommen würden, doch je mehr Zeit verstrich, umso mehr Zweifel beschlichen ihn. Sein Ausflug auf den Montparnasse war eine große Enttäuschung gewesen. Die halbe Nacht hatte er wachgelegen und sich einen feigen Esel gescholten. Doch galt seine volle Konzentration den Dingen, die da kommen würden. Er hörte Lärm, Stimmen ... endlich. Erleichterung. Doch es war nur einen Gruppe Pilger auf dem Weg Richtung Notre Dame. Nervös trat er von einem Fuß auf den anderen. Er wusste, dass Monsieur de Coreur irgendwo hinter einem Fenster ebenso gespannt wie er darauf wartete, wie viele Studenten seine Vorlesung besuchen würden, ging es ihm doch auch nicht zuletzt um seinen Anteil an den Einnahmen. Neun Uhr war verstrichen. Nichts. Nochmals Lärm. Diesmal ein Karren mit Gefangenen, die zur Bastille gebracht wurden.

„Unglückselige", dachte Giordano und wandte sich enttäuscht um, um ins Innere des Palais zu gehen. Da hörte er seinen Namen rufen.

„Monsieur Bruno!"

Ein junger Bursche, etwa achtzehn Jahre alt, sein Barett in der Rechten, eine Mappe in der Linken, kam auf ihn zugelaufen.

„Monsieur Bruno, hier seid Ihr also."

Der Junge blieb keuchend knapp vor Giordano stehen. Der Gelehrte hob die Augenbrauen und sah den jungen Mann fragend an.

„Monsieur, wir ... Eure ...“ Er stotterte.

„Ja?“ Giordano wurde ungeduldig. Wenn schon niemand seine Vorlesung hören wollte, so wollte er keinesfalls hier auf der Straße seine Zeit vergeuden.

„Monsieur, Eure Studenten. Sie warten alle in der Rue St. Germain Nummer 24.“

„Ja?“ Giordano verstand nicht.

„Dies hier ist die Rue St. Germain Nummer 34.“

Erst jetzt wurde dem Gelehrten klar, was geschehen war.

„Rasch, lauft, bringt sie zu mir. Die Vorlesung wird hier stattfinden.“

Etwa achtzig bis neunzig Studenten kamen gleich darauf ausgelassen und voller Erwartung dessen, was sie zu hören bekommen würden, die Straße herauf. Giordano nahm sie in Empfang und kassierte von jedem einen Franc. Monsieur de Coreur rieb sich hinter dem Fenster zufrieden die Hände. Hatte er es doch gewusst, dass er seine Räumlichkeiten dem Richtigen zur Verfügung stellte! Mit ein paar Nachzüglern war der Saal brechend voll. Einige, die um fast zwanzig Minuten zu spät kamen, musste Monsieur de Coreur schweren Herzens abweisen. Aber er wusste, dass, wenn Monsieur Bruno seine Sache gut machte, und davon ging er aus, bald die ganze Stadt über ihn sprechen würde, und dann würde man sich vor zahlungswilligen Neugierigen nicht mehr retten können.

Es geschah wie erwartet. Giordano war der neue Stern am Himmel der Pariser Wissenschaft, argwöhnisch beobachtet von den Professoren der Sorbonne, die es ihm nicht nur übelnahmen, dass er hochnäsig ihr Angebot, einer der ihren zu werden, ausgeschlagen hatte, sondern auch, weil sie um ihre

Extraeinnahmen, die sie durch Privatvorlesungen erzielten, bangten. Etliche Wochen vergingen, und Giordano und Monsieur de Coreur hatten bereits ein kleines Vermögen angehäuft. Studenten von umliegenden Universitäten, Theologen, Philosophen, sie alle lauschten gebannt den Ausführungen des Italieners. Nur der König hatte sein Interesse an seinen Privatvorlesungen rasch wieder verloren. Zum einen war er des Studierens wieder überdrüssig und frönte einmal mehr den orgiastischen Ausschweifungen, zum anderen hatte er rasch eingesehen, dass Giordanos Wissenschaft nichts mit Magie zu tun hatte, und so verzichtete er immer häufiger auf die Privatvorträge des mittlerweile stadtbekannten Philosophen. Auch wollte er vor dem Kollegium der Universität seine Ruhe haben, das ihn, wann immer dazu Gelegenheit war, von der Notwendigkeit überzeugen wollte, den Störenfried wieder loszuwerden und so die Unruhe, die auch ihre Vorlesungen erfasst hatte, einzudämmen. Nach einer längeren Unterredung mit seinem Gesandten de Castelnau fasste er den Entschluss, diesen auf eine Vermittlungsmission nach England zu schicken. Er sorgte sich um das Schicksal Maria Stuarts und der ihr ergebenen Katholiken und wusste, dass Castelnau ein gerngesehener Gast im St.-James-Palast war. Vielleicht gelang es ihm, Elisabeth gütig zu stimmen und die Königin dazu zu bringen, ihre Halbschwester freizulassen. Das würde die Katholiken stärken, und ein größerer Krieg in Europa, den insbesondere Spanien und der Vatikan vorbereiteten und der ihn selbst nicht nur wieder Unmengen von Geld kosten würde, sondern auch die Gefahr erneuter Aufstände der Hugenotten in seinem eigenen Land bedeutete, könnte so vielleicht verhindert werden.

„Monsieur Bruno nehmt Ihr mit nach England“, schloss der Monarch seinen Monolog. Genial, dachte er, den bin ich los.

„Sehr wohl, Majestät.“ De Castelnau verbeugte sich und machte sich rasch auf den Weg, um die Vorbereitungen für die Seereise in die Wege zu leiten. Er freute sich darauf und auch, dass ihm das Schicksal eine interessanten Weggefährten zugespielt hatte, und Elisabeth würde bestimmt sehr angetan von ihm sein.

Kapitel 63

„Raleigh, es ist Raleigh!“

Einige hundert Menschen standen am Kai und winkten dem einfahrenden Schiff zu. Hüte wurden in die Luft geworfen, kleine Fähnchen geschwenkt. Sir Walter Raleigh war heimgekehrt. Das Schiff, das de Castelnau und Giordano in den Hafen von Dover brachte, hatte nur etwa eine halbe Stunde früher angelegt. Die Themse führte zu wenig Wasser, und so war nicht daran zu denken gewesen, weiter flussaufwärts zu segeln. Die Matrosen waren dabei, den Zweimaster zu verstauen, und für die Fahrgäste löste sich nun das Rätsel, warum so viele zum Teil festlich gekleidete Menschen am Ufer warteten. Soldaten versuchten, die Menge im Zaum zu halten. Prächtige Kutschen warteten darauf, den engsten Vertrauten der Königin nach St. James zu bringen. Auch für den französischen Gesandten und seinen Gast stand eine Kutsche bereit, und als ihr Gepäck verstaut war, machte sich das wackelige Gefährt auf Richtung London. Zwei Wachen eskortierten die Reisenden zu Pferd. Die Stadt lag etwa eine halbe Tagesreise entfernt. Giordano hatte die Überfahrt über den Kanal sehr genossen. Hatte oft an seine Kindheit gedacht, wenn er mit dem Vater im Golf von Neapel fischen war. Nur, dass das Wasser hier nicht so blau und viel unruhiger war. Die ganze Zeit über hatte er an der Reling gestanden, versucht, den Punkt zu erkunden, von dem man das Festland nicht mehr, die Insel aber schon sehen konnte. De Castelnau hatte ihm die meiste Zeit über Gesellschaft geleistet, ihm von der Königin erzählt und davon, in welch schwieriger Situation sie sich befand. Nun war auch er von Neugier erfasst. Wie würde sich London von Paris unterscheiden? Was würde ihn erwarten? Er wollte an die Universität von Oxford. Vielleicht konnte er dort eine Vorlesung halten. Sie fuhren lange an der Themse entlang. Sattes Grün, ausgedehnte Weiden und kleine Steinhäuschen mit gepflegten Vorgärten begleiteten sie. Das Wetter war mild, der Frühling begünstigt durch das maritime Klima noch etwas weiter vorangeschritten als in Paris. In der Kutsche roch es etwas nach Schweiß und Moder. Nach etwa zwei Stunden Fahrzeit hieß de Castelnau den Kutscher an einer Taverne anhalten. Es war früher Abend, und der Gasthof war noch mäßig besetzt. Der Kutscher versorgte die Pferde mit Wasser, während sich seine Fahrgäste in der mit dunklem Holz ausgekleideten Wirtsstube einen Platz suchten. De Castelnau bestellte in perfektem Englisch zwei Gläser Bier und einen Lammeintopf, dessen Duft gegen Alkoholdunst und den Geruch abgestandenen Fetts ankämpfte. Giordano stocherte teilnahmslos in seinem Essen, dachte an neue Herausforderungen und daran, dass er durch die Ermunterungen Montaignes endlich auch den Zugang zu heiteren, ja zuweilen frivolen Stoffen gefunden hatte und er nun nach seinem Buch über den Kerzenzieher bald wieder etwas Neues schreiben wollte. Er wusste von de Castelnau, dass England trotz der ganz Europa umfassenden Spannungen zwischen Katholiken und Protestanten ein liberaler Platz war und dass ein gewisser William Shakespeare eine wahre Meisterschaft entwickelt hatte, sowohl den Hochadel als auch das gemeine Volk mit seinen Komödien zu belustigen, ohne dabei die Provokation zu vergessen, die ihm aber stets verziehen wurde. Giordano, eigentlich kein großer Freund des Bieres, schmeckte die bittere, dunkelbraune

Brühe. Bei nächster Gelegenheit würde er Shakespeare in seinem Theater aufsuchen. Der Dichter erschien ihm nach all den Erzählungen de Castelnaus als ein Seelenverwandter des von ihm so verehrten Michel de Montaigne, und er hatte gemerkt, dass es ihm guttat, sich mit solchen Geistern zu umgeben. Menschen, die der Einfalt trotzten, die der bornierten, engstirnigen Obrigkeit, sei es Adel oder Klerus, wacker entgegentraten, die aber durch ihre Schlauheit und ihren Witz unangreifbar waren. So wollte er werden, seine wissenschaftlichen Erkenntnisse, seine Philosophie so unbeschwert und allgemeinverständlich unters Volk zu bringen, daran wollte er arbeiten. Das erschien ihm als brauchbares Ziel. Der Gesandte bezahlte die Zeche und drängte zum Aufbruch, da er noch vor Einbruch der Dunkelheit in London ankommen wollte. Gerade um diese Jahreszeit sei der Nebel in der Stadt besonders dicht, und oft sähe man nicht einmal eine Handbreit vorm Gesicht, erklärte er. Giordano trank aus, musste aber kurz darauf die Kutsche wieder halten lassen, da seine Blase wohlgefüllt vom Gerstensaft ihr Recht einforderte. Auch sein Begleiter nutzte die Gelegenheit, und so standen sie Seite an Seite und beobachteten dabei, wie ein Schäferhund sich abmühte, die renitente Herde zusammenzuhalten. Nach weiteren etwa anderthalb Fahrstunden passierten sie das Osttor der Stadt. Ähnlich wie in Paris herrschte reges Treiben auf den Straßen, so dass die Kutsche nur sehr langsam vorankam, was Giordano die Gelegenheit gab, Tower und Tower Bridge zu bewundern. Der Anblick der St.-Pauls-Kathedrale ließ ihn kurz an Rom und an die Inquisition, die dort vergeblich seiner harrte, denken. Er schmunzelte. Sollten die Narren nur warten. Nie mehr würden sie ihn zu Gesicht bekommen. Seine neue Heimat waren jetzt Europa und all die Länder, die ihn und seine Lehre willkommen hießen. Aber vielleicht würde Italien ja eines Tages erwachen, die Toleranz, die er vielerorts bereits kennengelernt hatte, üben und endlich akzeptieren, dass es zwar nur einen Gott gab, aber viele Wege, um zu ihm zu gelangen. Aber vorerst wusste er, dass eine Rückkehr zumindest Folter, wenn nicht sogar den Tod auf dem Scheiterhaufen bedeuten würde.

Sie waren in Mayfair am Wohnsitz de Castelnaus angekommen. Die Ankunft des Gesandten war bereits angekündigt worden. Ein Diener öffnete die Tür der Kutsche, vor die er ein kleines Holztreppchen gestellt hatte, um den Reisenden den Ausstieg zu erleichtern. Dann lud er das Gepäck ab, während de Castelnau dem Kutscher die Fahrt bezahlte. Giordano verweigerte eine weitere Mahlzeit, zumal sein Magen durch die Schaukelei etwas in Mitleidenschaft gezogen war, und ließ sich von seinem Gastgeber nur noch zu einem Gläschen Whiskey überreden, um sich dann in sein Gästezimmer zurückzuziehen. Er fiel umgehend in einen tiefen, traumlosen Schlaf, während im Erdgeschoss de Castelnau eine Boten nach St. James schickte, um für den nächsten Tag eine Audienz bei der Königin zu erbitten.

Kapitel 64

1. Januar 1600

Giordano erwachte, da eine seiner Wunden wieder zu eitern begonnen und der pulsierende Schmerz von seinem ganzen Körper Besitz ergriffen hatte. Es war bitterkalt in seiner Zelle, und er hatte jegliches Zeitgefühl verloren. Er wusste nur, dass es nach Weihnachten sein musste, da er die Wachen darüber reden gehört hatte und die Glocken von St. Peter einen ganzen Tag lang nicht hatten verstummen wollen. Mehrmals hatte er versucht, seine Position gegenüber den Vorwürfen der Inquisition zu Papier zu bringen, aber immer wieder hatte er abgebrochen, durchdrungen von der Erkenntnis, dass sein Tod so oder so besiegelt war, sei es siechend hinter Klostermauern oder qualvoll auf dem Scheiterhaufen. Kardinal Bellarmin hatte ihn noch einmal besucht und ermahnt, endlich Reue zu zeigen, aber beide wussten, dass das Gespräch sinnlos war, der letzte Versuch des Oberinquisitors, seine Pflicht gegenüber den Vorschriften über den Umgang mit Ketzern zu erfüllen. Giordano rechnete mittlerweile täglich mit der Urteilsverkündung, und manchmal, wenn er Schritte vor seiner Zelle hörte, wünschte er sich sogar, es wären seine Henker. Er versuchte sich auszumalen, wie es denn wäre, wenn sich der Rauch des brennenden dürren Geästs in Nase und Mund breitmachte und langsam in die Lunge kroch. Wenn die züngelnden Flammen sich erst seiner Fußsohlen bemächtigten und sich langsam den Körper hoch fraßen ... und was danach käme. Seine Seele würde wandern. Aber wohin? Wo würde sie eine neue Heimat finden? Welche Aufgabe würde Gott ihr zuteilen? Was war mit den Menschen? Würden sie der Hinrichtung zusehen? Was würden sie empfinden? Würden sie, wie de Montaigne es ihm geschrieben hatte, erkennen, dass das, was sie sahen, grausam und des Menschen nicht würdig sei? Oder würden sie den Kirchenoberen Beifall zollen, dass wieder ein Abtrünniger weniger auf dieser Erde weilte? Dass ihr vorgegebener Glaube in Sicherheit war und durch keine Fragen oder gar Ideen gestört wurde? Egal, er konnte es ja doch nicht mehr beeinflussen. Nur das Warten zerrte an seinen Nerven. An seinem Schicksal würde er nun nichts mehr ändern können Aber eines würde er, wenn es so weit war: endlich wissen.

Kapitel 65

Guiseppe war etwa eine Woche unterwegs gewesen, bis er endlich die Stadtmauern Genfs sah. Von weitem schon konnte er auf dem Anger vor dem Haupttor eine große Menschenmenge ausmachen. Er näherte sich vorsichtig und versteckte sein Pferd in einem kleinen Waldstück. Je näher er kam, desto deutlicher konnte er die monotonen Trommelschläge vernehmen, die wieder einmal das nahe Ende eines unglücklichen Delinquenten ankündigten. Unauffällig mischte er sich unter die Menschenmenge, die wie gebannt auf das Stadttor starrte. Ein grausiger Totenzug bahnte sich den Weg durch die engen Gassen der Stadt. Als Erstes sah man Wachen mit geschulterten Lanzen und Armbrüsten, dahinter einen von einem Esel gezogenen Wagen, auf dem ein alter, weißhaariger Mann kniete. Sein Blick war wirr, so als nehme er gar nicht wahr, was mit ihm geschah. Er trug ein zerrissenes, weißes Leinenhemd, seine Hände waren auf den Rücken gebunden. Hinter dem Wagen sah Guiseppe die Mitglieder des Konsistoriums, und noch etwas sah er, was ihm das Blut in den Adern gefrieren ließ. Der Richter de Leveré und ein zweiter Mann hatten Anna, die ohnmächtig zu sein schien, in ihre Mitte genommen. Ihre Beine schleiften auf dem Boden. Ein Raunen ging durch die Menge, das unter den gestrengen Blicken der Stadtoberen sofort wieder verstummte. Nur das Wiehern der Rösser, die auf ihren schaurigen Dienst warteten, war zu hören. Guiseppes Puls raste, er wollte sich auf de Leveré stürzen, Anna befreien und fliehen. Erst jetzt hörte er das Raunen der Umstehenden. Verstand endlich die entsetzliche Wahrheit. Es war Annas

Vater, den sie zur Hinrichtung brachten. Fieberhaft suchte er nach einer Möglichkeit, das Kommende zu verhindern. Der Zug kam rasch näher. Wieder bildete sich ein großer Kreis, in dessen Mitte nun die Pferde geführt wurden. Der Richter selbst verlas den Urteilspruch, den Guiseppe nur bruchstückhaft mitbekam. Noch immer war ihm kein rettender Gedanke gekommen. Nach der Verkündung des Urteils ging de Leveré zurück zu Anna, die mittlerweile aus der Ohnmacht erwacht war, umfasste mit einem Arm ihren Oberkörper und zwang mit der freien Hand ihren Kopf in Richtung ihres Vaters. Er hielt ihr dabei den Mund zu, so dass Guiseppe nur ihre vor Schreck geweiteten Augen sehen konnte. Annas Vater ließ sich willenlos auf den Boden legen, und er wurde mit Seilen, die mit jeweils einem der vier Pferde verbunden waren, an Armen und Beinen festgebunden. Guiseppe raste. Er sah, dass er keine Chance hatte, den Unglücklichen zu retten. Beim ersten Peitschenhieb wandte er den Kopf ab und schloss die Augen, hörte nur die Pferde und das Knacken, als die Gelenke vom Körper gerissen wurden. Gleich darauf kehrte Totenstille ein. Als er die Augen wieder aufschlug, sah er, wie man Anna wegtrug. Langsam setzten sich die Genfer Bürger in Bewegung, um wie gewohnt wieder ihrem Tagwerk nachzugehen. Ein paar Männer sammelten die Leichenteile ein, um sie zur Mahnung für andere Abtrünnige an einem Baum vor der Stadt zu befestigen. Eine Schar Krähen wartete in sicherer Entfernung auf ihre Mahlzeit. Guiseppe folgte den Menschen in einigem Abstand, bestürzt darüber, was er gesehen hatte und dass er nicht hatte helfen können. Er bezog Quartier in der Nähe des Hauses des Richters und begann, einen Plan zu schmieden, wie er wenigstens die Geliebte noch in dieser Nacht aus den Klauen des Richters würde retten können. Diesmal durfte nichts schiefgehen. Dieses Mal musste er es tun, egal, was passierte. Er zitterte, hatte Angst, wünschte sich für kurze Zeit ganz weit weg, zu Giordano, zurück nach Neapel oder Nola, jedenfalls weg von hier.

„Reiß dich zusammen! Gott hilf! Du musst es tun! Sie braucht deine Hilfe!", mahnte sich Guiseppe, während er in seiner Kammer auf und ab ging. Er besaß keine Waffe mehr. Egal. Mit den bloßen Fäusten würde er sie dem Ungeheuer entreißen. Es dämmerte bereits. Die Straßen leerten sich. Der Wirt hatte argwöhnisch geblickt, als Guiseppe nach einem Zimmer fragte, aber keinerlei Gepäck bei sich hatte. Ein paar Münzen hatten seine Zweifel vertrieben. Guiseppe atmete schwer. Er versuchte, sich zu beruhigen. Er wusste, dass er kein tapferer Held war. Aber hatte er nicht mit Giordano bereits so mancher Gefahr getrotzt? Ja, Giordano, an seiner Seite hatte er sich sicher gefühlt. Wie ein großer Bruder war er ihm vorgekommen. Er legte sich auf das Bett, versuchte, seine Kräfte zu sammeln.

***

Die Dunkelheit senkte sich rasch über die Stadt. Wie immer gingen die Bewohner früh zu Bett, so dass bald kein Mensch mehr auf der Gasse zu sehen war. Leise schlich Guiseppe die Treppe hinunter in die Wirtsstube. Hinter einer Tür hörte er zwei männliche Stimmen. Sie unterhielten sich über die Hinrichtung. Einer lachte. Dem Gespräch konnte er entnehmen, dass es sich um zwei Wachen handelte. Fast wäre er über eine Armbrust gestolpert, die vor der Tür lehnte. Rasch nahm er sie an sich. Einen Gurt mit Bolzen ebenso. Unbemerkt verließ er das Haus, die Armbrust geschultert, die Kapuze seines Mantels über den Kopf gezogen. Das Haus des Richters lag nur wenige Schritte entfernt. Die Tür war verschlossen. Das große Tor zum Innenhof stand einen Spaltbreit auf. Rasch schlüpfte er durch. Ein Geräusch rechts von ihm. Eine Katze schmiegte sich an seine Beine, miaute leise und lief dann davon. Das verhaltene Gackern von Hühnern war zu hören. Ein Kauz. Dann wieder Stille. Guiseppe wusste nicht, wie lange er schon im Innenhof verharrte, als er ein halboffenes Fenster erspähte. Von irgendwo aus dem Haus hörte er ein Poltern, dann ein lautes Fluchen. Rasch nutzte er die Gelegenheit und kletterte durch das Fenster, dessen Rahmen dabei laut knarzte. Wieder hielt er inne. Lauschte, ob ihn jemand gehört hatte. Er nahm die Armbrust auf und spannte sie vorsichtig, zu allem bereit. Das Fluchen war verstummt. Es war die Stimme des Richters gewesen. Es klang, als hätte er getrunken. Noch ein, zwei andere männliche Stimmen waren aus einem Raum im Erdgeschoss zu vernehmen. Langsam stieg Guiseppe die Treppe hinauf. Er drückte die Klinke der ersten Tür. Dunkel. Der zweiten. Wieder nichts. Der dritten und letzten. Verschlossen. Enttäuschung. Er spürte, dass Anna hinter dieser Tür gefangen sein musste. Schon wollte er versuchen, sie gewaltsam zu öffnen. Doch das hätte nur die Männer gewarnt, und mit dreien oder vieren konnte er es nicht aufnehmen. Eine Idee. Ein Schlüssel steckte in einer der Türen, die er bereits geöffnet hatte. Er passte. Vorsichtig drehte er ihn im Schloss, wieder ein Knarzen. Er nahm eine kurze Bewegung im Raum wahr.

„Anna?“

Stille.

„Anna?“ Noch einmal flüsterte er leise ihren Namen. Dann, als die Augen sich an die Dunkelheit gewöhnt hatten, sah er sie in einer Ecke kauern. Er öffnete die Tür etwas weiter, so dass ein Lichtkegel sie traf. Anna hatte die Augen geöffnet, starrte apathisch auf den Boden. Sie schien ihn nicht zu bemerken. Er betrat den Raum, flüsterte mehrmals ihren Namen. Er legte die Armbrust auf einen Tisch und half ihr hoch. Immer noch schien sie keine Notiz von ihm zu nehmen. Ihr Gesicht war eingefallen, das Haar ungewaschen und wirr. Augen und Lippen waren von Schlägen geschwollen und verfärbt. Guiseppe hörte die Schritte auf der Treppe nicht, zu sehr war er mit der regungslos Dasitzenden beschäftigt. Er griff ihr unter die Arme, und mit einem Ruck zog er sie hoch. Dann erstarrte er und hätte sie um ein Haar wieder fallen lassen. De Leveré stand in der Tür. Er schwankte und musste sich am Türstock festhalten. Guiseppe ließ Anna los, wollte sich auf den Richter stürzen, der immer noch mit offenem Mund vor ihnen stand. Dann ging alles sehr rasch. Er hörte ein Klicken und ein Surren. Der Bolzen drang de Leveré durch das rechte Auge in den Kopf, und er sackte lautlos in sich zusammen. Anna senkte die Armbrust und starrte auf den Toten. Guiseppe ließ ihr keine Zeit, nahm ihr die Waffe aus der Hand und zog sie an der Leiche vorbei aus dem Zimmer. Unbemerkt verließen sie das Haus.

Kapitel 66

Elisabeth war noch schlaftrunken, als ihre Kammerzofe ihr beim Ankleiden half. Sie hatte bis spät in die Nacht den Erzählungen Raleighs gelauscht und sich mit ihm über die letzten politischen Entwicklungen ausgetauscht. Gemeinsam mit Drake sollte Raleigh die britische Flotte aufrüsten, um auf den offensichtlich geplanten Angriff des spanischen Königs vorbereitet zu sein. Walsingham, der ebenfalls anwesend gewesen war, hatte von den jüngsten geplanten Anschlägen gegen die Königin berichtet, hinter denen er ebenfalls das spanische Königshaus vermutete. Marias Schicksal sei Spanien ein Dorn im Auge, hatte er gesagt. Solange sie eingekerkert war, würde das katholische Europa keine Ruhe geben. Aber Elisabeth wusste, dass eine Freilassung ihrer Halbschwester einen Aufstand im ganzen Königreich nach sich gezogen hätte, und den konnte und wollte sie nicht riskieren. Dann bliebe für Maria Stuart nur eine Lösung, hatte Raleigh in die Runde geworfen. Sie hatte geschwiegen, da auch sie wusste, dass ihr nicht viele Möglichkeiten blieben. Sie beide waren Königstöchter, sie beide wussten, dass dies eine Bürde war und ihr Leben nichts, das Wohl der Nation alles zählte.

Walsingham hatte auch zu berichten gewusst, dass der französische Gesandte in London eingetroffen war und einen Philosophen, der wohl dem katholischen Lager zuzuordnen sei, in seiner Begleitung habe. Der Philosoph, ein Italiener, sei von Heinrich III. persönlich beauftragt worden, nach London zu reisen. Vermutlich würde er versuchen, mit Maria Stuart Kontakt aufzunehmen. Seine Spitzel würden ihn jedenfalls nicht mehr aus den Augen lassen.

Ihre Zofe kämmte das helle Haar und steckte es zu einem Kranz zusammen. Dann schminkte sie die Königin. Ihr blasser Teint und ihre zierliche Gestalt ließen sie zerbrechlich aussehen, eine Täuschung, auf die schon viele ihrer Widersacher hereingefallen waren. Elisabeths Hals kratzte. Ab und zu musste sie husten. Raleigh hatte ihr aus der Neuen Welt getrocknete Pflanzen mitgebracht, die er in ein Holzrohr stopfte und anzündete. Der Reihe nach hatten alle an dem Rohr gezogen und furchtbar gehustet. Raleigh hatte gelacht und ihnen gezeigt, wie es die Wilden, von denen er die Pflanzen erhalten hatte, ihm vorgemacht hatten. Nach und nach hatte Elisabeth Gefallen daran gefunden. Erst war ihr schwindlig geworden, dann hatte sich ein beruhigendes Gefühl eingestellt.

„Mylady, der französische Gesandte Sir Michel de Castelnau!"

„Monsieur, welche Freude, Euch wiederzusehen."

Elisabeth ging ihm mit ausgebreiteten Armen entgegen. De Castelnau verbeugte sich und deutet einen Handkuss an. Die Königin mochte den Gesandten und seine fröhliche Lebensart. Giordano hatte es dem Begleiter gleichgetan und sich ebenfalls tief verbeugt.

„Nun, wen habt Ihr denn da mitgebracht?"

Elisabeth machte einen Schritt zurück und betrachtete die großgewachsene, hagere Gestalt, die sich nun ebenfalls wieder aufgerichtet hatte. Was sie sah, gefiel ihr gut. Der südländische Teint, die langen Haare, der gestutzte Bart und die hellen, bläulich schimmernden, wachen Augen, die einen klugen Geist verrieten ... sie war etwas irritiert. Ihr Herz klopfte, und sie spürte eine leichte Röte aufsteigen, die freilich durch die dicke Schminke nicht zu erkennen war. Schon länger hatte kein Mann sie aus ihrer stoischen Ruhe gebracht. Aber sie fasste sich rasch wieder und ließ sich nichts anmerken. Im Gegenteil. Kühl streckte sie dem Fremden die Hand zum Kuss hin, ohne ihn dabei eines Blickes zu würdigen, dann drehte sie sich abrupt um und ging in Richtung ihres Thrones.

„Professor Giordano Bruno aus Nola, Majestät. Philosoph, Theologe ..." Giordano zuckte kurz. „Astronom und Gedächtniskünstler." De Castelnau deutete nach der Vorstellung noch einmal eine kurze Verbeugung an.

„So, so, das alles auf einmal. Reichlich viel für eine Person, findet Ihr nicht auch, Monsieur Bruno?"

Giordano war die leichte Verlegenheit der Monarchin nicht entgangen. Doch nun behandelte sie ihn herablassend.

„Es greift das eine ins andere und gibt so ein Ganzes, Majestät."

Er hatte längst keine Scheu mehr vor gekrönten Häuptern, doch die Aura, die Elisabeth umgab, faszinierte ihn.

„Nun, dann wird er sich ja vortrefflich mit unseren Wissenschaftlern verstehen. Wir werden ihm ein Empfehlungsschreiben für die Universität Oxford ausstellen lassen. Aber Ihr müsst wissen, das Kollegium dort ist sehr eigensinnig."

Die Königin schmunzelte bei diesen Worten, und ihr Hofstaat tat es ihr gleich.

„Selbst die Empfehlungen ihrer Königin belieben die Professoren manchmal zu ignorieren."

Wieder leises Gelächter im Saal.

„Ich werde mich Eurer Gunst schon würdig erweisen, Majestät."

Giordano hatte sein Selbstbewusstsein wiedererlangt.

„Ihr dürft gehen, Monsieur. Das Schreiben wird Euch zugestellt."

Giordano verneigte sich tief und entfernte sich rückwärts aus dem Saal. Auch de Castelnau schickte sich an zu gehen.

„So bleibt doch, Monsieur."

Die Königin war enttäuscht, als der Gesandte ebenfalls gehen wollte. Sie schlug nun wieder einen freundlicheren Ton an und bedeutete de Castelnau, zu ihr zu kommen.

„Nun, welche Nachrichten bringt Ihr aus Frankreich?"

Giordano wurde von einem Diener zum Haupttor des St.-James-Palastes gebracht. Abermals musste er mehrere Höfe des weitläufigen Baus aus rotem Backstein durchqueren. Überall waren Wachen postiert, so dass niemand ungehindert bis zur Königin vordringen konnte. Nahe dem Palast setzte er sich in eine Taverne, um auf de Castelnau zu warten. Nach etwa einer Stunde kam der Gesandte aus dem Palast, in der Hand eine Pergamentrolle. Giordano trat vor das Wirtshaus und winkte de Castelnau, der, als er ihn sah, mit der Rolle in der Luft wedelte.

„Euer Empfehlungsschreiben, Monsieur Bruno. Nun aber rasch auf nach Oxford."

Der Empfang der Professoren war mehr als unterkühlt. Walsingham hatte ganze Arbeit geleistet und den Gelehrten als möglichen Spion des französischen Hofes denunzieren lassen. Dementsprechend abweisend verhielt sich das Kollegium. Giordano war enttäuscht, und nach kurzer Unterredung verließ er die Universität und kehrte noch in der

Nacht nach London zurück. Auch de Castelnau konnte sich das Verhalten der Professoren nicht erklären und schlug vor, noch einmal bei der Königin vorzusprechen. Doch Giordano winkte ab. Wenn man ihn nicht wolle, würde er sich nicht aufdrängen. Er werde mit der nächsten Überfuhr aufs Festland zurückkehren. Der Gesandte verstand die Enttäuschung, doch versuchte er noch die halbe Nacht, ihn bei etlichen Gläsern Rum umzustimmen. Er schlug ihm einen Besuch bei William Shakespeare vor. Vergebens. Ein Zusammentreffen mit Francis Bacon. Auch das konnte seine Meinung nicht ändern. Gleich am nächsten Tag würde ein Schiff Richtung Calais auslaufen, und Giordano gedachte, an Bord zu sein.

***

Elisabeth schlief schlecht. Sie träumte schwer. Ein süßlichschmerzhafter Traum. Ein Mann hielt sie in den Armen und stieß sie immer wieder weg. Der Mann war groß, hager und von geheimnisvollem Aussehen. Wieder lief sie zu ihm hin. Wieder umarmte er sie, wollte sie küssen, doch kurz bevor es dazu kam, stieß er sie von sich. Schweißgebadet erwachte sie am nächsten Morgen. Sofort trug sie ihrer Kammerzofe auf, nach dem Philosophen im Hause des französischen Gesandten zu schicken. Nach etwa einer Stunde erhielt sie die Nachricht, dass Giordano Bruno sich Richtung Festland eingeschifft hatte.

Kapitel 67

6. Februar 1600

Es war wieder wärmer geworden in Rom. Nach einem kurzen, aber umso heftigeren Winter freuten sich die Menschen über mildere Temperaturen. Der Kardinal hatte seinen Entschluss gefasst. Die Verurteilung des Ketzers war unvermeidlich. Die Kollegen des Offiziums hatten sowohl der Hinrichtung Giordano Brunos als auch der Beccarias zugestimmt und die baldige Vollstreckung festgelegt. Bellarmin war zufrieden. Viel zu lange hatte er den Versuchen Brunos, seine abstrusen Wahrheiten in die Köpfe der Inquisitoren zu pflanzen, zugesehen. Er war müde und wollte sich damit nicht mehr belasten. Die Folterungen hatten nicht den gewünschten Effekt gebracht. Der Gefangene hatte über sein Schicksal also selbst entschieden. Er konnte nun nichts mehr für ihn tun.

Kapitel 68

Gleich nach seiner Ankunft in Frankfurt am Main suchte Giordano das Gebäude der Verleger Wechel & Fischer auf, eine Adresse, die ihm de Castelnau noch mit auf die Reise gegeben hatte. Hier bedurfte es allerdings keines Empfehlungsschreibens. Die Verleger nahmen den Philosophen, als der er mittlerweile unter den gebildeten Kreisen in Europa galt, mit offenen Armen auf. Nachdem er einen Verlagsvertrag über drei Bücher unterschrieben hatte, mussten ihm die Herren Wechel und Fischer allerdings die bedauerliche Mitteilung machen, dass er keineswegs wie sonst üblich unter ihrem Dach bei freier Kost und Logis arbeiten konnte, da der Senat von Frankfurt, der von der Ankunft Giordanos erfahren hatte, sich dagegen ausgesprochen hatte. Wieder eine Enttäuschung, zumal die einzige Möglichkeit, in der Stadt zu bleiben, darin bestand, im Kloster des Karmeliterordens zu wohnen. Die Machtbefugnisse des Senats reichten nicht bis hinter die dicken Klostermauern.

„Euch eilt der Ruf eines Unruhestifters voraus, Herr Bruno", versuchte Johann Wechel, die Entscheidung der Frankfurter Stadtverwaltung zu erklären.

„Aber man kennt mich doch gar nicht."

„Oh doch, Eure Vorlesungen in Paris haben sich bis hierher durchgesprochen. Wir vermuten, das Kollegium der Frankfurter Universität ist beim Senat vorstellig geworden und hat protestiert." Wechel lächelte. „Das gefällt uns. Schon allein deshalb." Er rieb die Spitzen von Daumen und Zeigefinger aneinander. Giordano verstand nicht, was er meinte. Es war ihm auch egal. Eigentlich hatte er sich geschworen, nie mehr ein Kloster zu betreten, aber unter diesen Umständen und vor allem in Hinblick darauf, dass er in Ruhe arbeiten und bei Wechel & Fischer würde veröffentlichen können, willigte er ein. Auch wusste er, dass er im Kloster ungestört sein würde. Nach den langen Reisen war es vielleicht ganz gut, zur Ruhe zu kommen und sich nur noch dem Schreiben zu widmen. So, wie er es sich vorgenommen hatte, wollte er zuallererst einen Band mit Gedichten veröffentlichen. Und dann eine Geschichte in der Art des Kerzenziehers schreiben. Er musste unwillkürlich an de Montaigne denken und daran, dass er Seite an Seite mit den frommen Brüdern des Karmeliterordens eine frivole Geschichte schreiben würde. Aber wenn sie so fromm waren, wie die Benediktiner in Neapel, dann würden sie ihm reichlich Stoff für so ein Buch liefern. Mehr und mehr gefiel ihm die Idee.

Die Tage vergingen mit frühem Aufstehen, Beiwohnen der Exerzitien und Beginn der Schreibarbeiten. Auch ein weiteres Buch über die Lullussche Gedächtniskunst wollte er veröffentlichen. Erst nach einigen Wochen merkte er, dass es nicht auffiel, wenn er den Morgenexerzitien fernblieb, und so gewöhnte er sich wieder daran, länger zu schlafen und dafür abends bei Kerzenschein länger zu arbeiten. Außerdem entdeckte er bald, dass die Mönche in ihren Gewölben einen köstlichen Wein aus Äpfeln herstellten, ein Getränk, das vor allem nach einem der üppigen Gastmahle im Hause seiner Verleger für rasche Entleerung des Darmes und damit für sein Wohlbehagen sorgte. Giordano richtete sich also im Kloster ein und kam mit der Arbeit zügig voran. Aus einem Gedichtband wurden zwei, und auch der Band über die Gedächtniskunst forderte noch eine Nachfolge, zumal die

Buchmesse vor der Tür stand und die Verleger sich von ihrem in Fachkreisen berühmten Schützling reichlich Umsatz erhofften.

***

Es klopfte an der Zellentür.

„Signore Bruno, welch eine Ehre. Darf ich mich vorstellen: Giambattista Ciotto, Buchhändler aus Venedig."

Giordano, zuerst ärgerlich ob der Störung, sah von seinem Pult auf. Seine Gesichtszüge erhellten sich.

„Ein Landsmann. Was verschafft mir die Ehre?"

„Die Buchmesse, Verehrtester. Ich hörte, dass Ihr in der Stadt seid, und so habe ich mich auf die Suche nach Euch gemacht. Eure Verleger waren so freundlich, mir Euren Aufenthaltsort zu verraten."

„Aus Venedig, sagt Ihr? Woher kennt Ihr meinen Namen?"

„Aber ich bitte Euch, Signore Bruno. Halb Italien spricht über Euch."

Giordano wurde stutzig, doch nur für einen kurzen Augenblick, denn der Buchhändler fuhr fort, ihm zu schmeicheln.

„Eure Vorträge über die Gedächtniskunst haben in Fachkreisen großes Aufsehen erregt, und unter uns, Eure Bücher sind zwar verboten, doch wir Buchhändler sind von unseren treuen Kunden angehalten, was immer wir von Euch zu kaufen bekommen, heimlich nach Italien mitzubringen."

Giordano war erfreut und bestürzt zugleich. Verboten? Seine Bücher? Für so wichtig hielt man sein Geschreibe also, dass man es verbieten musste.

„Ihr verfügt über eine große Anhängerschar, Signore Bruno. Allerdings nur heimlich, versteht sich. Wer will es sich schon mit der Obrigkeit verscherzen?"

Giordano wusste nicht, wie er mit der Nachricht umgehen sollte. Nachdem Signore Ciotto gegangen war, versuchte er, seine Gedanken zu ordnen. Der Buchhändler würde für die gesamte Messe in der Stadt bleiben, und wenn es sich lohnte, auf eines seiner neuesten Werke zu warten, sogar darüber hinaus. Er würde mit den Verlegern einen guten Preis für seine Bücher aushandeln und sie dann heimlich nach Italien bringen. Eine verlockende Aussicht. Beschwingt machte er sich wieder ans Werk.

Als er die vom Verlag geforderten Bände fertiggestellt hatte, machte er sich noch rasch daran, ein philosophisches Buch, dem er den Titel „Von dem Unzählbaren, dem Unermesslichen und dem Unvorstellbaren" gab und das er in Fragmenten bereits längere Zeit mit sich herumtrug, zu Ende zu bringen. Sollte in seiner alten Heimat tatsächlich ein neuer Geist anbrechen? Gab es tatsächlich immer mehr Menschen, die sich den Dogmen entzogen und sich ihre eigenen Gedanken machten? Nun, einen Versuch war es jedenfalls wert, und wenn seine Bücher heimlich in Umlauf kamen, sollte es ihm auch recht sein. Vielleicht könnte auch er eines Tages …? Doch halt, noch war die Zeit nicht reif dafür. Noch musste er sich in Deutschland der Arbeit und der Wissenschaft widmen.

De Montaigne hatte immer vom deutschen Essen als dem besten in ganz Europa geschwärmt. Dem konnte Giordano nicht so ganz beipflichten. Zu all den üppigen Fleischgerichten gab es Salate aus Weißkraut oder Pflaumenkompott. Giordanos an neapolitanische Kost gewöhnter Magen war schon bei seinem kurzen Aufenthalt in England ziemlich auf die Probe gestellt worden, und nun in Frankfurt tat er sich schwer, etwas für ihn Verträgliches zu finden. Doch Essen spielte für ihn ohnedies eine untergeordnete Rolle, nicht so wie für seinen französischen Freund, und solange reichlich Apfelwein vorhanden war, scheute er auch vor gesottener Ochsenbrust und geschmorten Schweinerippen nicht zurück.

Die Buchmesse war für Verleger wie Autor ein großer Erfolg gewesen, und nach einer Phase der Ruhe, in der Giordano lange Spaziergänge am Main entlang unternommen hatte, drängte es ihn wieder hinaus in die Welt. Er wollte wieder Vorlesungen halten, wollte seine Hörer zum Toben bringen und mit einfachen Kunststücken Staunen auf ihre Gesichter zaubern. Die Verleger wollten ihn freilich nicht ziehen lassen, versuchten, ihn mit einem langfristigen Vertrag an sich zu binden, und versprachen ihm große Summen Geldes, doch das alles konnte Giordano nicht locken. Da kam ihm ein Brief des Buchhändlers Ciotto sehr gelegen, den ihm einer seiner Mitbrüder vor die Zellentür gelegt hatte. Ciotto bat Giordano, nach Venedig zu kommen. Als er diese Zeilen las, prallte er erst entsetzt zurück. Nach Italien? Niemals! Er las weiter. Der venezianische Edelmann Giovanni Mocenigo wollte ihn einladen, damit er ihn in die Geheimnisse der Gedächtniskunst einweihe. Aufmerksam las Giordano die Zeilen. Er, Ciotto, wisse sehr wohl, dass er große Vorbehalte gegen eine Rückkehr nach Italien hege. Aber er versichere ihm, dass Signore Mocenigo ein sehr einflussreicher Mann sei, der ihm vielleicht sogar eine Lehrbefugnis an der Universität beschaffen könne. Giordano legte den Brief zur Seite und starrte entgeistert auf die Zellenwand. Eine Lehrbefugnis? Für ihn? In Italien? Er schien zu träumen. Noch einmal las er die Zeilen. Hier stand es doch. Schwarz auf weiß. Darüber hinaus, schrieb Signore Ciotto, wisse er sicher, dass in Venedig immer schon ein liberalerer Geist geherrscht hätte als anderswo. Signore Mocenigo jedenfalls könne ihm allen Schutz zusagen, dessen er bedürfe. Giordanos Herz klopfte wie wild. Konnte das wahr sein? Sollte der Traum wahr werden? Rückkehr in die Heimat? Lehrbefugnis? Hatte Ciotto nicht etwas von einer großen Anhängerschaft erzählt? Menschen, die sich heimlich seine Bücher bringen ließen? Er konnte es nicht glauben.

Kapitel 69

Anna kam rasch wieder zu Kräften. Guiseppe hatte trotz ihres körperlichen Zustandes darauf gedrängt, so weit wie möglich von Genf wegzukommen. Sie hatten aus dem Stall des Richters noch ein Pferd mitgenommen, ansonsten besaß Anna nur die Kleider, die sie am Leib trug. Zu Beginn mussten sie mehrmals haltmachen, da Guiseppe fürchtete, sie würde vom Pferd fallen. Er fror, weil er ihr seinen Mantel übergeworfen hatte. Aber er war glückselig, weil er sie bei sich und in Sicherheit wusste. Die erste Nacht verbrachten sie in der Scheune eines Bauern. Er konnte kein Auge zumachen, da er ständig in der Angst lebte, dass man sie verfolgte und die Flucht in letzter Sekunde doch noch vereitelt wurde. Auch schalt er sich, weil er keine Waffen und keine Kleidung für Anna mitgenommen hatte. Aber egal. Wie ein Kind lag sie nun neben ihm im Stroh. Der Bauer hatte wortlos zur Scheune gedeutet, als sie nach einer Unterkunft fragten. Wenig später war er mit einem Krug Milch, Brot und einer Decke zu ihnen gekommen. Ohne ein Wort zu sprechen, hatte er ihnen die Kostbarkeiten hingestellt und war sogleich wieder verschwunden. Anna hatte gierig getrunken und gegessen und war sofort eingeschlafen. Wölfe heulten ganz in ihrer Nähe. Mehrmals meinte Guiseppe, Hufgetrappel zu hören. Irgendwann war er dann doch eingenickt. Bei Tagesanbruch verließen sie ihre Unterkunft. Im Bauernhaus regte sich nichts. Die Pferde waren gut versorgt gewesen. Nachdem sie den schwierigsten Teil der Reise, die Alpen, hinter sich gelassen hatten, ließ auch die Anspannung nach, die sie fortwährend weitergetrieben hatte. Wie ein gehetztes Wild hatten sie während des Ritts immer wieder nach hinten geblickt. Je weiter sie nach Süden kamen, umso milder wurde das Klima. In einem Gasthof in der Nähe von Ravenna arbeitete Guiseppe für ein paar Tage als Stallbursche, Anna half in der Küche, und so konnten sie endlich ein paar Kleidungsstücke kaufen. Während der vergangenen Tage hatten sie kaum gesprochen, schon gar nicht über die Vorfälle in Genf. Erst jetzt, als sie endlich etwas Ruhe fanden, begann Anna langsam und stockend, über ihr Martyrium zu berichten. Guiseppe lauschte stumm, entsetzt über das, was er zu hören bekam.

Am dritten Abend wurde im Gasthof ein Fest gefeiert. Das Wirtspaar, gutmütige Leute von etwa vierzig Jahren, hatte alle Bediensteten, Nachbarn und Freunde dazu eingeladen. Ihr Ältester, er hieß ebenfalls Guiseppe, hatte sich als Söldner in der spanischen Armee verdingt und musste am nächsten Tag abreisen. Es ginge gegen die Protestanten, hieß es. Mehr wusste er aber nicht zu berichten. Trotz der Wehmut der Eltern, die um ihren Sohn bangten, ihn aber nicht hatten davon abhalten können, Soldat zu werden, wurde es ein fröhliches Fest. Musikanten spielten auf, und es wurde sogar getanzt. Auch Guiseppe versuchte sein Glück und stolperte zum Gelächter aller mehrmals. Der Wirt schenkte einen kräftigen Rotwein aus, und die Wirtin hatte Kapaune und Wildhasen gebraten. Das Fest dauerte bis lange nach Mitternacht, bis der letzte Gast reichlich betrunken nach Hause gegangen war. Guiseppe und Anna halfen den Wirtsleuten noch, das Geschirr zu versorgen und die Gaststube wieder in Ordnung zu bringen, dann gingen auch sie in ihre Kammer. Aus den Augenwinkeln beobachtete Guiseppe das Mädchen, mit dem er nun schon seit einigen Tagen das Lager teilte. Noch nie hatte er es bisher gewagt, sie anzusehen, wenn sie sich entkleidete. Ermutigt durch den Wein, war es diesmal anders, und auch Anna schien anders als sonst. Ob sie etwas merkte? Jedenfalls ließ sie sich sehr viel Zeit. Ihr blondes Haar war glänzender und voller geworden. Guiseppe erhaschte einen Blick auf ihre kleinen Brüste, ehe sie das Nachtgewand überstreifen konnte. Aber er sah auch die von den Schlägen des Richters wunden Stellen auf ihrer Haut. Sein Herz klopfte bis zum Hals, er zitterte leicht, als er zu ihr unter die Decke schlüpfte. Er spürte ihre Hand auf seinem Gesicht, einen zarten Kuss, erst verhalten, dann drängender.

„Nein, lass!“

Jäh brach Anna die Zärtlichkeiten ab und drehte sich zur Seite. Es ging nicht. Die Berührungen, so zärtlich sie auch waren, riefen nur Ekel und Abscheu in ihr hervor. Ständig sah sie den Richter vor sich. Guiseppe war enttäuscht und hilflos zugleich. Er wusste nichts mit dem schluchzenden Wesen neben sich anzufangen.

Am nächsten Morgen verabschiedeten sie sich von dem Wirtspaar. Guiseppe, der Soldat, war noch in der Nacht losgezogen.

„Wo geht für Euch die Reise hin?“ Man sah der Wirtin an, dass sie eben noch geweint hatte. Auch Annas Blick heftete sich auf Guiseppe, da sie bis jetzt noch nicht über ihr Reiseziel gesprochen hatten. Guiseppe richtete sich im Sattel auf und sah in die Runde.

„Wir reiten nach Nola.“

***

„Nola?"

Sie waren schon gut eine Stunde geritten, bis Anna ihn nach der Stadt fragte.

„Ich will Giordanos Eltern sehen."

„Wer ist Giordano?"

Guiseppe erzählte ihr von seiner abenteuerlichen Reise mit dem Freund und dass er ihn kurz vor Paris verlassen hatte, um zu ihr zurückzukehren.

„Sicher lebt er nun als Professor in Paris", schwärmte er, „und bestimmt hat er eine Frau gefunden. Giordano ist für mich wie ein Bruder, und deshalb möchte ich zu seinen Eltern, um ihnen zu sagen, dass es ihm gutgeht."

Als sie das erste Mal das Meer sahen, überfielen Guiseppe die Erinnerungen an seine Zeit in Neapel – und immer wieder an Giordano. Nach etwa anderthalb Wochen erreichten sie die Stadt seiner Kindheit. Es war frühsommerlich mild. Der Golf lag träge vor ihnen im Schatten des Vesuvs. Guiseppe dachte an seine Zeit im Kloster. An seine ehemaligen Mitbrüder. An Giordanos geheime Vorlesungen und wie er ihn verteidigt hatte. Noch ein paar Stunden zu Pferd, und dann konnte man von weitem das Haus erkennen, in dem Giordanos Eltern lebten. Ein Hund schlug an, als sie den Weg hochritten. Eine alte Frau saß auf der Bank vor dem Haus und beobachtete die Näherkommenden. Sie verstand nicht so recht, was geschah, als die beiden Ankömmlinge von ihren Pferden stiegen und erst der Mann, dann die junge Frau vor ihr niederknieten und ihr die Hände küssten. Erst als Guiseppe erklärte, wer sie waren, und von Giordano zu erzählen begann, kullerten dicke Tränen über ihre Wangen.

***

Sie wussten nicht, wie lange sie vor dem Haus gesessen hatten. Als es dämmerte, bat sie die beiden hinein und schickte sich an, Essen vorzubereiten. Ihr Herz war froh darüber, dass es Giordano gutging, wiewohl die Aussicht, ihn je wiederzusehen, gering war. Immer wieder starrte sie Guiseppe für längere Zeit an, stellte Fragen über seine Vergangenheit. Das junge Mädchen gefiel ihr. Ihr kräftiges Haar, die roten Wangen, der helle, wache Blick. Guiseppe erzählte und erzählte, bis spät in die Nacht. Anna war schläfrig, wollte zu Bett, da begann die alte Frau eine Geschichte zu erzählen. Eine Geschichte, die in der Vergangenheit spielte, als ihr Mann wieder einmal als Söldner in den Krieg gezogen war. Einer seiner Kameraden war zu ihr zurückgekehrt und hatte ihr erzählt, dass ihr Giovanni vermutlich von den Türken getötet worden war. Jedenfalls habe er ihn aus den Augen verloren. Es hatte eine lange Trockenperiode geherrscht, die Ernte war schlecht ausgefallen, und die Menschen hungerten. Sie war ganz auf sich alleine gestellt gewesen. Der Kamerad war eine Zeitlang bei ihr geblieben und hatte ihr in der Landwirtschaft geholfen, aber als der Reihe nach das Vieh gestorben und bald nicht mehr genug für zwei zu essen da gewesen war, hatte er ihr seinen restlichen Sold überlassen und war wieder in den Krieg gezogen. Bald darauf hatte sie gespürt, dass sie ein Kind erwartete – eine Katastrophe, denn wie sollte sie es ernähren? Die Nachbarinnen hatten bei der Geburt geholfen, und bald darauf hatte sie sich mit dem Neugeborenen auf den Weg nach Neapel gemacht. Guiseppe blieb fast das Herz stehen. Fraulissa erzählte weiter. Sie hatte gewusst, dass ihr Erstgeborener zu diesem Zeitpunkt bereits bei den Benediktinern in guten Händen war, und so hatte sie in ihrer Not nur noch einen Ausweg gesehen und das Bündel mit dem Kind ebenfalls vor deren Klostertür gelegt. Monate um Monate waren vergangen. Oft hatte sie an ihre beiden Söhne gedacht, und eines Tages hatte dann Giovanni wieder vor ihrer Tür gestanden, abgemagert, müde. Der Krieg hatte ihn ausgezehrt, und sie, Fraulissa, hatte nicht gewagt, ihm etwas von dem Kind zu erzählen.

Kapitel 70

„Ich bin hocherfreut, Signore Bruno, dass Ihr meiner Einladung Folge geleistet habt."

Giovanni Mocenigo rieb sich die Hände. Er war von zierlicher, fast knabenhafter Gestalt.

„Seid mein Gast in meinem bescheidenen Haus."

Giordano war von einem Boot im Hafen von Mestre abgeholt worden. Der Palazzo verfügte wie die meisten Patrizierhäuser über eine Zufahrt, die direkt in sein Inneres führte. Fackeln erleuchteten die Bootsanlegestelle und erinnerten ihn an die Lagune auf Capri, die er einmal mit seinem Vater besucht hatte. Abfälle trieben im Wasser. Das kleine Boot schwankte gewaltig, als Giordano es verließ. Diener nahmen seine Gepäckstücke entgegen. Signore Mocenigo bezahlte den Fährmann und führte seinen Gast danach über eine schmale Treppe in einen sonnendurchfluteten Salon. Ein Cembalo stand neben einer Sitzgruppe. Gemälde an der Wand erzählten von antiken Schlachten. Ciotto hatte nicht übertrieben. Signore Mocenigo schien über einigen Reichtum zu verfügen.

„Kommt, kommt!"

Der kleine Mann lief ständig um Giordano herum. Er erinnerte ihn an ein Nagetier. Fliehende Stirn, dünnes Haar, schmale Augen und ein kleiner, schmallippiger Mund. Sein Gehrock reichte fast bis zu den dünnen Waden. Er goss Süßwein in zwei Becher und reichte einen davon Giordano.

„Ihr müsst hungrig und müde sein. Erzählt mir alles. Ich hörte, Ihr wart in London. Wie ist die Königin? Ist sie so schön, wie man sich erzählt?" Signore Mocenigo schien kaum

Luft zu bekommen. Zischend stieß er die Worte hervor. „Und Frankreich, Paris, erzählt, erzählt!"

Doch er ließ Giordano nicht zu Wort kommen. Immer, wenn er ansetzte, von seinen Reisen zu berichten, fiel ihm Mocenigo ins Wort.

„Meine Köchin hat ein bescheidenes Gastmahl vorbereitet."

Mocenigo schob Giordano in den Speisesaal, wo an einer langen Tafel Fisch, Fleisch, Gemüse, Salate, Obst, feine Pasteten und verführerische Süßspeisen auf ihren Verzehr warteten. Laut schmatzend machte sich Mocenigo daran, die Speisen in sich hineinzustopfen. Zwischendurch rülpste er vernehmlich und wischte sich mit dem Handrücken über den fettglänzenden Mund. Giordano war erstaunt, was der zierliche Körper alles in sich aufnehmen konnte.

„Ja, die Pest, die Pest." Selbst mit vollem Mund hörte er nicht auf zu reden. „Eine schwere Prüfung Gottes. Aber nun scheint sie ja überstanden. Nicht wahr?"

Er hatte die Angewohnheit, seinen Becher immer in einem Zug zu leeren. Sogleich kam einer der beiden Diener, die sich dezent im Hintergrund hielten, und goss nach.

„Ich hörte, Ihr seid auch in Genf gewesen. Schrecklich, diese Calvinisten. Nicht wahr? Einfältiges Pack, wie alle Protestanten. Aber wir werden diesen lutherischen Geist schon wieder aus Europa vertreiben."

Mit verächtlicher Miene biss er in eine Hähnchenkeule, um sogleich wieder sein verschlagenes Lächeln aufzusetzen.

„Esst, esst, Ihr müsst mir bei Kräften bleiben. Ich will alles von Euch lernen, hört Ihr? Alles!"

Giordano hatte während des Mahles geschwiegen. Der kleine Mann missfiel ihm, aber die Aussicht, durch ihn vielleicht sogar eine Professorenstelle zu erhalten, hielt ihn davon ab, aufzustehen und unverzüglich wieder abzureisen – und noch etwas ließ ihn Mocenigo ertragen. Vielleicht konnte er ihm sogar eine Reise nach Nola ermöglichen, und er könnte die geliebte Mutter in den Arm schließen.

Am nächsten Morgen weckte Mocenigo ihn persönlich. Giordano erschrak zuerst, als er die Augen aufschlug und sah, dass sein Gastgeber es war, der ihn aus dem Schlaf gerüttelt hatte. Er ließ ihm kaum Zeit für die Morgentoilette, wollte sofort mit dem Lernen beginnen. Den ganzen Vormittag über erlebte Giordano dann einen völlig anderen Mocenigo. Mit offenem Mund lauschte er andächtig dem Vortrag des Gelehrten. Nickte immer wieder beifällig, warf nur manchmal ein „Köstlich“ oder „Großartig“ dazwischen.

So ging das einige Wochen. Giordano merkte aber, dass sich eine Unzufriedenheit Mocenigos bemächtigte. Immer häufiger stellte er Zwischenfragen, war ärgerlich, wenn Giordano auf das eine oder andere keine Antwort wusste oder ihn ermahnte, dass seine Frage mit Wissenschaft nichts zu tun hätte, sondern in die Welt der Geister gehörte. Geister, Zauberei, das war es, was Mocenigo zu interessieren schien. Freilich war er damit nicht allein. Giordano hatte auf seinen Reisen mehrmals die Erfahrung gemacht, dass den Menschen gar nicht so sehr an der Wahrheit gelegen war, sondern dass sie vielmehr das Mystische, Unvorstellbare und Unerklärliche suchten, und wehe, es kam jemand und klärte sie auf, nahm ihnen die Illusion. Anstatt ihm dankbar zu sein, wurde er wie ein Verräter beschimpft.

„Wann bringt ihr mir endlich das Zaubern bei?“, stieß Mocenigo irgendwann hervor.

„Ich kann nicht zaubern, Signore. Alles, was ich Euch beizubringen versucht habe, beruht auf wissenschaftlichen Erkenntnissen."

„Ihr lügt!", fauchte Mocenigo. Dann verließ er mit hochrotem Kopf und lautem Türknallen das Studierzimmer und zeigte sich mehrere Tage nicht. Giordano begann, seine Sachen zu packen. Er wollte ein Schiff nach Neapel nehmen. Unter falschem Namen würde er weiterreisen und auf eigene Faust nach Nola gelangen. Es klopfte.

„Signore Giordano Bruno?"

Zwei Wachen betraten sein Zimmer. Giordano bejahte und wollte fragen, was der Besuch solle, da fiel ihm der ältere der beiden ins Wort.

„Im Namen der Heiligen Inquisition fordern wir Euch auf, uns zu folgen."

Kapitel 71

Nachdem Anna und Guiseppe einige Wochen von Fraulissa bekocht und umsorgt worden waren, beschlossen sie, nach Pisa zu reisen. Immer noch lastete der Schatten Genfs auf Annas Seele, obwohl sie an Guiseppes Seite endlich so etwas wie Glück empfand. Sie hatten viel über Giordano und seine Ideen gesprochen, oft nächtelang wie er den Sternenhimmel beobachtet und über die Unendlichkeit des Alls diskutiert. Anna wollte alles wissen, sog die Erzählungen Guiseppes in sich auf, stellte hier eine kluge Frage und machte dort eine interessante Bemerkung. Guiseppe war stolz, eine so kluge und gebildete Gefährtin zu haben, und schon bald musste er feststellen, dass ihre Wissbegierde seine eigene bei weitem übertraf. Eines Tages würde er sie Giordano vorstellen, und vielleicht konnte der sie sogar in Gedächtniskunst, Astronomie oder Astrologie unterrichten?

***

Anna wollte zum Sommerhaus ihrer Eltern, aus dem sie vor den Schergen der Inquisition hatten fliehen müssen. Wollte wissen, wie es ihren Verwandten ging, falls sie da noch lebten.

Die Reise war nicht allzu beschwerlich. Als sie mitten in der Nacht vor dem Haus der Familie standen, war die Tür fest verschlossen. Enttäuschung machte sich breit, doch dann hellten sich Annas Züge auf. Vincenzo, ein Freund ihrer Eltern, hatte sie gehört. Er hatte einen Schlüssel zum Haus, ließ sie ein und versorgte sie mit dem Notwendigsten.

Anna umarmte und küsste ihn, wollte alles über den Verbleib der Familie wissen und ersparte Vincenzo die düsteren Details ihres Aufenthaltes in Genf. Ein Hahn krähte, als sie zu Bett gingen.

Erst nach sehr, sehr langer Zeit war es Anna gelungen, den Richter aus ihren Träumen zu verbannen und Guiseppe darin Platz zu machen. Er war sehr behutsam gewesen und hatte ihr viel Zeit gelassen. Mit ihm hatte sie ihr Selbstvertrauen und auch die Stärke von früher, als sie für ihre todkranke Mutter hatte sorgen müssen, wiedergefunden. Seine Berührungen waren ihr nicht mehr unangenehm. Im Gegenteil. Sie suchte sie immer häufiger, ließ seine Zärtlichkeiten zu.

Guiseppe begann, Nachbarskinder in Lesen und Schreiben zu unterrichten, und Anna kümmerte sich um den Haushalt. Die Tage waren unbeschwert, zumindest versuchte Guiseppe, sie so leicht wie möglich erscheinen zu lassen. Ab und an ritten Anna und er zur Küste, und obwohl er nicht schwimmen konnte, fuhren sie mit den Fischern hinaus aufs Meer. Oft beobachteten beide auch jetzt noch stundenlang den Sternenhimmel, überlegten, was Giordano wohl jetzt gedacht hätte, versuchten, hinter seine Gedankengänge zu kommen, zu verstehen, was ihn getrieben hatte und was er zu erfassen versucht hatte. Guiseppe versuchte, sich zu erinnern, was der Mönch seinen Mitbrüdern manchmal fast wie ein Besessener entgegengedonnert hatte, ohne Rücksicht auf die Gefahr, von jemandem gehört oder gar denunziert zu werden. Denn dass das, was er zu sagen hatte, ketzerisch war, hatten ihnen nicht nur die Klosteroberen geradeheraus gesagt, das hatten sie alle instinktiv gespürt. Vielleicht war es für seine Mitbrüder ja gerade deshalb so interessant gewesen, seinen Vorträgen zu lauschen. Für ihn galt das ganz bestimmt.

Wie es Giordano wohl gehen mochte? Immer wieder stellten sie sich diese Frage.

Eines Mittags kam Vincenzo vorbei, um ihnen mitzuteilen, Annas Cousin habe Nachricht geschickt, dass er in wenigen Wochen nach Padua kommen wolle, und er, Vincenzo, möge doch so gut sein, das Haus für ihn vorzubereiten.

„Als ob ich nicht die ganze Zeit darauf geachtet hätte", murmelte der Alte griesgrämig, aber doch für beide verständlich in seinen Bart.

Guiseppe merkte, wie sehr diese Nachricht Anna aufwühlte. Nie hatte sie von dem Cousin erzählt, doch jetzt sprudelte es nur so aus ihr heraus. Gemeinsam aufgewachsen seien sie, ein Gelehrter sei er, im fernen Padua. Vor ihrer Flucht hätte sie ihn zu geheimen wissenschaftlichen Experimenten begleiten dürfen. Guiseppe verstand nur die Hälfte, so sehr war er von der Wortflut überwältigt. Glockenturm, Pendel. Er verstand überhaupt nichts. Es war ihm aber auch einerlei. Hauptsache, Anna freute sich, und das tat sie auf unbändige Weise. Erst als der Wortschwall versiegte, nahm er sie in seine Arme und streichelte ihr blondes Haar.

***

„Anna, Anna!" Aufgeregt rief Guiseppe eines Abends den Namen durch die Gasse, als er von einem Privatunterricht nach Hause kam. „In wenigen Tagen soll Giordano in Rom öffentlich verbrannt werden", keuchte er atemlos.

Noch in derselben Nacht brachen sie auf.

Kapitel 72

16. Februar 1600

Kardinal Bellarmin betete die ganze Nacht, wie jedes Mal, wenn am nächsten Morgen ein Ketzer vor seinen Gott treten sollte. Sie würden das Urteil mit größerer Furcht verkünden, als er es entgegennehme, hatte der Ketzer ihn mit ruhiger Stimme wissen lassen. Was für ein Hochmut. Bellarmin war außer sich gewesen. Wie konnte er es wagen? Sie hatten es sich bei Gott nicht leichtgemacht, und er selbst, Bellarmin, am allerwenigsten. Gefragt nach der Erschaffung der Dinge, hatte Giordano Bruno geantwortet, diese seien ewig, sofern sie vom ewigen Gott erschaffen seien. Wer eine endliche Wirkung annehme, könne diese unmöglich einer unendlichen Ursache zuschreiben. Der Kardinal hatte einmal mehr gemerkt, wie einige Mitglieder der Inquisition über diese Worte nachdenklich geworden waren, und es hatte einige Rhetorik seinerseits erfordert, sie wieder auf den richtigen Pfad zu führen.

Gott könne gar nicht anders, als unendliche Wirkung zu erzeugen, sonst wäre seine Macht eine begrenzte, hatte Bruno seine Argumentation fortgesetzt. Leeres Gerede, nur dazu angetan, wankelmütige Geister zu verwirren. Die größte Sünde wider den wahren Glauben überhaupt. Die menschliche Seele kehre zum universalen Prinzip zurück, hatte der Angeklagte in seiner Verteidigungsrede mehrmals ausgeführt, und werde von ihm aufs Neue erschaffen. So gesehen, gebe es in dieser Welt nichts Neues. Die Seele des Menschen bleibe nach der Trennung vom Körper eine Einzelseele, die der Tiere gehe im universalen Prinzip auf. Starke Worte, fürwahr. Doch ihn, den Vorsitzenden der Heiligen Inquisition und engsten Vertrauten und Berater des Papstes, konnten sie nicht beeindrucken. Dann hatte der Ketzer die Bibel zitiert. Die Sonne gehe auf und unter – ein Beweis, dass das All in ständiger Bewegung sei. Hier hatten selbst die sonst am leichtesten zu beeinflussenden seiner Mitbrüder aufgeschrien. Wie er es wagen könne, das göttliche Prinzip, das die Erde in den Mittelpunkt eines fixen Sternensystems stelle, in Zweifel zu ziehen, hatten sie wissen wollen und gefordert, er solle die Geduld des Gremiums nicht unnötig strapazieren. Der Gipfelpunkt hatte wohl in seiner Behauptung gelegen, die Lebewesen auf der Erde gingen aus dieser selbst hervor. Auch dazu hatte er aus der Bibel zitiert, Genesis 1, 24: „*Es bringe die Erde lebendige Seele hervor.*“ Der Übeltäter hatte glattweg den Schöpfungsakt geleugnet, in dem Gott der Allmächtige alle Lebewesen auf dieser Erde erschaffen hatte. Spätestens da hatte der Ketzer endgültig sein Leben verwirkt.

Kapitel 73

17. Februar 1600

Der Weg zum Campo de Fiori kam ihm wie eine Ewigkeit vor. Er wollte es hinter sich bringen. Noch in der Dunkelheit hatten ihn die Mitglieder der Erzbruderschaft von San Giovanni Decollato abgeholt. Sie trugen lange Mäntel und hatten die Kapuzen tief in die Stirn gezogen, damit man ihre Gesichter nicht sah. In den Händen hatten sie Fackeln, die ein gespenstisches Licht auf die Häuserfronten warfen. Die Brüder führten den Zug an und beteten Psalmen. Das Stück Holz, das ihm einer der Kerkerwächter quer in den Mund gebunden hatte, damit er nicht sprechen konnte, hinderte ihn am Schlucken. Der Speichel floss seitwärts aus seinen Mundwinkeln. Schmerz verspürte er keinen, auch nicht die feuchte Kälte des Februarmorgens. Immer mehr Schaulustige schlossen sich dem Zug an, um der Hinrichtung beizuwohnen. Die Mitglieder der Bruderschaft waren meist angesehene Bürger Roms oder Edelleute. Zwei von ihnen saßen bei Giordano auf dem Wagen und redeten unablässig auf ihn ein, er solle doch noch widerrufen und bereuen. Er hörte sie nicht. Er dachte daran, dass er so gerne seine Mutter und Guiseppe noch einmal gesehen hätte. Man hielt ihm kleine Heiligenbildchen vor die Augen, um ihn zur Umkehr zu bewegen. Er sah sie nicht. Was hatte ihm de Montaigne in seinem Brief geschrieben? In hundert oder zweihundert Jahren würden die Menschen erkennen, dass die Folter etwas Grausames und Hinrichtungen der Menschheit nicht würdig seien. Aber wie sollten die Menschen zu dieser Erkenntnis gelangen, solange sie an einen Gott glaubten, der seinen eigenen Sohn einen furchtbaren Foltertod sterben ließ? Der Zug kam durch die Via del Pellegrino. Menschen standen am Straßenrand und bekreuzigten sich. Dann folgten auch sie dem Zug, um das Ereignis nicht zu verpassen. Giordanos Arme waren bei seiner letzten Folterung aus den Gelenkpfannen gerissen worden und baumelten seitwärts an seinem Körper herab. Man hatte ihn wenige Wochen vor der geplanten Hinrichtung in den Turm von Nona verlegt. Bellarmin hatte doch noch einmal die Folter befohlen. Ein letzter Versuch, Einsicht zu erzwingen.

Der Scheiterhaufen war an der Südostseite des Campo errichtet worden. Auf dem Platz warteten bereits Hunderte Menschen. Es herrschten Gedränge und Lärm, der allerdings sofort verstummte, als die ersten Fackeln des Zuges zu sehen waren. Für Kardinal Bellarmin und die übrigen Mitglieder der Inquisition sowie für etwa fünfzig weitere Kardinäle, die gerade in Rom weilten, hatte man eine kleine hölzerne Tribüne errichtet, von der aus sie das Schauspiel gut mitverfolgen konnten. Papst Clemens hatte sich krankheitshalber entschuldigen lassen. Am Eingang zum Campo übernahm die römische Stadtwache den Gefangenen, denn sie und nicht die Inquisition war verantwortlich für die Hinrichtung. Der Klerus wusch seine Hände in Unschuld und versuchte bis zuletzt, den Ungläubigen zu bekehren.

So sah das also aus. Giordano war noch nie bei einer Verbrennung gewesen. Nun würde er bald seine eigene erleben. Je näher der Zeitpunkt seines Todes rückte, desto ruhiger wurde er. Die Schmerzen der Folter hatten seinen Körper abgestumpft. Er empfand ihn als Ballast. Nur sein Geist war hellwach und würde sich bald von diesem geschundenen Stück Fleisch, das die Folterknechte noch übrig gelassen hatten, trennen. Im Grunde hatte er sich bereits davon getrennt. Bald würde er schweben. Seine Seele würde zu ihrem Ursprung zurückkehren. Zu dem Unendlichen und Erhabenen, das er Gott nannte, und die Menschen würden zurückbleiben, bei ihrem kleinen, rachsüchtigen, eitlen Gott, den man nur durch Opfer gnädig stimmen konnte. Den sie anbeteten, damit er ihnen ein gutes Leben gewähre, und der ihnen darauf die Pest schickte. Den sie lobpriesen ob seiner Güte und Gnade und der sie sich durch Kriege gegenseitig ausrotten ließ. Nein, das war nicht sein Gott. So etwas war Gottes nicht würdig, das wusste er. Zwei Wächter hoben ihn vom Wagen und trugen ihn auf den Scheiterhaufen. Er leistete keinerlei Widerstand. Wozu auch? Auch nicht, als einer mit einem raschen Schnitt sein Leinenhemd zerschnitt und ihn nackt an den Pfahl, der aus dem Holzhaufen hervorragte, fesselte. Ein Raunen ging durch die Menschenmenge. Einige stimmten in die Gebete der Bruderschaft mit ein. Die ausgezehrte, nackte Gestalt hing wie leblos in den Stricken. Die Verletzungen, die ihm die Folterknechte zugefügt hatten, waren nun gut zu erkennen. Teilweise fehlten ganze Fleischstücke, und man konnte bis auf die Knochen sehen. Die Wunden waren eitrig. Einige waren aufgeplatzt, und gelbe Flüssigkeit quoll aus ihnen hervor. Brustwarzen und Genitalien hatten sich, nachdem sie mit glühenden Zangen bearbeitet worden waren, nicht mehr erholt. Einige junge Männer waren, um besser sehen zu können, auf den Terrina-Brunnen in der Mitte des Campo geklettert. Aufgrund der Schwere seiner Verbrechen hatte man sich für die langsame Verbrennungsvariante entschieden. Das hieß, dass nicht einfach nur ein paar Fackeln in die Reisigbündel gehalten wurden, sondern man den Delinquenten bei kleiner Flamme so lange wie möglich am Leben hielt. Ob de Montaigne recht behalten würde? Rauch bahnte sich seinen Weg durch Mund und Nase in seine Lunge. Das Atmen fiel ihm zunehmend schwerer. Ab und zu drang ein krächzender Laut aus seinem Mund, wenn der Rauch ihn zu husten zwang. Als die Flammen höher schlugen, schwoll auch der Gebetslärm an. Die Kardinäle beteten ebenfalls, nur Bellarmin starrte gebannt auf den Mann, der bisher von all den Abtrünnigen, die er auf den rechten Weg zu bringen versucht hatte, am hartnäckigsten geblieben war. Bis zum Schluss hatte er versucht, ihn und die Inquisition von der Richtigkeit seiner Lehren zu überzeugen. Ganz anders als Beccaria, der bereits nach der ersten Folter alles, was er gar nicht getan, zugegeben, und was er gar nie behauptet hatte, widerrufen hatte, den er in letzter Minute auf Geheiß Papst Clemens' begnadigt hatte und der nun in einem abgelegenen Kloster in den Abruzzen Buße tat.

Jemand aus der Bruderschaft hielt Giordano den an einer langen Stange befestigten Gekreuzigten vors Gesicht, auf dass er mit einem letzten Kuss dessen Gnade erwirken könne. Angewidert drehte Giordano den Kopf zur Seite. Wie würde es sein, wenn Materie zur Urmaterie zurückkehrte? Ob er auf die Seelen großer Geister treffen würde? Sokrates? Platon? Kopernikus? Thomas von Aquin? Die Hitze war unerträglich, doch er spürte nichts. Nur der Rauch drang unaufhörlich in seine Lunge, und Hustenanfälle schüttelten den Körper. Die Menschen am Campo de Fiori reckten nun die Hälse. Sie wussten, dass das Ende nahe war, und wollten alles, so gut es ging, mit ansehen. Der Rauch hatte sich verdichtet, und so war der bleiche Todgeweihte nur noch bruchstückhaft zu erkennen.

Eine seltsame Ruhe befiel Giordano Bruno. Die Hitze hatte bereits Kopf- und Barthaare versengt. Gleich würde die Seele schweben. Er spürte es. Er wusste es. Dann wurde es still um ihn.

***

Anna und Guiseppe waren wenige Stunden zu spät gekommen. Die Stadt hatte bereits wieder ihr Alltagsgesicht aufgesetzt, so als wäre nichts geschehen.

Kardinal Bellarmin wurde am 29. Juni 1930 von Papst Pius XI. heiliggesprochen.

Quellen der Inspiration

Giordano Bruno, Hans-Joachim Ulbrich/Michael Wolfram, Eichborn, 1991

Giordano Bruno – Nachtfalter des Geistes, Anacleto Verrecchia, Böhlau, 1999

Giordano Bruno, Jochen Kirchhoff, Rowohlt, 1980

Giordano Bruno, Paul Richard Blum, Beck, 1999

Michel de Montaigne: Von der Kunst, das Leben zu lieben, Hans Stilett, Eichborn, 2005

Epilog und Dank

Dieses Buch ist einem großen Geist und Denker der Neuzeit gewidmet. Wiewohl es sich um eine fiktionale Biographie handelt, habe ich mich bemüht, dem Leben und Wirken Giordanos, das immer noch nicht ausreichend gewürdigt wird, gerecht zu werden. Ich danke insbesondere Hans Christian Meiser, der mich zu dem Schritt, dieses Buch zu schreiben, ermuntert hat, meiner Agentin Nina Arrowsmith für ihr Vertrauen in meine Arbeit, meinem Lektor Oliver Hoffmann, der in mühsamer Kleinarbeit meinen sprachlichen Migrationshintergrund zu kaschieren verstand, und natürlich meiner Verlegerin Beate Kuckertz – wo anders hätte Giordano Bruno eine würdigere Heimat finden können als in ihrem innovativen Projekt *dotbooks*?